人 文 社 科
高校学术研究论著丛刊

从效仿传统到实验革新
——20世纪英国小说发展研究

牛晓丽 著

中国书籍出版社
China Book Press

图书在版编目(CIP)数据

从效仿传统到实验革新 ：20 世纪英国小说发展研究/
牛晓丽著. —北京:中国书籍出版社,2019.3
ISBN 978-7-5068-7250-8

Ⅰ.①从… Ⅱ.①牛… Ⅲ.①小说研究—英国—20 世纪
Ⅳ.①I561.074

中国版本图书馆 CIP 数据核字(2019)第 052346 号

从效仿传统到实验革新 ：20 世纪英国小说发展研究

牛晓丽 著

丛书策划 谭 鹏 武 斌
责任编辑 邹 浩
责任印制 孙马飞 马 芝
封面设计 东方美迪
出版发行 中国书籍出版社
地　　址 北京市丰台区三路居路 97 号(邮编:100073)
电　　话 (010)52257143(总编室) (010)52257140(发行部)
电子邮箱 eo@chinabp.com.cn
经　　销 全国新华书店
印　　刷 三河市铭浩彩色印装有限公司
开　　本 710 毫米×1000 毫米 1/16
印　　张 16.25
字　　数 211 千字
版　　次 2019 年 9 月第 1 版 2019 年 9 月第 1 次印刷
书　　号 ISBN 978-7-5068-7250-8
定　　价 76.00 元

目　录

第一章 绪 论

20 世纪的英国经历了两次世界大战，巨大的政治、经济和军事动乱对英国的文化生活造成了强烈影响，使英国文坛出现了现实主义和现代主义交替统治的局面，这也反映了 20 世纪英国和相关地区的社会状况和心理状态。20 世纪初的英国小说基本上沿袭现实主义传统，用写实的手法记载转型时期英国社会的方方面面。与此同时，具有现代意识的作家开始质疑维多利亚传统，抨击维多利亚时代中产阶级的价值观，或者以海外扩张为题材宣扬带有帝国主义色彩的英雄主义，或者将科学幻想与社会批评相结合，或者以批判的眼光揭示资产阶级的家庭、社会关系，或者通过讲述个人成长表达对自由的追求。20 世纪 20 年代，现代主义思潮成为英国文学的主流。现代主义小说家关注的重点不在于外部世界，而是直接进入人物的内心，以此折射出丰富多彩的外部世界。在以危机和战争为时代特征的 20 世纪三四十年代，一度受到现代主义作家抨击的现实主义出现回归。20 世纪下半叶，英国小说方面呈现出多元化的格局，现实主义小说、“愤怒青年”小说、实验主义小说、后现代主义小说、女性小说等都得到了巨大的发展，呈现出包容兼蓄的多元化创作特征与审美倾向。

第一节 世界大战后英国社会面貌的变化

19 世纪 40 年代后期宪章运动衰退后，英国资本主义历经了一段飞速发展时期，成为世界头号帝国主义强国。与此同时，资本主义强权对世界殖民地的划分到 19 世纪末也已完成。1914 年，第一次世界大战爆发，这是一场帝国主义国家重新瓜分世界的战争。战争结束时，英国耗尽了所有的财富，变得异常衰弱。1917 年，俄国爆发十月革命，在十月革命的推动下，民族解放运动在世界范围内风起云涌，英国的很多殖民地纷纷要求独立。1939 年，第二次世界大战爆发，尽管英国采取绥靖政策，还是被迫卷入了大战。1945 年第二次世界大战结束，反法西斯战争取得了胜利。此后，随着西方社会历史的总格局由“战争与革命”转向“和平与发展”，经历了一系列变革的英国也迎来了“富裕社会”，逐渐成为“福利国家”。然而，经历过两次世界大战的重创之后，昔日的“日不落帝国”已经雄风不再。

一、第一次世界大战后英国社会面貌的变化

第一次世界大战在 1918 年以同盟国集团的失败而告终，战胜国包括英国、美国、俄国、日本、中国。虽然英国赢得了战争，并从战争中获得了新的殖民地，但战争的巨大开销使得英国无法继续承担维系一个帝国所需要的庞大财政支出。英国有数百万人死亡，无数资产被毁，其结果是债台高筑、资本市场的混乱以及海外殖民地英国籍官员人数的缺乏。与此同时，民族主义情绪在新老殖民地高涨，而帝国的参战以及非白人士兵在战争中所感受到的强烈的种族歧视，都助长了这种民族主义情绪。具体来说，第一次世界大战后英国社会面貌的变化主要表现在以下几方面。

在经济上，战前的债权国变为战后的债务国。战后经济长期低迷、不景气，国际金融中心也由英国伦敦转移到美国纽约。第一次世界大战中，英国的商船队遭到巨大损失，使其航运业受到重创，也导致英国贸易量的下降。

在政治上，主要体现为英国自由党的没落。在第一次世界大战爆发前，英国自由党通过一系列的社会改革和立法，开创了复兴的局面。然而，在第一次世界大战的影响下，英国的国内矛盾

被激化，加剧了政坛的冲突，从而导致了英国自由党的没落。在1923年的大选中，工党得票率首次超过了自由党，成为英国的第二大政党。

在国际影响力方面，虽然英国在第一次世界大战后的巴黎和会上保持了国际事务领导者的地位，但是由于经济、军事实力的严重倒退，事实上英国不可能再像第一次世界大战前那样控制世界。华盛顿海军会议上规定英美海军实力保持一致，这说明了第一次世界大战后英国不再是全球霸主的事实。

在社会方面，第一次世界大战使大量英国男子离开原先的工作岗位而参战，妇女则参与大量战时工作。一方面妇女作为家庭支柱，承担稳定社会的重任；另一方面妇女广泛就业，直接参加战时经济和社会事务。这不仅在很大程度上改善了妇女的社会经济地位，加速了女权运动的发展，而且使英国社会对妇女的传统偏见有所削弱。经过第一次世界大战的冲击、影响，英国妇女终于获得了选举权。可以说，第一次世界大战推动了英国妇女解放运动的发展。

在殖民地方面，战后英国领土虽然有所增加，但其对领土的控制力却因战争的巨大伤亡与物资损失而大大削弱，此后英国的殖民地有很多开始独立，给英国社会各方面都带来很大影响。

二、第二次世界大战后英国社会面貌的变化

第二次世界大战之后，欧洲国家普遍左倾化，英国人民强烈的社会改革要求，使工党于1945年大选中获胜。工党执政之后，颁布了一系列重要立法，如1946年的国民保险法、医疗保健法、住房法和1948年的国民救济法。艾德礼首相于1948年宣布，英国已经建成“福利国家”，具备了一套从摇篮到坟墓的福利制度。当时，“英国总人口为5 630万人，其中有1 246万人享受儿童补助，930万人领取国家基本养老金，430万人领取补充救济金，410

万户享受住房津贴”[①]。实行“福利国家”制度后，英国贫富悬殊依然存在，但收入差距明显缩小，老弱病残和失业者基本生活得到保障，赤贫现象消失，三分之二住户有了自己的房屋，二分之一家庭有了私家车，人民生活水平明显改善，整个社会趋于稳定。工党政府的另外一项重大措施，是对银行、民航、煤炭、钢铁、运输、电力等国民经济关键部门实行国有化，成立了国有企业管理局，制定了法律条文，按照确定日期把有关企业收归国有。企业国有化之后，工人不再因为市场供求关系变化而经常面临失业危险，生活显然比以前稳定。经济的发展促进了文化的发展，音乐、绘画、戏剧、诗歌、小说等都得到了普及，20 世纪 30 年代经济危机时期的那种悲观失望，战争时期的惊恐、阴郁和困苦逐渐被一种心满意足和乐观情绪所取代。于是，“福利国家”“富裕国家”等名词流传开来，并为许多人所接受。

第二次世界大战之前，英国是一个等级森严的国家，基本教育制度中阶级区别十分明显，富豪子弟进入质量优良的公学，平民子女进质量很差的学校。第二次世界大战之后，英国政府提出了《珀西报告》，认为大学应为工业发展训练科学家，技术学院应为工业发展培养技术助理和制图人员。1956 年，英国政府发表了《技术白皮书》，指出技术教育已处于国际上落后状态。之后，议会和政府逐渐达成共识：要扭转科技人才严重不足局面，应成立教育改革委员会。于是，罗宾斯委员会在 1962 年组建，1963 年发表了《罗宾斯报告》，建议把教育作为经济资源和重要投资，重视工程技术教育，推动新大学和多学科技术学院建设。1964 年，英国政府宣布按照《罗宾斯报告》改革高等教育，建立多学科技术学校，面向社会、面向生产。高教改革基本上满足了青年学生入大学深造的愿望，扭转了科技人才短缺的局势。1966 年，英国政府又发表了《空中大学白皮书》，建议利用电台和电视节目进行教学，辅以通信答题、暑期授课等形式，成立“开放大学”，便于大龄、

---

① 瞿世镜，任一鸣. 当代英国小说史[M]. 上海：上海译文出版社，2008：3.

病残和贫困学生接受高等教育。许多学生在“开放大学”自学成才，其中年龄最大的毕业生为92岁。在提高英国国民文化素质方面，“开放大学”发挥了不可替代的重要作用。

英国妇女争取自身合法权利的斗争，具有悠久历史。1792年，女作家玛丽·沃斯通克拉夫特（Mary Wollstonecraft，1759—1797）发表了著名的《女权辩》，提倡妇女应在教育、工作、政治诸方面享有与男性平等的权利，要求开发妇女智力，自强自立。经过不断斗争，于1870年通过了《已婚妇女财产法》，英国妇女才开始拥有独立的产权。1919年，英国妇女获准参加议会选举，实际上到1928年才真正获得选举权。第二次世界大战之后，法国女作家西蒙·德·波伏瓦（Simone de Beauvoir ，1908—1986）于1949年出版了《第二性——女性》，美国女作家贝蒂·弗里丹（Betty Freidan，1921—2006）于1963年出版了《女性的奥秘》，在国际上掀起了女权主义浪潮。在战争期间，不少英国妇女走出家庭，接替男子当兵后空缺的工作岗位，提高了自身的经济地位。战争结束后，英国的“福利国家”政策和教育革命使不少平民子弟和年轻妇女获得了接受高等教育的权利。一代知识女性的出现，自然为女权运动推波助澜。

第二次世界大战之后，英国工党和保守党政府采用凯恩斯主义经济政策，实行“需求管理”，通过增加支出和扩大财政赤字来刺激投资和消费。然而，在1973—1974年经济危机期间，出现了高失业与高通胀并存的“滞胀”局面。既然强调国家干预的凯恩斯主义无济于事，人们就转向强调市场竞争的货币主义。撒切尔夫人在1974年担任保守党财政发言人时，就与内政发言人约瑟夫·基思等组成“政策中心”，研究货币主义经济政策。1979年，保守党在大选中获胜，撒切尔夫人上台执政，组成推行货币主义经济政策的内阁班子，调整英国的经济结构。第一，控制货币供应，调整资金布局。第二，实行私有化，调整所有制结构。第三，改变科技政策，调整产业结构。第四，改革工资制度，调整工资结构。第五，调整外贸政策。撒切尔政府全面投入“关贸总协定”

"国际货币基金""联合国发展会议""欧洲经济共同体"等国际经贸组织,积极调研,修订政策,提高国际竞争能力,扭转了外贸逆差,连续多年出现盈余。1981 年 5 月以后,英国经济从谷底向上攀升,持续增长,超过了欧共体成员的平均增长率。1990 年,英国经济遇到困难,撒切尔夫人坚持要征收"十一税",激起众怒,被迫下台,由梅杰接棒。梅杰在经济上继续采用货币主义政策,在价值观念上不断提倡"回归基本伦理",发起反对"无赖文化"运动。自 1993 年至 1997 年,英国 GDP 总值增长了 10%,失业率从 10.5%下降到 7.7%,经济增长率超过德国和法国,居欧洲第一位。保守党执政 18 年,虽然使英国经济恢复了活力,但是也加剧了贫富两极分化。由于保守党偏袒富人,渐失民心。工党领袖布莱尔服膺吉登斯倡导的"第三条道路",提出了"新工党、新英国"竞选口号,提倡公平正义、共享权益,创造一个人人为社会、社会为人人的新国家。布莱尔在 1997 年 5 月 1 日大选中击败梅杰,成为英国首相。新一届政府采取多项举措,使英国经济增长率稳步上升,失业率也开始下降。由于政绩卓著,布莱尔在 2002 年连任首相。然而,布莱尔跟随美国卷入伊拉克战争,违背了民意,工党党员人数直线下降。因此,2007 年 6 月 27 日,由工党内阁财相布朗接替布莱尔担任英国首相。布朗同样信服吉登斯把市场经济和政府干预相结合的治理哲学,要引领英国公民实现跨越经济全球化、个人生活方式转型、人与自然关系和谐三大变革。他的政策原则是政治上坚持中左立场,确保经济繁荣,增加公共服务投入,在国家和公民之间建立权利和责任契约,提倡社会公平、均衡发展。由于"新工党"政治路线稳住了传统左翼人士,又成功吸引了中间选民,所以在 10 年中连赢 3 场大选,迫使保守党逐渐边缘化。

第二节 社会思潮的转折及其对文学的影响

社会思潮是一定历史时期人们政治、经济、文化等思想的集中反映。1945年、1979年、1997年的3次大选结果，是英国社会思潮转折的标志。但这并非转折的起点，而是一个时期社会思潮变化逐步积累到一定程度的后果。20世纪40年代，英国社会思潮向左偏移，建立了福利社会。20世纪80年代，英国社会思潮向右偏移，撒切尔主义风行一时。20世纪末21世纪初，英国社会思潮又向左偏移，趋向于建立“利益相关者社会”。与社会思潮的变化相适应，英国文学在20世纪呈现出一个多样化发展的局面，现实主义和现代主义是两大主要潮流，它们同时并存，相互融汇，在不同年代里交替成为统治英国文坛的主流。

一、社会思潮的转折

维多利亚女王统治时期(1837—1901)，是大英帝国强大无比、繁荣昌盛的历史阶段。在这个时代形成的价值观念，是基督教新教伦理、经验主义哲学和社会达尔文主义的混合物。个人主义是其最根本的信念，它尊重个人的价值、愿望、利益和需求。经济上的自由主义提倡平等竞争、个人奋斗、勤劳发家，认为这是社会进步的动力，并且从宗教伦理的角度把它肯定为上帝选民的神圣天职。这种观念虽然在第一次世界大战中受到强烈冲击，但是尚不足以把整个价值观念体系摧毁。维多利亚传统价值观念的彻底崩溃是在第二次世界大战之后，这个崩溃过程大致上经历了以下三大阶段。

(一)第一次转折

第二次世界大战初期，第二战场尚未开辟，在德国法西斯的凌厉攻势之下,英国不得不动员全部力量来抵御侵略。为了激励士气、动员民众,英国政府自然要借助于文化宣传工作。因此,1938年建立了面向军队的“全国娱乐服务协会”(ENSA),1939年又建立了针对平民的“音乐与艺术发展委员会”(CEMA)。英国广播公司BBC在战争中发挥了发布信息、动员民众的重要功能。1945年,第二次世界大战结束,英国人民所面临的重大抉择是采取一条怎样的政策路线来重建家园。1945年5月7日举行了大选,保守党候选人丘吉尔的竞选纲领体现了理性主义的维多利亚传统价值观念。工党候选人艾德礼提出的竞选纲领《让我们面向未来》,主张建设“福利国家”和主要经济部门国有化。大选中,工党大获全胜。建设“福利国家”,已经成为民众广泛认同的一种社会共识。面对这股强大无比的社会思潮,保守党亦无可奈何。丘吉尔只得授权党内少壮派巴特勒组织政策小组,于1947年制定《工业宪章》,承认了中央指导和市场机制相结合的原则,向工党的经济政策靠拢,把保守主义发展为“新保守主义”。也就在这一年,工党政府决定撤出南亚次大陆,揭开了殖民帝国解体的序幕。在第二次世界大战之后,也有一部分英国人怀有悲观怀疑情绪,但这不是主流。20世纪40年代社会价值观念的主流,是采取一条左倾路线来重建英国的社会经济生活。

(二)第二次转折

1973年,英国终于获准参加欧洲共同市场。自此,英国摆脱了自己的孤立状态,不但在经济上,而且在文化思想上也向欧洲靠拢了。英国作家B. S. 约翰逊(B. S. Johnson,1933—1973)、艾伦·谢利丹(Alan Sheridan,1934—2015)、安·奎因(Ann Quin,1936—1973)、伊恩·麦克尤恩(Ian McEwan,1948—　)对20世纪六七十年代的实验主义小说形式的革新,显然在某种程度上和法国的“新小说”有相通之处。1973年,出现了世界性石油危机,英国煤矿工人乘机要求增加工资,达不到要求即举行罢工。因此,英国于1974年发生能源危机,曾经每周供电3天,全国处于紧急状态。1974—1975年，西方世界经济滞胀，英国经济更为疲软，通货膨胀率奇高，失业职工人数急剧增加。1976年，出现了第三次英镑危机。1979年，西方出现了世界性经济危机，英国罢工迭起，市面萧条，陷入困境。英国从世界强国沦落为“欧洲病夫”，这个惨痛的事实迫使英国人民必须作一番沉痛的反思。英国驻美大使汉德逊爵士明确指出，英国经济衰退的主要原因有两方面：一是工业管理水平低下，工人缺乏敬业精神；二是工会势力过强，动辄发动罢工。事实上，认真反思者自然不止汉德逊爵士一人。自我陶醉的帝国之梦破灭，迫使社会各界回顾总结20世纪40年代社会改革和20世纪60年代激进思潮正反两方面的经验教训。正是这种广泛而痛切的反思，于1979年5月把撒切尔夫人推上了英国首相宝座。

如果说20世纪40—70年代是维多利亚时代价值观念体系逐步崩溃的阶段的话，那么，撒切尔夫人登台则意味着对于这种传统价值观念的重新肯定。她认为工党的社会主义平等观念毒害了英国人，使整个民族在惰性中衰落，而她的任务就是用传统的维多利亚价值观来重振帝国雄风，再造英国。她以货币主义代替凯恩斯主义作为整治经济的基本方针，实施私有化，限制政府官僚对经济的控制干预，削减福利开支，压低通货膨胀。撒切尔夫人贯彻其右翼保守主义方针的初期，英国通货膨胀速度加快，就业形势恶化，撒切尔夫人的声望急剧下降。然而，马尔维纳斯岛之战的胜利又提高了撒切尔政府的威信。撒切尔夫人成为民族英雄，于1983年再次当选首相。她用强硬手段镇压了1984—1985年的煤矿工人大罢工，工会势力从此一蹶不振。1987年6月，撒切尔夫人第三次当选首相。在她领导之下，英国的经济情况从1982年至1989年不断好转，成为欧洲经济增长率最高的国家，这就是人们大加赞扬的“撒切尔奇迹”。

(三)第三次转折

正当撒切尔主义春风得意之时，有识之士却发出了严厉警告。坎特伯雷大主教辖区特别委员会于1985年公开发布了《城市里的信仰》报告,尖锐地指出英国已被极端个人主义思潮所左右,社会不公日趋严重,草根阶层不仅在物质上处于劣势,而且被排挤出国家生活之外。1991年,大主教进一步阐述了个人利益必须与社区进步协调一致的观点。1997年5月1日英国举行大选,结果“新工党”以419席获胜,这是工党有史以来最多的议席。布莱尔的“新工党”竞选口号,与大主教的观点相互呼应。布莱尔指出,必须重新确立以社会团结、共同使命、公平共享、相互责任为共同理想的经久不衰的英国价值观,去建立一个为所有人谋福利而不是为少数人谋福利的“利益相关者社会”,去建设一个团结一致的“新英国”。布莱尔主张打破传统的左派、右派分界线,停止走向两个极端的无谓争论。英国人必须作为一个团结的国家、一个团结的社区,去思维、去行动。人们不仅相互竞争,也要相互合作;不仅关心自己的福利,也要关心他人的幸福。

二、社会思潮影响下的文学状况

第一次世界大战前后,英国的社会文化观念产生了更为深刻而激烈的变化。弗吉尼亚·伍尔夫(Virginia Woolf,1882—1941)在《贝内特先生和布朗太太》一文中说,1910年前后,“人的一切关系都在变化”“宗教、行为、政治和文学也同时发生了变化”。戴·赫·劳伦斯(David Herbert Lawrence,1885—1930)在《袋鼠》一书里明确地宣称:“在1915年旧世界结束了。在1915年至1916年之交的冬季老的伦敦精神崩溃了……伦敦价值的完整性分崩离析,普遍的衰落就此开始。”这种对旧的价值和秩序的反叛,必然伴之而来对新的思想和理想的探索。

在20世纪之初的十多年间,从维多利亚时代沿袭下来的社会现实主义依然是一股强劲的潮流,其代表作家有戏剧大师萧伯纳(George Bernard Shaw,1856—1950)以及小说领域内的现实主义三杰:赫·乔·威尔斯(Herbert George Wells,1866—1946)、约翰·高尔斯华绥(John Galsworthy,1867—1933)和阿诺德·贝内特(Arnold Bennett,1867—1931)。在20世纪初转向诗歌创作的现实主义小说家托马斯·哈代(Thomas Hardy,1840—1928)继承了英国诗歌的传统,成为当时最杰出的诗人。

与此同时,现代主义自19世纪末从欧洲大陆传入英国之后也正在迅速崛起。它逆现实主义的潮流而动,在文学创作的题材和形式上进行实验革新。在爱尔兰诗人威廉·巴特勒·叶芝(William Butler Yeats,1865—1939)的早期诗歌和亨利·詹姆斯(Henry James,1843—1916)的后期小说中,现代主义已初露端倪。约瑟夫·康拉德(Joseph Conrad,1857—1924)和爱德华·摩·福斯特(Edward Morgan Forster,1879—1970)进一步推动了现代主义在英国小说中的流传。至20世纪20年代前后,现代主义终于到达了它的巅峰。把心理学探索和社会批判熔于一炉的劳伦斯和意识流大师詹姆斯·乔伊斯(James Joyce,1882—1941)、伍尔夫是小说领域内的杰出代表;T. S. 艾略特(Thomas Stearns Eliot,1888—1965)堪称现代主义诗歌的典范,叶芝后期的印象主义诗歌也有强烈的现代派色彩。英国现代主义文学的经典作品几乎都出现在20世纪20年代前后。

20世纪30年代初,一场空前严重的经济危机席卷西方世界,劳动大众饱受失业贫困之苦,群众斗争持续不断。法西斯势力在欧洲崛起,并在西班牙内战中与国际进步势力展开了较量。20世纪30年代是工人运动在欧洲此起彼伏、社会主义思想广泛传播的"红色十年"。紧迫的社会矛盾要求文学以更加直接和更加迫切的方式反映现实生活,现实主义回归英国文坛成为主流。一批具有左翼进步思想和积极参与政治活动的年轻作家,如威斯坦·休·奥登(Wystan Hugh Auden,1907—1973)、斯蒂文·斯本德(Stephen Harold Spender,1909—1995)、克里斯托弗·伊舍伍德(Chrotopher Lsherwood,1904—1986)等奋起抨击沉湎于知识分子心理自我表现的现代主义文学,呼唤文学向外转和向左转。此外,以伊夫林·沃(Evelyn Waugh,1903—1966)、奥尔德斯·赫胥黎(Aldous Leonard Huxley,1894—1963)和乔治·奥威尔(George Orwell,1903—1950)等人为代表的社会讽刺作品也继承了英国文学中优秀的讽刺传统,成为20世纪30年代现实主义文学的一部分。

1939年第二次世界大战在欧洲爆发,英国国难当头,社会上利益相左、观念殊异的各阶层在丘吉尔首相战时内阁的领导下同仇敌忾,与国际反法西斯力量配合打败了法西斯势力。在频繁的空袭警报声里虽然也有若干比较重要的作品问世,但总的来说,20世纪40年代前期的烽火岁月和后期的战后重建时期都不能说是文学创作的丰硕时期。

随着第二次世界大战的结束,英国社会进入了一个新的时期。在这一时期,现实主义与现代主义的交替交融以更加令人眼花缭乱的方式出现在英国文坛上。20世纪50年代现实主义再度兴起,小说和戏剧中的“愤怒青年”以及查尔斯·珀西·斯诺(Charles Percy Snow,1905—1980)等人的“长河小说”表明传统的创作方法再度受到青睐。在诗坛上,延续甚久的现代派诗歌终于随着杰出的诗人狄伦·托马斯(Dylan Thomas,1914—1953)的去世而低落;与小说和戏剧中的“愤怒青年”相呼应的“运动派”诗歌和“厨房水槽”诗歌更贴近下层中产阶级和工人阶级的日常生活现实。进入20世纪60年代之后,英国社会进入相对稳定时期,文学中的实验创新又逐渐抬头,以艾丽丝·默多克(Iris Murdoch,1919—1999)、威廉·戈登(William Golding,1911—1993)等人的创作为代表的哲学寓言小说反映了对小说题材及其寓言意义的探索,而以B. S. 约翰逊为典型的形式革新派则代表了对小说形式的极端创新。与此同时,主要来自欧美的现代主义文学流派如荒诞派戏剧和具体派诗歌等,在英国也有一定的影响。

总之,在20世纪英国文学的发展过程中,现实主义和现代主义两大潮流同时并存,此长彼消;经过多次交替交融之后,时至20世纪七八十年代的现实主义已经不同于19世纪末20世纪初的现实主义了,而战后的现代主义也比20世纪20年代高峰时期的现代主义有了新的发展。

第三节 20世纪英国小说的创新与变革

进入20世纪以后，英国的经济实力和军事实力大不如前。随着各种矛盾的尖锐化与社会结构的动荡，新的一代文人对传统的信念产生了动摇。他们回顾维多利亚时代，发现那个时代是沉闷和虚伪的，而且维多利亚时代的理想显得狭隘、肤浅，甚至愚蠢。这种情绪在20世纪既是造成文学领域里许多已经实现或将要实现的变革的起因，又是这些变革带来的结果。文学批评界认为，新的思维、新的时代已经开始。这时，欧美各国文艺和社会思想相互影响，促进了英国小说的变化。可以说，20世纪是英国小说的创新与变革时期。

一、现代主义小说的产生与发展

创新与变革意味着对传统的反叛。就英国小说来讲，这种反叛萌芽于19世纪末，盛行于20世纪中期；反叛的对象主要是传统的现实主义小说；反叛的根本性问题是真实观，而且真实观的内涵的变化是小说演进发展的重要标志。19世纪现实主义小说家在自然科学的实证理念影响下，对小说真实性的追求达到了空前的高度，20世纪科学与文化的发展，则促使作家们对19世纪的真实观感到不满与反叛，并追求新的创作规则。自亚里士多德以来，科学的目的都是在寻找客观的规律和秩序，以逻辑的、实证的方式求证一个稳定的、可以认识与把握的世界。因此，人们相信，“世界中的一切现象都被先验地认为是某种原因的结果……不能被原因和结果这一法则解释的现象都是偶然，偶然无疑也与科学的目的形成对立”[1]。正是基于这种机械宇宙观,19世纪的现实主义小说家对小说真实性追求的坚定信念得以支撑。然而,20世纪科学的新发展轰毁了机械宇宙观的“幻想”。爱因斯坦的相对论告诉人们:在貌似稳定的世界和宇宙里,一切都是不牢靠的。与此同时,现代心理学和哲学打破了传统的思维模式,把人们的目光从客观物理世界转向主观心理世界。人们发现,理性所认识和把握的外在世界并不是真实的世界,而无序的直觉才是唯一的真实。意大利美学家B.克罗齐认为,只有心灵世界才是唯一真实的存在。法国哲学家柏格森认为,人的生命的冲动是一种不能截止的“绵延”,它不断变化、活动、创造,而自我的生命冲动是时间绵延的根本动力,人的内在感觉则是时间的衡量标准,自我的感觉顺序就是时间的绵延。奥地利心理学家弗洛伊德则进一步把目光投向人的心灵深处,认为无意识是一个无限广阔的世界。法国哲学家萨特则赋予了人的心灵意识最高最真之意义,认为外部世界是“自在的存在”,是一个巨大的“虚无”;人的意识是“自为的存在”,这才是真实的。20世纪科学的发展及其所带来的宇宙观的变化深刻影响了文学,推动了现代主义文学的产生。

现代主义作为20世纪的“先锋文学”,其首要特征就是反传统、图变革、求创新。因此,相较现实主义小说,现代主义小说具有以下特点:从主题看,多通过记录人物的心理变化来反映疏离、孤独等现代主题;从形式看,现代主义小说是极富流动性与多样性的,现代主义作家们总是打破时空的限制,以碎片化的方式呈现人物的精神世界;从写作技法看,现代主义作家们善于进行叙述视角的转换,多采用人物的内心独白来塑造人物形象。在英国文坛上,具有现代主义倾向的小说家就是新宇宙观的接受者和拥护者,因此,他们不再重视“如眼所见”的外部生活世界,而是关注心灵世界对外部世界的主观感受,注重表现一种形而上的存在,一种感觉的、心理的真实。英国的现代主义小说以一种崭新的面

---

① 易丹.断裂的世纪——论西方现代文学精神[M].成都:四川大学出版社,1992:55.

目雄踞文坛，开创了20世纪英国小说的新局面。这里，不同的真实观是英国现代主义小说与19世纪现实主义小说最根本的差异。

英国现代主义小说的产生是以表现主观真实的心理小说的出现为主要标志的，这种具有现代特征的心理小说最先从19世纪末詹姆斯的创作开始。詹姆斯坚持19世纪现实主义小说的真实性原则，但他认为，真正真实的不是外部的、表象的生活，而是人的内心生活。他在《小说艺术》中指出："一部小说成功与否，决定于它在何种程度上揭示了此一心灵与其他心灵的差异。"他的小说关注的是人对生活的真实体验与感悟。所以，詹姆斯被批评家称为"心理现实主义"作家。可见，詹姆斯是沿着"心理真实"的方向开辟现代主义小说之先河的。到了20世纪初，这种"心理真实"小说在弗洛伊德精神分析理论的影响下得到了进一步的发展，代表性的是两种流向：一种是以劳伦斯为代表的以揭示性心理为主的心理探索小说；另一种是以乔伊斯和伍尔夫为代表的意识流小说。劳伦斯的小说在结构形态及对社会的批判意义方面，仍具有传统现实主义小说的特征，但更为重要的是，他的"独特的审美意识及其深入探索人类心灵的黑暗王国的心理小说使其成为一名出类拔萃而又与众不同的现代主义者"①。就劳伦斯来说，这里的"黑暗王国的心理"主要是指人的性心理，性心理几乎是他的小说的中心题材。他企图通过性心理的描写来揭示工业文明时代人的自然本性；他把性的和谐作为对现代工业文明时代的人的拯救，把性与爱的和谐看成人性的回归。真正把英国心理小说推向高峰的是乔伊斯和伍尔夫。乔伊斯毕生致力于小说艺术的变革与创新，他的创作具有鲜明的实验性，这种实验性最集中、最突出的表现是：他把小说描写的焦点集聚在人的意识上，把笔触深入到人的精神活动的底层——潜意识，表现那飘忽混乱的思绪与感觉，生动逼真地展示自然和非逻辑状态的心理流动的过程。

① 李维屏.英国小说艺术史[M].上海：上海外语教育出版社，2003：224.

伍尔夫与乔伊斯几乎同时倡导、实践意识流小说,但又有自己独特的追求与贡献。她像乔伊斯一样关注人物的精神世界,揭示人的真实的精神—心理的感受,但又格外重视表现人的精神世界的技巧与形式。因此,她的小说在心理时间、叙述方法、结构布局等方面为意识流小说和现代小说做出了新的探索,她的小说在形式上与传统小说拉开了更大的距离,从而表现了她对小说形式的创新与变革。

20世纪20年代,英国现代主义小说达到了顶峰。康拉德打破了传统全知全能的叙事体系,充分运用象征以及哥特元素为读者展开了一幅幅殖民地的风情画卷。他的代表作《黑暗的心》"以马洛作为叙述者,既为作者创造了灵活自由的叙述空间,又体现了他对人的本质所抱有的怀疑主义思想"[①]。福斯特不仅娴熟运用象征手法,更是在不同人物之间进行叙事视角的切换,以求揭示人物的内心世界的矛盾与挣扎。他的代表作《印度之行》"描写了印度大夫阿齐兹和英国人菲尔丁之间的友谊,主张英国与殖民地人民间的相互理解"[②]。

二、后现代主义小说对现代主义小说的反叛与超越

第二次世界大战以后,英国小说出现了一次新的转折,即现代主义小说发展成后现代主义小说。后现代主义小说既是对现代主义小说的延续,又是对现代主义小说的超越与反叛。后现代主义小说家否定了小说文本能通过语言来反映生活真实(包括心理真实),认为小说文本只能用语言构筑一个虚构的、无意义的世界,无真实性可言。在后现代主义小说家看来,小说是作家凭想象力虚构出来的语言文本,既然是"虚构",就无法反映真实。也就是说,"真实"与"虚构"是互相对立的。在此,"真实"被"虚构"取代,可见后现代主义小说在"解构"了小说自它产生以来一直追

① 孙建.英国文学辞典——作家与作品[M].上海:复旦大学出版社,2010:241.
② 孙建.英国文学辞典——作家与作品[M].上海:复旦大学出版社,2010:157.

求与恪守的"真实"这条根本性原则之后，回归到"虚构"。于是，文学史上从传奇到小说的发展历程就成了"虚构—真实—虚构"的历史循环。当然这不是历史的重复，而在很大程度上是一种否定之否定。正是真实性的被颠覆，后现代主义小说的叙事方法、结构特点、语言风格、表现技巧等都出现了实验性的变革，在艺术形式上不无"极端形式主义"倾向，这在一定程度上消解了既有的小说概念，所以这种小说又具有"反小说"特征。英国后现代主义小说的主要代表有塞缪尔·贝克特(Samuel Beckett，1906—1989)、劳伦斯·杜雷尔(Lawrence Durrell，1912—1990)、约翰·福尔斯(John Fowles，1926—2005)和约翰逊等。他们超越既往的小说创作规范，自由地进行着小说艺术的实验，使英国小说在情节、结构、人物、语言等方面都发生了革命性变化。后现代主义小说家认为，传统的现实主义手法已经不能描绘当前极其复杂的社会关系和个人的思想活动，他们要寻求新的创作方法。约翰逊公开声称，用现实主义方法写作是犯时代性的错误。概括地说，"贝克特创造性地发展了一种'能容纳混乱'的'荒诞小说'，杜雷尔热衷于构筑他按照平等关系发展的'重奏'小说，福尔斯别出心裁地推出故事与虚构混为一体的'超小说'，而约翰逊则毫无顾忌地将小说形式的革新推向了极端"①。

三、现实主义小说的新变

现代主义小说与后现代主义小说是 20 世纪英国小说的劲旅，集中代表了这一时期英国小说的新发展。但是，这一时期还有别的流派与风格的小说，特别是现实主义传统的小说。现实主义小说在这个世纪依然势头强劲，成为与现代主义倾向的小说交相辉映的一支小说劲旅。英国小说家和评论家戴维·洛奇(David Lodge，1935—)认为，"20 世纪英国文学是在现代主义和现

① 李维屏.英国小说艺术史[M].上海：上海外语教育出版社，2003：328.

实主义两极之间像钟摆锤一样有规则地来回摆动、相互交替的"[1],其中的小说亦是如此。特别是20世纪30—50年代,现实主义小说在现代主义小说向后现代主义小说转型之时成为主潮。20世纪英国现实主义小说既是19世纪现实主义小说传统的延续,也是一种新的发展。特别值得一提的是,20世纪现实主义小说也在吸取了现代主义小说的新观念、新技巧的基础上呈现出新的姿态和新的发展。当时作家重新采用19世纪的现实主义的创作方法,出现了"愤怒青年"作家以及工人小说作家,他们以严肃的态度写社会问题和道德问题,有的评论家把他们称为"社会文献派"。斯诺一向是现实主义文学的坚决捍卫者,他反对现代派文学,他批评"新小说"转瞬间把小说这种创作体裁搞得毫无意义。这些作家还是认为小说的主要任务是反映现实生活,情节是主要的,人物是不可少的。可以说,在新的历史文化条件下同样进行着艺术探索的现实主义小说家,较之19世纪作家更关注人物心灵世界的开掘,他们的小说明显表现出内向化、主观性特征,心理描写的手法更为丰富,因此,在一些现实主义小说家的创作中,现代主义与现实主义是很难区分的。在20世纪英国现实主义小说家中,高尔斯华绥、威廉·萨默塞特·毛姆(William Summerset Maugham,1874—1965)、格雷厄姆·格林(Graham Greene,1904—1991)、金斯利·艾米斯(Kingsley Amis,1922—1995)、沃、戈登、默多克和多丽丝·莱辛(Doris Lessing,1919—2013)等是主要代表。他们的创作既继承发展了现实主义小说,又促成了20世纪英国小说多姿多彩的繁盛景象。

四、哲学小说的出现与女性小说的新发展

20世纪60年代,由于科学技术的突飞猛进,对于人的科学性探索也有了很大发展,西方的哲学家对社会上出现的政治矛盾和

① David Lodge. Working with Structuralism[M]. London: Routledge and Kagan Paul,1981:13-16.

思想矛盾进行了探讨，作家们也着重分析了在当代社会中人所处的地位，因此哲学小说在20世纪60年代占据了相当重要的地位。这一时期的哲学小说家，除了多产的女作家默多克，还有福尔斯、安格斯·威尔逊(Angqus Wilson，1913—1991)、莱辛等。这些作家不仅通过寓言的方式来表达他们的哲学思想，而且在创作技巧上也在谋求新的途径。评论家们把他们称为"哲学派"或"寓言编撰家"。

20世纪英国女性小说进入了百家争鸣的多元局面，父权批评与百花齐放的女权主义批评在共存之中争奇斗艳。英国文学从形成之日起便与女性有着特殊、紧密的联系，女性文学是"英国文学的伟大传统"之一。历代女性作家为之呕心沥血，功不可没。18世纪的英国小说创作几乎被女性所垄断，罗曼司和哥特式等小说体裁也始于女性作家之手，19世纪更是因为涌现了一批才华横溢、成绩斐然的女性小说家而被称为"女性小说家的时代"。然而，20世纪以前的英国女性小说家又面临着一个备受争议的问题，即女性小说有着属于自己的文学传统抑或只是男性文学的模仿。不少人认为，20世纪以前的女性小说家总是在摹仿而非创造，她们最大的困难就是克服男性文学传统的影响。女性主义批评反对这压抑和贬损女性文学的男性霸权话语，她们重新审视了女性小说发展的历史并发现了女性文学的独立传统。进入20世纪，英国女性主义作家从新的视角检视女性，注重从女性的内心体验、价值观念、自身解放和人生理想等诸多方面塑造新的女性形象。这个时期，父权批评仍然是小说领域的主导话语，但其本身的意义已经发生了重大变化，主要原因是多数女性享有受教育的机会，愈来愈多地活跃在公共领域，与男性同胞共同工作。随着教育的普及和社会活动参与度的提高，女性小说家在视野、思想深度、叙事艺术等方面显示出与男性一比高低的趋势。女性小说家的成功仿佛在向世人宣示：在教育等各个领域向所有人开放的今天，无论小说叙事采用何种标准，她们都有勇气与才华攀登并达到艺术的顶峰，而且她们的作品完全经得起现实主义、浪漫主义、结构主义、解构主义、马克思主义、精神分析或新历史主义等方法的批评。20世纪英国女性小说家以伍尔夫、默多克、莱辛为代表。

总之,20世纪是英国小说史上一个在变革中发展的时代,也是小说艺术革新变化最多、最快的时期,小说的内涵与表现技巧得到了空前的拓展与更新,小说作为一种文学体裁,其存在形态呈多元状态。概言之,20世纪英国小说有以下几个特征。

第一,20世纪英国小说在真实观问题上,既存在着认识论哲学基础上的客观真实性(即传统现实主义倾向的外部真实)和主观真实性(即现代主义倾向的心理真实)理念,又存在着本体论哲学基础上的非真实性(即后现代主义倾向的"虚构")理念。因此,小说文本既有有力、真实地反映了日常现实生活的现实主义形态,又有展示主观心理世界、追求形而上的深度意义的现代主义形态,还有试图用新的语言体系构建一个虚构世界,追求文本结构的无序性、非逻辑性和意义的不确定性的后现代主义形态。

第二,20世纪英国小说主要有现实主义、现代主义和后现代主义三种不同形态,但不同形态的小说普遍具有内倾性特征,关注对人的精神—心理世界的展示。具体来看,20世纪现实主义倾向的小说加强了对人的心理的描述;现代主义倾向的小说则力图在理性原则规约下展示人的自然状态的精神—心理世界;后现代主义倾向的小说则力图在小说文本中展示一种荒诞的精神—心理体验。

第三,20世纪英国小说在叙述形式与结构形态上,传统现实主义形态的叙述方式依然存在,但力图摆脱传统叙述方式的倾向十分强烈。因此,小说的故事性、情节性总体上趋于淡化甚至消解。

第四,20世纪英国小说的表现技巧达到了空前多样化的境地。20世纪的英国小说界与整个欧美小说界一样,实验意识、变革精神格外强烈,因此,在小说的创作技巧上可谓是异彩纷呈。自由联想、时空倒错、内心独白、自动写作,以及顿悟、象征、隐喻、暗示、矛盾、交替、短路、反体裁,等等,所有这些对形式技巧的刻意追求与创新,都有助于丰富与拓展英国小说的表现方法。

第二章　20 世纪初期英国小说发展研究

1901 年，维多利亚女王去世，爱德华七世上台，这既标志着一个传统、鼎盛时代的结束，也标志着英国开启了历史上新的一页。纵观 20 世纪初期英国的发展，可以发现它随着第二次工业革命的深入开展，在政治、经济、文化等各个方面都发生了巨大变化，人们的生活习惯、思维习惯等也有了重大改变。但是，英国在这一时期也面临着不少的问题，如经济混乱、贫富悬殊、失业者众多等。再加上第一次世界大战的爆发，使得 20 世纪初期的英国人民在精神层面受到了严重冲击，从根本上动摇了人们的传统观念。所有的这些都在 20 世纪初期的小说创作中有所反映，并使得这一时期的小说创作呈现出多样化的主题。在本章中，将对 20 世纪初期的英国小说创作进行详细论述。

第一节　帝国主义思想的另类阐释：拉迪亚德·吉卜林的小说创作

在英国文学史上，拉迪亚德·吉卜林（Rudyard Kipling，1865—1936）是一个毁誉参半的作家。他出生于印度孟买，1871 年时被父母送回英国接受教育。在这期间，他寄养于朴次茅斯一退休船长家，受尽虐待，这使他的心灵受到严重伤害。直到 6 年后，他被父母送入德文郡联合服务学院就读，才不再受虐待。毕业后，他回到印度，成为报刊记者和编辑，曾到中国、日本、美国等地采访。其间，他开始尝试文学创作。1886 年，他的诗集处女作

《歌谣类纂》发表,开始在文坛崭露头角。第二年,他开始尝试小说创作,但并未引起足够关注。后来,他回到英国,潜心创作了两部儿童传奇故事集《莽林之书》和《莽林之书续篇》,出版后大获成功,并为他赢得了儿童文学大师的声誉。1901年,他发表了长篇小说《基姆》,深受读者的喜欢。1907年,吉卜林获得了诺贝尔文学奖,是第一个英国诺贝尔文学奖获得者。1935年底,吉卜林因病在伦敦去世。

吉卜林是帝国主义思想在英国文学里的主要代表者,不仅积极拥护大英帝国的殖民政策,鼓吹种族歧视、殖民扩张、非道德主义和强权,而且通过自己的创作对英帝国主义歌功颂德,将英帝国主义的殖民运动和战争赞美为一种仁义行为,是传播所谓的文明。

纵观吉卜林的小说创作,可以发现其重在描写英国殖民者以及土著人民的生活、思想、习惯等,并注重在描写中向读者灌输帝国主义思想,甚至指出英国人的到来是为了传播文明,帮助土著人改变落后和愚昧的思想与行为。如此一来,他便将自己以及大英侵略者打扮成救世主的模样,好像世界各地都需要他们的救济。

第二节　寄寓科学传奇的社会讽刺:赫·乔·威尔斯的小说创作

威尔斯出身于英国肯特郡的下层市民阶层,父亲是职业板球手,经营着一家小陶器店,母亲靠给富绅家做管家补贴家用。童年时,威尔斯被母亲送入专门为中产阶级子弟服务的莫利商学院读书,但他认为自己并未在这所学校中学到很多东西。14岁时,由于父亲破产、家境破败,他不得不辍学,自谋生路。此后,他做过药店学徒、邮差、店员等。这样的人生经历,使得威尔斯对下层人民的生活有了深刻的了解与体会,也为他日后进行文学创作积累了重要素材。1884 年，威尔斯进入伦敦南肯辛顿的理科师范学校学习。在校期间，他学习的是理科知识，但逐渐对文学创作产生了兴趣，并开始创作小说，逐渐受到了文坛的关注。之后，他正式开始了自己的创作生涯，长达半个世纪。第一次世界大战期间，威尔斯参与了国联的活动，在战后完成了历史学著作《世界史纲》。第二次世界大战期间，他曾支持进步力量，反对法西斯的侵略。1946 年，威尔斯在伦敦去世。

威尔斯在进行小说创作时，继承了 19 世纪现实主义小说的优秀传统，以社会讽刺喜剧小说的形式刻画了一系列中下层人物形象，描绘了社会风貌，揭示了社会的真相，颇似狄更斯的创作风格。与此同时，威尔斯在其社会讽刺小说中，注意融入一些科学知识，从而使其呈现出鲜明的特色。

《时间机器》是威尔斯非常重要的一部小说作品，通过奇特的想象，以语言的形式生动展示了深刻的社会寓意，即劳动者和剥削者之间的冲突加剧可能造成不良后果。

在小说中，威尔斯用荒凉、哀伤的基调为读者描绘了未来的图景，展示了一次震撼人心的旅行。小说的故事从时间旅行家黑尔耶的书房开始，他提出了一套关于四维空间和时空穿梭的理论，并正在向他的朋友们解释这一理论。他认为事物如果缺少了第四维是不可能存在的，而且人在这样的空间中是可以在时间隧道中穿梭的。基于这样的理论认知，他创造了时间旅行机，能够在过去和未来之间驰骋。但是，他的朋友们并不相信他的理论以及他创造的机器。为了证明自己观点的正确性，黑尔耶乘着时间旅行机来到了 8 万年以后的世界里。他的时间旅行机刚刚落地时是早上，看到了一群穿着结实柔软的丝质长袍，相貌英俊美丽的小人，他们是爱罗依人，生活在地上，以水果为生，整日游乐跳舞，却不工作；他们的身体娇小柔弱，由于没有了战争，生活优裕，体力和智力严重地退化。可到了晚上，他的时间旅行机被偷。后来，他知道了偷时间旅行机的是生活在地下的莫洛克人。这类人长着灰红色的大眼睛，淡黄色的长发长及脊背。他们整日在地下的机器旁劳作,为地上人们的舒适生活提供所必需的一切物质条件。由于他们长期在地下工作,因此怕光怕火,只有夜里才能到地面上活动,猎取爱罗依人为食。通过对这类人的观察与分析,黑尔耶推断出爱罗依人是原来的统治阶级。在长期的发展过程中,科技的不断进步逐渐把人类社会推向鼎盛时期,物质的极大丰富加上长期的不劳而获、坐享其成,导致这些统治阶级的智力和身体机能逐渐退化,最后竟堕落成供莫洛克人捕食的牲畜。而莫洛克人原本是工人阶级的后代,他们由于常年在地下工厂劳作,终年不见天日,于是慢慢习惯于地下环境而演化成像老鼠一样的穴居动物。最终,食物的匮乏迫使他们以爱罗依人为食物,上演了人吃人的惨剧。为了逃离这一世界,黑尔耶想办法夺回了时间旅行机。之后,他继续向未来履行,但看到的都是道德沦丧、愚昧无知、自相残杀的萧瑟景象,令人触目惊心。由于无力改变这样的世界,黑尔耶选择了逃离。于是,他乘坐时间机器前往过去,但这次他再也没有返回。

应该说,小说的描写是十分真实的,而且情节设计缜密,对人物心理的刻画也比较细腻。威尔斯借助"时空穿梭"这一科学假设,用讽刺和象征手法阐述他对人类进化和社会关系结构的思考。在小说中,人类关系在经历世世代代的阶级压迫与反抗之后,终于升级到人吃人的境地。所不同的是,曾经养尊处优的统治阶级退化为头脑简单、皮白肉嫩、任人宰割的动物,而生活暗无天日的工人阶级在极端的奴役之下最终沦为嗜血成性的妖怪。如此一来,威尔斯毫不掩饰地表达了他对现有社会结构的批评与担忧。此外,威尔斯也通过这部小说试图说明,人类社会一旦繁荣到不需为生存而斗争、不需为温饱而劳动的时候,堕落与毁灭就在所难免。

除了《时间机器》,《吉普斯》《托诺-邦盖》和《波利先生传》也是威尔斯重要的社会讽刺小说,下面对其进行详细分析。

《吉普斯》是威尔斯极为出色的一部社会风俗喜剧,运用漫画式的夸张手法,戏剧性地展示了年轻的布店学徒忽而暴富、忽而贫穷的生活变化以及周围人物趋炎附势、嫌贫爱富的反应，从而深刻地讽刺与鞭挞了金钱社会中的世态炎凉。

小说的主人公吉普斯是一个出身于下层市民阶层的小人物，不知父母是谁，也没有一个幸福的童年。长大后的他在一个布店当学徒，后因醉酒失去了这份工作。正当生活无着落时，他突然得到生父的一大笔遗产，成了一个有钱之人。这时，他开始受到上层社会的影响，并渴望挤进上层富豪的生活圈子。为此，他处处模仿上层社会的谈吐举止、礼仪规则，同时大兴土木建造豪宅。最终，他因为金钱万能的关系，进入了上层社会。如此一来，周围人对他的态度发生了重大改变，变得趋炎附势。女教师海伦表面上清高典雅、乐善好施，实际上看不起穷人，她本来对当学徒的吉普斯不屑一顾，听说他发了财，态度立刻发生转变，一边接受吉普斯的求婚，一边盘算着如何攫取他的财富。在经历了一系列事件以后，吉普斯厌倦了所谓的上层社会，并逐渐意识到自己既已脱离了原来熟悉的贫寒阶层，又无法真正进入富贵圈子。最终，吉普斯的下层阶级的出身使他恢复了淳朴善良的本性，拂袖离开了上层社会，且不顾身份的巨大差异，与青梅竹马、身为女仆的安妮结婚。正当他生活幸福时，生活再次出现戏剧化的一面。管理吉普斯钱财的人因投资失败而逃跑，吉普斯的生活再次落入困境。不过，吉普斯夫妇并未因此而难过，也没有怨天尤人，而是经营了一家小书店，过着清淡宁静的生活。后来，吉普斯又因为一笔意外的投资成为有钱人，从此他对生活感到满足，认为自己是世界上最幸福的人。

威尔斯本人在谈到这部小说时曾指出，《吉普斯》是“从英国社会情况出发对生活的详尽探讨，它的目的在于塑造一个英国下层中产阶级的典型人物，表现这个阶级全部可怜的局限性和脆弱性”[①]。纵观小说中吉普斯的人物形象塑造，可以说威尔斯写作这部小说的目的达到了。吉普斯这个人物代表着下层中产阶级的

---

① 刘文珍.20世纪英国小说创作历程透视[M].长春：吉林大学出版社，2012:4.

局限性和脆弱性,他有爱慕上层社会的虚荣心理,知识浅薄,甘受命运的作弄,然而他又不失淳朴的本性,使得他又不那么让人厌恶。如此一来,威尔斯既对英国中产阶级广大人士的理想和行为提出了批评,又尝试为英国中产阶级的未来发展提供一条出路。

《托诺-邦盖》被认为是威尔斯最杰出的讽刺喜剧小说,在发表后受到了很多学者的认可和赞扬,亨利·菲丁称它是"喜剧史诗般的作品"。它以 19 世纪后期变迁的社会为背景,并仿效了 19 世纪小说的形式和技巧,将自传成分、科学幻想、社会讽刺和观念阐述熔于一炉,从而生动地展现了一个充满欺诈冒险和偏见势利的陈腐社会,并赞扬了显示出永恒真理的事物,即科学。

小说的主人公乔治出身贫寒,母亲在一个子爵府里做女奴,父亲因厌倦了贫困的生活而离家出走。因此,他自出生后就跟随母亲住在子爵府里,并在那里度过了并不愉快的童年。一次,他因与子爵的儿子打架被赶出了子爵府。无奈之下,他投靠了叔父爱德华,在他的杂货店做学徒。爱德华是一个具有冒险精神、不择手段的商人,但他的杂货店经营得并不成功,没多久就倒闭了。之后,他去伦敦谋生。此时,乔治因意外得到了一笔奖学金,也随叔父去了伦敦,在一所专科学校学习。在伦敦,爱德华并未因失败而颓唐,还靠着发明和推销假药"托诺-邦盖"而大发横财。而乔治在毕业后,到叔父的医药公司任职,一边工作,一边研制他喜爱的飞行器,学习飞行技术。后来,假药"托诺-邦盖"被揭发,爱德华的公司破产,于是乘坐乔治的飞行器出逃,却不料发生意外死在途中。叔父死后,乔治的事业梦想完全破灭,他又回到原来的社会地位上,继续过着庸庸碌碌的生活。

应该说,爱德华的发家经历就像是资产阶级发家史的缩影。凭借着灵活的头脑、冒险的精神和不择手段的巧取豪夺,他获得了大量财富,但同时,他也失去了善良的本性,在金钱的腐蚀下,变得贪婪自私,唯利是图。而小说中假药的兴衰成败,正是对资产阶级巧取豪夺、道德沦丧的辛辣讽刺。

在这部小说中,威尔斯还展现了另一个重要主题,即英国社会根深蒂固的阶级偏见和等第观念。乔治幼年时在子爵府里与子爵的女儿比爱特里丝两小无猜，但他们的交往受到了比爱特里丝同父异母哥哥的嘲讽，这里已经隐藏着贫富之间的阶级隔阂。而乔治在青年时期旧情复萌一场热恋之后不能结为夫妻，更暴露出士绅旧贵对工商新富的偏见和鸿沟。然而，子爵府另易新主象征性地表明英国旧的社会结构的解体和新的阶级关系变化已势在难免。

此外，这部小说也体现了威尔斯喜剧讽刺艺术更加成熟的运用，它流畅亲切的叙述、轻松愉快的情节、机智俏皮的对话、诙谐的揶揄和辛辣的鞭挞都成功有效地用于社会批判。不过，这部小说的结构松散而缺乏严谨的组织，叙述语言缺乏精雕细刻的推敲提炼，漫画式的扁平人物富有戏剧化效果但缺乏性格变化发展的深度等，这些都在一定程度上影响了这部小说的艺术性效果。

《波利先生传》通过讲述一个中产阶级下层小人物的坎坷命运，展现了在颠簸动荡的年代和生活的旋涡里小人物被社会的浪潮抛来掷去的命运。

小说的主人公波利出身贫寒，也没有读过多少书，地位卑下，渴望改变自己的命运，却又不知道如何去做。他经营着一家布店，想改变现状，但依然精神空虚，并且由于商人的狡诈而导致布店债台高筑，面临倒闭。这样的生活境遇使波利变得伤心绝望，他打算放火烧掉布店并自杀。然而，当他真正迫近死亡时，他又感到生的可贵，并因不忍邻家楼上年迈生病的老人葬身火海，奋力救出了老人。波利的这一举动，获得了邻里的大加赞赏，火灾的损失也得到了保险公司的优厚补偿。但是，波利并未因此而感到满足和快乐。他依然感到压抑和痛苦，最后离家出走。几经周折后，他在田园牧歌一般的乡间找到一份旅馆服务员的工作，并与女店主相依为命。很多年后，波利回到家乡，颇受冷遇，最终又回到了乡间的旅馆。

波利先生与《吉普斯》中的吉普斯、《托诺-邦盖》中的爱德华一样，都是不满足于现状、渴望改变自身命运的下层人。他感到自身的潜力和情感都被无形的命运和生活压制了,这让他无法忍受,甚至想到了自杀。但是,喜剧般的巧合使波利成为一个英雄,情感得到一次释放。不过事件过后,波利面对的是依旧枯燥而单调的生活和世风。无力改变命运的波利选择了逃避,退居到田园中寻找荣辱沉浮,无法抓住自己的命运,表达了对小人物的同情和对社会的批判。如此一来,威尔斯便用喜剧的手法展现了一个小人物充满辛酸的人生道路,并用幽默冷隽的笔触描述了危难场面和奇异经历,使可爱可笑和可怜可悲融成一体。

总的来说,威尔斯通过自己的小说创作,对社会现实与人类未来之间的关系进行了深入的思考和探索,并形象地揭露了社会中存在的阶级矛盾和种种问题,表达了对小人物不幸命运的同情。

第三节　资产阶级家族兴衰的展现:约翰·高尔斯华绥的小说创作

高尔斯华绥出身于伦敦的一个富裕中产阶级家庭,父亲是律师。他早年在哈罗中学上完小学和中学,后进入牛津大学学习法律。毕业后,他获得律师营业执照,从事法律事务。但是,他对法律事务并没有太大兴趣,而是更喜欢文学创作。后来,他放弃法律事务,开始投身文学创作。自1897年起,他用"约翰·辛约翰"的笔名发表了多部小说,但因创作手法不成熟未引起文坛关注。不过,高尔斯华绥并未因此气馁,在1904年用真名发表了小说《岛国的法利赛人》后,开始引起评论界注意。此后,他努力学习和研究优秀作家的创作技巧,逐渐形成了自己的创作风格,创作出的作品也越来越受读者的欢迎,有《福尔赛世家》《现代喜剧》《一章的结束》等。除了小说,高尔斯华绥还创作了多部散文、诗歌、书信集和26个剧本。1932年,高尔斯华绥获得了诺贝尔文学奖,在文坛的影响力也越来越大。1933年,高尔斯华绥去世。

高尔斯华绥是20世纪初期英国小说创作的杰出代表，他的小说继承了传统现实主义创作手法，并十分注重对典型人物的塑造，善于用客观冷静的叙述再现生活的真实，用幽默嘲讽的语言讲述生动的故事情节，从而展现出广阔的社会生活面貌。同时，高尔斯华绥在进行小说创作时，善于运用史诗般的规模，沿着传统的人性道德关怀与社会批判方向，对英国资产阶级家族的兴衰历史及其精神发展史进行形象的描绘，从而揭示出资产阶级家族由盛而衰的历史命运。

《福尔赛世家》《现代喜剧》《一章的结束》是三组三部曲小说，讲述的都是福尔赛家族从19世纪80年代到20世纪20年代的兴盛与衰落，以及家族中各人物的命运。借此，高尔斯华绥展示了作为英国资本主义中坚力量的工商业资产阶级自起家发展到内部腐败，以及最终在外界的压力下走向衰微没落的全景式历史画卷。

《福尔赛世家》包括《有产业的人》《进退维谷》《出让》三部小说，代表着高尔斯华绥小说创作的最高成就。在这一组小说中，高尔斯华绥真正深入到中产阶级家族的精神世界，生动描绘了他们的种种矛盾、痛苦与心灵挣扎，因此发表后受到了评论界的高度赞扬。此外，高尔斯华绥曾说："《福尔赛世家》的原旨是描写美色对私有世界的扰乱和自由对私有财产的控诉。"因此，美与财产占有欲的对立是这一组小说要表现的基本主题。

福尔赛家族的祖上原本是吃苦耐劳、顽强坚韧的农民，后随着英国对海外殖民地的扩张和剥削而逐渐发家。发家后，这些人大多变成事业有成的上层人，有的是公司董事长，有的是矿主，有的是房产经纪商，他们喜欢收集名画、古董，最看重的是财产，正如书中所说的"紧抓住财产不放，不管是老婆，还是房子，还是金钱，还是名誉"。这种赤裸裸的占有欲与财产意识，便是福尔赛家族的精神特征，也是典型的英国中上层资产阶级的精神特征。整部小说从发家后的第二代写起，第二代福尔赛们，依然是继承父业、"功绩辉煌"的一代。以老乔连为代表，他们个个生财有道又道貌岸然,“混得非常之好”。哪里有高额利润,哪里就有他们的身影。总之,他们已经成了十足的殷实体面的上层资产者。到了第三代,即老乔连的儿子小乔连以及他的侄子索米斯这一代,已经是由伊顿、哈罗公学和牛津、剑桥大学培养出来的标准英国绅士了。而索米斯是贯穿整部小说的中心人物,他身上集中体现了福尔赛世家的性格。

《有产业的人》是《福尔赛世家》中的第一部,索米斯就是这部小说的主人公,他是一个不折不扣的具有“福尔赛精神”的有产业的人。

索米斯的身上可以说集中了福尔赛家族的一切特征:自私、虚伪、贪婪与掠夺,他生活的最高目的就是攫取财富和保持一切能增值的东西。他表面上十分爱自己的妻子伊琳,坚持不懈地追求她,为她买衣服首饰,建造乡间别墅。但实际上,伊琳只是一件被索米斯占有的财产,一件满足他的虚荣心,可以被赏玩、艳羡的收藏品。伊琳正值青春妙龄,而且拥有让人倾慕的美貌,还喜欢艺术和自由。但是,她生活拮据,为了过上好日子嫁给了自己并不爱的索米斯。由于富裕的索米斯与贫穷绝美的伊琳之间缺乏爱情基础,因而他们在婚姻中矛盾重重。慢慢地,伊琳变得无法忍受索米斯,想要离开他。但是,索米斯是不肯放手让伊琳离开的,因为资产阶级的道德观念与财产意识让他把妻子视为私有财产。为了挽回岌岌可危的婚姻,也为了将美貌的妻子牢牢掌握在自己手中,索米斯决定请才华横溢却一贫如洗的艺术家、建筑师,福尔赛家族长房孙女琼的未婚夫波辛尼为他在伦敦郊外建造一所别墅。但令他没想到的是,在建造乡间别墅的过程中,伊琳与波辛尼相爱了。索米斯劝说无效,寻机报复,控告波辛尼违反合同,使波辛尼濒临破产。在失魂落魄中,波辛尼命丧车轮之下。波辛尼死后,伊琳只得回到她曾经渴望离开的家。小说结束于伊琳回家后绝望悲伤的画面,这表明渴望自由与幸福、艺术与爱情的伊琳最终没有能逃脱金钱和权势的掌控。表面看来索米斯获得了短暂的胜利,但很显然,他们夫妻之间的裂痕已经无法弥补。

而且，索米斯与伊琳之间的矛盾，并不仅仅是婚姻关系的问题，还是金钱专制与个性自由的矛盾，是财产与人性的冲突。

索米斯这个人物的形象塑造可以说是十分成功的，他内心充满着无尽的贪欲，内心的情感被金钱的占有欲逐渐腐蚀。正如作者所说，这部小说的基本主题是对财产的占有欲与艺术的美感之间的对立与冲突，重在揭露私有财产欲对人的感情的腐蚀。

《进退维谷》是《福尔赛世家》中的第二部，继续讲述了索米斯和伊琳的故事。在经历了波辛尼事件后，索米斯和伊琳再也不能继续生活下去了，于是选择了离婚。此后，索米斯更加醉心于商业，醉心于财产和金钱的攫取。与此同时，他为了家业能够传承，花费大量钱财娶了年轻美貌的法国姑娘安奈特为妻。两人生了一个女儿，名为芙蕾。这显然又是一次金钱的交易，而不是真正的爱情。可见，无论何时，占有一切有价值的东西仍然是索米斯的最高目标。而孤独多年的伊琳遇到了老乔连的儿子小乔连，两人逐渐萌发爱意，后结合生下儿子约翰，在乡间别墅中快乐地生活着。事实上，高尔斯华绥有意通过两种婚姻方式的对比来表达自己的观点：一种是索米斯和安奈特用金钱交易的无爱的婚姻，最后以安奈特的离开为结束；另一种是小乔连和伊琳因为爱情而结成的婚姻，两个人的生活美满而幸福。金钱可以买来一切，却买不来爱情和幸福。在这个过程中，索米斯依然对伊琳充满复杂的感情，这种情感也悄悄改变着他。

《出让》是《福尔赛世家》中的第三部，讲述的是索米斯和安奈特的女儿芙蕾与小乔连和伊琳的儿子约翰之间的爱情与恩怨，即第四代福尔赛人们的生活故事。两人在一个画展上偶然相遇，并坠入爱河，然而双方家庭的宿怨使得两人的爱情一波三折。小乔连坚决反对两人恋爱，伊琳虽说不加干涉，但也暗中表示不满，约翰一直对恋情犹豫不决；而索米斯却一反常态，对女儿深切的爱使他富有人情味，愿意支持女儿的恋爱。最终，约翰从父亲临死前留给他的信中得知事情的整个因果，明白两人是无法结合的，于是和母亲离开家乡，去了美国；而芙蕾在万念俱灰之时，听从父亲的安排,嫁给了贵族青年迈克尔。在小说的结尾,小乔连和伊琳的旧宅挂上了“出售或出租”的牌子,这预示着福尔赛时代以及福尔赛上一代人的退去,下一代人面临着新的社会变革。

《现代喜剧》是《福尔赛世家》的续篇,包括《白猿》《银匙》《天鹅之歌》三部小说。在这组小说中,高尔斯华绥真实地描写了英国 19 世纪末至 20 世纪初一个资产阶级家族盛衰的历史,也是整个资产阶级腐朽没落的历史,为人们提供了一幅英国资产阶级由产生、发展到腐朽衰亡的形象图画。

《白猿》通过讲述索米斯的女儿芙蕾与丈夫迈克尔的感情纠葛,反映了弥漫社会的迷惘与空虚,以及对维多利亚时代道德观念的摒弃。在第一次世界大战之后,英国出现了反战的“迷惘一代”,社会上到处弥漫着混乱气息和旧时代结束的迷惘和空虚情绪。此时,迈克尔的朋友德沙特爱上了芙蕾,并告诉了迈克尔。迈克尔并不固执,他让芙蕾自由去选择。最终,芙蕾决定留下来跟丈夫在一起,还生了一个孩子,而德沙特离开英国去了东方。可以说,在这些新一代人身上充满了空虚,他们不是生活的主人。

《银匙》继续讲述的是芙蕾与迈克尔的故事。此时,他们已经从“迷惘”阶段进入上层社会。迈克尔经过努力已经当上国会议员,企图用种种乌托邦式的幻想措施来解决社会矛盾,但结果一事无成。而芙蕾已经完全继承了家族的“福尔赛精神”,她施展阴谋,协助丈夫在各种场合应酬客人。如此一来,小说便将当时英国政治生活的贫乏、诡诈和徒劳曲曲折折地反映了出来。

《天鹅之歌》中继续讲述芙蕾及其家族的故事。在英国社会工人运动高涨的背景下,福尔赛家族作为资产阶级的一部分,积极组织力量镇压工人罢工,芙蕾也投身进去。此时,芙蕾遇见了初恋情人约翰。他们勾起了青年时代的恋情,但在短暂的旧梦重温后,约翰感到非常痛苦,最后断绝了与芙蕾的关系。这让芙蕾痛不欲生,在绝望中选择自杀但未实现。这时,索米斯家中的画廊失火,芙蕾故意站在危险的地方,企图自杀。为了救女儿,索米斯受伤而死。而芙蕾和丈夫经过许多波折之后,重新思考了过去，继续和平的生活下去。

在《现代喜剧》中，索米斯的形象相比《福尔赛世家》中的形象来说，发生了很大改变。在《福尔赛世家》中，索米斯是一个时代的反面典型。他自私冷漠，缺少亲情，只关心财产和事业，以至于两任妻子都离他而去。索米斯这个“有产业的人”随着岁月的流逝，无论是在“事业”中还是在家庭、亲人的情感上，都逐渐变成了一个长者。此时他的财产意识淡化，并且具备先前没有的正直、仁爱甚至不惜牺牲自己的品格，最后通过火中救女儿芙蕾受伤身亡一幕完成向英雄形象的转变。同时，在他身上逐渐显示出旧时代的传统美德，比起迷惘的新一代，他具有坚韧的意志和教养。索米斯之所以会发生这样的改变，从其性格本身来看，动力来源于美的感染与引导。在高尔斯华绥的思想体系中，美带来和谐幸福，具有永恒的意义；美包括自然美、艺术美和人性美，人性美即善良、正直和利他。就索米斯的具体生活而言，女儿的出生、父亲的去世在他心灵上造成很大震动，他开始反思自己的生活，思索人生的目的，精神境界也得以超越世俗的财产意识。对女儿的爱则使他体会到新生活的乐趣与人生的温暖，找到了心灵寄托。索米斯的转变表现了作者的良好愿望，但就人物形象而言则显得牵强、生硬，缺乏艺术真实感。高尔斯华绥由早期对索米斯父子的批判到对索米斯的同情乃至赞扬，这一倾向的转变是作者早期改良思想的继续发展并日趋保守的结果。第一次世界大战后社会的动荡，工人运动的高涨，年青一代的消沉，加之作者本人年事已高等社会与思想原因，高尔斯华绥产生了强烈的不适应感，看不到希望，理解不了年轻人，转而向维多利亚时代的“社会支柱”求助，在创作中由一个本阶级的批判者转变成受本阶级热烈欢迎的绅士作家，前期创作的批判锋芒在他的后期创作中锐减。

《一章的结束》是高尔斯华绥在生命的最后三年中完成的作品，包括《姑娘在等待》《开花的荒漠》和《在河上》，讲述的是一个贵族家族的衰落以及年轻一代在急剧变化的时代为挽救家族而做出的种种努力。

契厄莱尔家族中聪明美丽的女孩蒂尼是贯穿三部小说的主要人物。在《姑娘在等待》中,蒂尼的哥哥是殖民地的白人官员,在与一个当地人争执的过程中,失手打死了对方,面临着法律的严惩,危及到家族的荣誉。最后,蒂尼凭着过人的胆识和毅力将哥哥从危难中解救了出来,同时也拯救了家族的传统尊严。《开花的荒漠》讲述的是蒂尼恋爱的故事。蒂尼爱上了"迷惘的一代"的诗人德沙特,德沙特就是《白猿》中爱上芙蕾的诗人。他落魄不羁,信仰异教,对一切抱有怀疑态度,这与蒂尼家族的贵族传统显然是不符合的。因此,蒂尼的家族坚决反对接受这个叛逆的年轻人,而蒂尼最终选择牺牲个人感情来维护家族的贵族传统与荣誉。《在河上》讲述了蒂尼的婚后生活以及蒂尼妹妹的婚姻。蒂尼在痛苦地放弃了她热恋的诗人德沙特后,与一个符合家族观念的男子结婚。两人之间虽然没有爱情,但生活倒也和谐。而蒂尼的妹妹则一直生活在暴力的婚姻下,为了摆脱这种痛苦的生活,她进行了顽强的抗争,最终摆脱了虐待她的丈夫。

总的来说,《一章的结束》中的蒂尼在旧秩序已经分崩离析的背景下,进行着一系列挣扎和反抗,并不断牺牲着自我的东西,以期维持家族的传统。但是,旧的秩序已经遭到冲击和破坏,蒂尼的努力只能是徒劳无功的,家族的历史已经到了"最后一章"。

总的来说,高尔斯华绥的小说客观、真实地反映了20世纪初期爱德华时代的社会生活,展示了中上层阶级由盛到衰的历史过程,具有很高的艺术欣赏价值和认识价值。

第四节　对社会生活的客观记录:阿诺德·贝内特的小说创作

贝内特出生于英格兰北方斯塔福郡的汉利,这里是较早的工业化城市和著名的陶瓷之乡。他的父亲做过陶瓷工,经营过布店和当铺,最终靠着自学和努力成为一名律师,离开了工人阶级。

贝内特在当地读完中学后，进入了父亲的律师事务所。后来，他去伦敦，曾在伦敦大学就读，学习法律。在此期间，他因受到法国自然主义的作品和俄国屠格涅夫的作品的影响，对文学的兴趣日益浓厚。于是，他尝试写了一些短篇小说，并给多家报纸杂志投稿。后来，他放弃法律方面的工作，到《妇女》杂志社做新闻编辑。在此期间，贝内特结识了威尔斯，两人成为莫逆之交。1898年，他发表了处女作《北方人》，这是一部带有自传性质的长篇小说，受到了一些评论者的赞扬。1900年，贝内特移居到法国巴黎，靠撰稿为生。8年后，贝内特回到英国，在第一次世界大战期间主要从事新闻写作。战争结束后，他又继续进行文学创作。1931年，贝内特去世，留下了多部小说以及大量书评和剧评。

贝内特是20世纪初英国著名的小说家之一，他在进行小说创作时，继承了英国现实主义文学创作传统，热衷于用冷静客观的方式、以照相机式的笔触记录社会生活及历史变迁。此外，贝内特善于用法国自然主义技巧来处理英国工业化社会的题材，以更为深刻地反映出19世纪末20世纪初英国的经济、社会结构和思想道德的发展变迁。因此，阅读他的小说作品，除了可以从故事中得到享受，还可以了解其所生活时代的真实面目。

贝内特最为出名的小说是以他的家乡为背景的一系列城镇小说。19世纪末期，旧的城乡经济和体制逐渐解体，工业革命迅速发展。在这样的背景下，贝内特的故乡成为组成当时著名陶瓷之都的六座工业化城镇之一。贝内特在这里生活了20多年，但是这个陶瓷之都并没有给他带来多少美好的回忆，那里有长年的滚滚烟尘、压抑灰暗的社会气氛，人们的思想封闭而愚昧。贝内特的城镇小说主要就是以这些传统的生产瓷器的城镇为特有背景的，而且他常常以一种局外人的眼光客观看待城镇中的各种人物和故事。《五镇的安娜》《老妇谭》和《克雷亨格》三部曲是贝内特最为重要的三部城镇小说，下面对其进行具体分析。

《五镇的安娜》是贝内特第一部较为成功的小说作品，其故事脉络类似于巴尔扎克的《欧也妮·葛朗台》。

小说描述的是英国著名的陶瓷产地“五城”的普通人的生活，主人公是安娜。安娜是一个在五镇出生长大的善良、单纯而又有些懦弱的女子，她继承了母亲的一大笔遗产，由父亲代为保管。安娜的父亲是一个爱财如命、极度吝啬、毫无人性的人，简直像是葛朗台的翻版。在他的精明算计下，安娜成为当地一个生意兴隆、仁慈而又成功的陶器商人亨利的合伙人。在安娜的财产中，有一部分是泰特斯和威利父子经营的陶器厂，但由于种种原因濒临破产。安娜经常迫于父命去催债，并因此与性格忧郁的威利熟识。她一方面为威利的家庭状况担忧，另一方面又为自己所做的事情深感不安。与此同时，成功而能干的亨利向安娜求婚，在父亲的允许下，安娜与亨利订婚了。为了挽回瓷器厂，泰特斯铤而走险，制造假钞，骗取钱财，可是事情败露，泰特斯最终因为破产而自杀。为了挽回威利的声誉，富有同情心的安娜慷慨解囊，准备帮助威利渡过难关，却遭到了父亲的严厉训斥。走投无路的威利决定去澳大利亚谋生，在临行前向安娜告别，两个人这才发现隐藏在债权关系下的爱情萌芽，可惜为时已晚。孝顺、忠实的安娜不能违背父亲的意愿，也不愿违背与亨利的婚约，她无力改变这种现实，因为她“像吮吸母亲的乳汁一样接受了这条深刻的真理:女人的一生或多或少就是逆来顺受”。最后，安娜给了威利一张一百英镑的支票作为支持，不料威利却再也没有了音信，那张一百英镑的支票也没有被兑现。在最后，威利因为经济和感情上的失败，在一个废弃的矿井中自杀，安娜继续过着没有感情的生活。

小说中安娜和威利的形象塑造是较为成功的。安娜天真、善良、谦卑、诚实、富有同情心，也具有一定的勇气。但是，她又是一个逆来顺受的女子。她的温顺和善良使她不能违抗父命，不能背弃未婚夫，只能遵从命运的摆布，离开心中的爱人，过着永远没有爱情的婚姻生活。而且，她的性格从始至终都未发生改变，或者说她从未想过要改变自己的性格，也未从生活经历中学到教益。因此，她只能是随波逐流，仰人鼻息，无法获得快活和幸福。而威利则走向了更加绝望的境地，家中的瓷器厂倒闭，父亲自毁声誉以及自杀，爱人的远去给他的心中造成了不可修复的伤痕，最终理想破灭，为自己的人生写上了一个悲剧的结尾。

如果说安娜和威利是因为命运无常和个人性格原因而造成的悲剧，那么安娜的父亲、亨利和泰特斯则是贝内特讽刺的对象，表现了金钱驱使下人性的堕落。安娜的父亲是一个金钱的奴隶，他对金钱有着狂热的爱好，为了金钱，他可以牺牲一切，包括女儿的幸福；亨利表面上仁慈可亲、道貌岸然，实际上是一个金钱至上的伪君子，他娶安娜的很大一部分原因是看中了安娜的钱财；泰特斯则为了虚荣和自尊，在金钱的逼迫下铤而走险，进而自杀。在描写过程中，贝内特对他们也带有一些同情和惋惜。

《老妇谭》是贝内特最为著名的一部小说作品，关于其创作原因和孕育过程，贝内特曾在该书的前言里予以了明确说明：他在一次就餐中，看到对面坐着一个身形走样、丑陋不堪、模样怪异、面容憔悴的老妇，引得一位年轻貌美的女侍者的窃窃笑语。贝内特突然感悟到"每个年老臃肿的丑老太，年轻时也许都有过她的妩媚与风韵"。一番红颜易老、青春难再的感叹之后，他打算仿照法国作家莫泊桑的《一生》来写一部表达人生沧桑的作品，而且还要超越莫泊桑。

小说讲述的是出身于五镇的贝恩斯家性格迥然不同的两姐妹康斯坦丝和索菲亚的人生经历，时间跨度近70年(自1840年到1905年)。姐姐康斯坦丝性情温和、善良、与世无争，长大后与父亲布店里雇佣的总管结婚，继承父业，随之开始了平平淡淡的一生。她终日在布店的楼上楼下忙碌，生儿育女，操持家务，直至丈夫去世，儿子外出求学，"脸上的皱纹消蚀了青春的容貌，老年的衰朽耗尽了生命的活力"。可以说，康斯坦丝在一生忙碌之后落得个孤苦伶仃。她倍感孤独地感叹道："我现在可成了个孤老太了，生活啊就是这样。"妹妹索菲亚与姐姐不同，她聪明、活泼、任性，天生具有叛逆性，向往充满活力和刺激的生活，是一个不甘于平庸的女子。她在年轻时与一个大公司的推销员私奔到巴黎，这一事件在五镇上引起了极大轰动。但到巴黎不久,她便被推销员抛弃。此时,索菲亚并未因此沉沦,而是以更加顽强的精神和毅力努力奋斗。在经历了巴黎公社起义,熬过了普法战争中巴黎被围困的时期,索菲亚最终成了一个拥有多处房产的女房东。30年后,索菲亚风风光光地回到了家乡。此时,索菲亚和姐姐康斯坦丝在各自的生活道路上走过几十年后又会合到一起,共同感叹时光如流水,并后来先后在相隔不长的时间内过世。

在这部小说中,时间是情节发展的动力,也是小说主题的一部分。姐妹俩的遭遇虽然各不相同,但最后她们都在相互怜悯中死于小镇。在贝内特看来,命运是冷酷的,时间是无情的,人生是徒劳的,谁也无法把握生命的进程。因此,这部小说展现的是一出真诚而又哀伤的人生悲剧。除此之外,贝内特还通过这部小说展现了更深一层的主题。他将两姐妹的坎坷经历和平庸人生与社会变化的步调联系在一起,与工业城镇中中产阶级的生活环境和思想观念结合在一起,从而令人信服地表明,青春的容貌虽然会因时光的流逝而发生改变,但狭隘闭塞的环境和传统保守的观念会扼杀人的一切美好憧憬和热情追求,从而使人最终落个迟暮的荒芜和黄昏的凄凉。

不过,这部小说在语言上有时未免显得累赘啰唆,结构上尚欠紧凑。另外,贝内特在客观记录社会生活现象的同时,缺少对社会的批评,而且忽略了五镇居民几十年来经济变迁中人们社会意识的变化。因此,这部小说难以成为一部深刻宏伟的作品。

《克雷亨格》三部曲包括《克雷亨格》《希尔达·莱斯维斯》和《这一对》。整部作品通过描绘克雷亨格和希尔达之间的爱情与婚姻的变化,对 19 世纪后期英国中产阶级的生活与思想的方方面面进行了客观、真实的描绘,呈现出浓郁的现实主义特征。

《克雷亨格》从克雷亨格的角度,讲述他自身及其父亲的故事。他的父亲在贫贱中白手起家,经过自己的努力,成为五镇中数一数二的印刷商人,但也形成了刚愎自用的性格。长大后的克雷亨格接手父亲的事业,却常常因为父亲的粗暴专横而与其发生冲突。与此同时，他与开明的奥格里弗家结成好友，常常去他家做客。在一次做客的过程中，克雷亨格与同时来此做客的希尔达相识，之后两人频繁通信，互相表达爱慕之情。不久，希尔达的通信突然中断，克雷亨格获悉希尔达已经另嫁他人，这使他感到非常困惑和遗憾。9年之后，两人再次相遇，此时希尔达的丈夫因犯重婚罪而被投入监狱，克雷亨格帮助希尔达偿清欠债，而后两人旧情复燃。

《希尔达·莱斯维斯》从希尔达的角度，并运用女性整体的观点，对她的身世、婚变以及和克雷亨格的相识过程进行了详细描述。希尔达原本是个“现代女性”，渴望获得自由和经验。但是，年轻时的她由于太幼稚，被一个精明世故的商人所迷倒，并和他结婚，却没有想到原来那个商人已经结过婚，而她的婚姻是无效的。经历婚姻失败的希尔达来到五镇，和克雷亨格相识相爱，但意外发现自己已经怀孕，只得与克雷亨格中断了联系，这使得克雷亨格十分伤心。

《这一对》从克雷亨格和希尔达的角度来叙述两人婚后的生活。结婚后的克雷亨格和希尔达很快消退了恋爱时的热情，两人都无法适应或改变对方根深蒂固的习惯和癖性，因而冲突、分歧、摩擦接踵而至。终于有一次，两人发生了重大争执，克雷亨格离家出走。之后，克雷亨格深刻反省了自己和希尔达的生活，认为自己应该更加宽容和理性地对待两人来之不易的婚姻，于是开始调整两人的关系，向希尔达表示妥协，两人的婚姻得以延续。

总的来说，《克雷亨格》三部曲中并没有描绘惊心动魄的人生经历和曲折吸引人的故事情节，只是以带有自然主义倾向的现实主义手法精心描绘了克雷亨格和希尔达的日常生活琐事。不过，正是在对日常生活琐事的描写中，贝内特生动展现了五镇中丰富多彩的生活场景，并注重在日常生活中寻找生命的意义。在他看来，生活中有不可变更的现实，人应该顺从现实，正如克雷亨格所说：“正义遭到了践踏，这是活生生的事实。但除了面对和接受这个事实又能怎么样呢？”

第五节　用自然主义方法表现人生:威廉·萨默塞特·毛姆的小说创作

毛姆出生于法国巴黎的英国使馆内,父亲是英国驻法使馆的法律官员。他的童年是在法国度过的,因而深受法国文化的熏陶。毛姆 8 岁时,其母亲去世,这对他影响很大。两年后,他的父亲也因胃癌去世。之后,他被送回英国由担任牧师的伯父抚养,自此沉浸于书本之中。他在 11 岁时,进入了看重传统与宗教的坎特伯雷皇家公学读书。在这里,他因英语不好、口吃和个子矮小受到了师生的嘲笑,于是对皇家公学充满厌恶。后来,他放弃进入牛津大学继续进修的机会,终于从皇家公学令人窒息的气氛中彻底解脱出来。此后,他进入德国海德堡大学学医,并在此期间阅读了大量的哲学、文学作品,这为他后来进行文学创作奠定了重要基础。一年半后,毛姆回国,继续在伦敦的圣托马斯医学院学医并实习。在此期间,毛姆逐渐意识到他与法国自然主义倡导的那种冷静解剖式记录人生和社会的观点很契合,同时他在医院中接触到的各色人等,为他审视世界提供了重要窗口。后来,他弃医从文,但他最初的作品屡遭退稿。1897 年,毛姆发表了小说《兰贝斯区的丽莎》,大获成功。在成功的鼓舞下,毛姆的文学创作成果不断增多,涉及小说、戏剧等多个领域。从 20 世纪 20 年代起,毛姆游历了很多国家,不仅积累了生活体验,也使得国家性社会成为其文学作品的大背景。20 世纪 30 年代后,毛姆定居法国南部的海滨,并坚持文学创作。1965 年,毛姆因病去世。

毛姆在进行小说创作时,自觉地传承了法国自然主义手法,同时,他总是从现实生活中取材,并巧于构思、善讲故事,因而他的小说作品流行世界,影响深远。

《人生枷锁》是毛姆最重要的长篇小说,也是他极具个人色彩的一部自传体小说。主人公菲力普童年生活、求学道路、恋爱经历等都包含着毛姆本人在旧教育制度下的凄苦、挣扎、反叛以及感情的煎熬，因此全书笼罩着悲观主义色彩。

菲力普自幼丧失双亲，由他的叔父抚养。叔父专横自私，爱财如命。在这种沉闷压抑的生活中，菲力普常以读书解忧。一年后，菲力普被送到坎特伯雷皇家公学去上学，但他因先天性足残，备受同学的嘲笑与欺凌，还受到学究老师的无端侮辱，这使他性格变得极为内向，在学校中孤独不群。此时，菲力普满心虔诚地祈求上帝能治愈他的跛足，结果却令他对宗教失去了信念。于是，他违背叔父期盼他能拿到奖学金去牛津上学以便将来从事神职的愿望，选择从皇家公学辍学，转而到德国和法国求学。在巴黎学画时，他发现自己并无艺术才能，遂回到伦敦学医。这期间，他认识了已到中年的威尔金森小姐，陷入了一场爱情纠葛而不能自拔。爱情受挫后，他又放纵自己沉湎于酒色。经过几番感情波折后，菲力普终于与一个纯朴的姑娘结婚，并在英国沿海的一个小村庄以行医为生。

关于这部小说的主题，在书名中已经点出。菲力普在追求幸福和自由的过程中，在追求自己朦胧理想的道路上，面临着种种压抑与摧残人性的枷锁，社会制度、宗教、教育、风尚等无不禁锢着人的自由和发展，使他的愿望一再落空。经过一连串的人生挫折，菲力普深感人生的不幸和毫无意义，他禁不住哀叹："人生虚无……生活并无意义，人生也没有什么目的。……无论他生存与否都是微不足道的。生命似轻尘，死去也徒然。"这正是毛姆自然主义思想的表现。尽管小说的思想稍显虚无和消极，但主人公诚实坦露自身的弱点使该小说"充满了人性的真实和温馨"，也为它赢得了千万的读者。

此外，这部小说在创作手法上，采用了德国 19 世纪成长小说的模式，其中穿插了很多自传成分。这使得这部小说在揭示维多利亚时代末期资本主义社会的方方面面时显得更为真实。不过，这部小说的圆满结局似乎与整个小说的基调有点矛盾，这是小说的一大缺陷。

除了《人生枷锁》,《寻欢作乐》《刀锋》《月亮与六便士》也是毛姆十分值得关注的长篇小说。其中,《寻欢作乐》是毛姆在艺术上的大胆尝试,对英国文坛中的一些所谓的作家、文人进行了漫画式的刻画,让他们表现出许多可笑、可叹、可鄙的行为。小说中出现了三个作家,其中基尔受特立菲尔德的遗孀委托为其写传记,于是向特立菲尔德从小认识的朋友埃欣顿收集资料。埃欣顿陆续向基尔介绍了特立菲尔德早年的种种逸闻艳史。事实的描述在现实与回忆中相互穿插,叙述线索前后往复,显示出作家编织故事的高强手段。小说出版后引起许多猜测,认为是对现实中某些作家的影射。这种猜测事实上同样无聊,是小说外的可笑、可鄙行为,毛姆自然矢口否认。

《刀锋》是毛姆古稀之年旅居美国之作,是一部用第一人称口语体叙述的,情节引人入胜的畅销书。同时,这部小说是以著名哲学家维特根斯坦为原型进行创作的。小说的主人公是拉里,他是一个普通的美国青年,在第二次世界大战中由于受到战友的舍身相救,得以死里逃生。在这件事后,他的思想和心态被彻底改变。战后,他觉得有必要探求宇宙的奥秘以及他本人在宇宙中的位置,以便使以后的生活具有充实的意义。他先是攻读哲学,后来当过煤矿工人,甚至通过艺术寻求真理,最后在印度宗教里找到了真正的信仰。应该说,拉里的寻求和探索与战后欧美青年的心理状态是相符合的,所以小说和当时战后出现的许多反战作品一样,深受青年读者的欢迎。同时,拉里总是执着地探索人生形而上的意义,因而他一生的境遇无疑具有哲学意义上的无奈和悲壮感。

《月亮与六便士》是毛姆根据法国印象派画家高庚的经历写成的一部传记体小说。在 20 世纪初,西方发达国家在经济、社会、文化等各个方面都获得了巨大发展,但同时,这一过程的负面效应也日益明显。面对工业文明的高度发展所造成的对人类自身价值的忽视以及人的“异化”,敏感的文艺界人士频繁地以各种方式表达深深的忧虑。《月亮与六便士》便是一次成功的尝试,毛姆将自己追求美的理想和个性自由发展的愿望寄托在主人公查尔斯这一极端的反叛形象身上。

该小说的标题“月亮与六便士”在小说中并无清晰阐述的含义。据毛姆说，这一标题得益于某人对《人间枷锁》中主人公菲力普的一则评论：“他是如此的忙于憧憬月亮，以至于连脚边的六便士都无暇顾及了。”后来，毛姆在 1956 年的一封信中也曾说道：“如果你只顾低头看路，忙着找寻地上的六便士的话，你就不会抬头看天，也就会因此错过天上的月亮。”因此，在《月亮与六便士》中，月亮成了远离尘嚣的纯美理想的象征，而六便士则象征着凡尘俗世的种种困扰。

查尔斯不大爱讲话，在 19 世纪末 20 世纪初时是伦敦的一个中年股票经纪人，过着庸碌无聊的生活。但在 40 岁时，他被内心中一种对艺术和美的充满原始力量的渴望所驱使，于是毅然抛弃了一切，只身到巴黎学习绘画。在此期间，他并未因自己弃家出走而感到惭愧或是害臊，而且对物质上的艰苦匮乏毫不在乎。他只身一人住在一间破旧狭小的小房间里，忘我地进行绘画。在他看来，他自己必须画画，否则就活不下去。一次，疾病几乎夺走了他的生命，他被本性善良但天资平平的画家朋友施特略夫接回家中照顾。施特略夫认为，查尔斯是一个“伟大的画家”。在施特略夫及其妻子勃朗什的悉心照顾下，查尔斯很快便康复了。但是，养好病后的查尔斯却赖在施特略夫家不走，不仅占了他的画室，还让已经爱上自己的勃朗什做自己画画的模特儿。这一切，善良的施特略夫都忍耐过去了，还把自己的房子让给了他们。不过，查尔斯对勃朗什没有什么感情，只是单纯地出于对模特的需要和生理的满足，因此在画完画后就要离开她。勃朗什在极度绝望后喝草酸自杀了，施特略夫也黯然神伤地回了荷兰老家。此后，查尔斯离开了巴黎，辗转去了南太平洋的塔希提岛。他来到塔希提岛以后生活仍然很潦倒，甚至用自己不被理解的画作去换取自己需要的油彩和烟草。后来，他与当地的一个土著姑娘爱塔结了婚，到荒无人烟的丛林里生儿育女。丛林中的 3 年，查尔斯无忧无虑地作画。后来,他得了传染性很强的麻风病。爱塔始终照顾着他,直到他画完自己的巨幅壁画,身体溃烂而死。爱塔把他埋葬在芒果树下,烧光了画有壁画的屋子。多年之后,查尔斯由一个生前穷困潦倒的无名画家变成了与梵高齐名的伟大画家,他的画也成了人们争相收藏的稀世珍品。

查尔斯出于对绘画的迷恋,挣脱了包括婚姻、名誉、地位、金钱、享受等一切世俗的枷锁,全凭着一腔热情和天赋的才华,不管不顾地去追求自己的理想。最终,他倾尽自己全部的精力和心力,把他所理解的生活和他眼中的世界用他自己富有个性的独特画幅展现出来,虽然到死也没有得到普遍的认同,但他却因此寻找到自己的归宿,他内心真正的渴望得到了满足。在那惊世骇俗的壁画完成的时候,他也就可以死而瞑目了。这一独特的人物形象在人类日益贫乏、苍白的生活中无疑是一股催人清醒和反思的清风,由此而具有了无与伦比的艺术感染力。

此外,小说在叙事方面有一个鲜明的特色,即采用了第一人称的叙述方式。这种置身事外的第三者的叙事角度使整部小说在亲切朴实的氛围中,将毛姆对不同人物、事件的看法、议论自然地糅合到引人入胜的情节当中,让读者在阅读过程中既不觉得枯燥又深受启迪。特别是他对人物微妙的心路历程的洞察,更是独树一帜。不过,小说由第一人称讲述,故事显得零散无序,整体性不强。

毛姆除了长篇小说,短篇小说的创作也是十分值得关注的。他共写了150多篇短篇小说,内容大多是关于在东南亚海上旅行及那一带白人种植园主的故事,并据此将英国爱德华时代不同阶层的世态人情进行了淋漓尽致的描绘。其中最著名的有《雨》,讲述的是一个传教士与一个妓女之间的情感纠葛。传教士在企图让妓女皈依基督教的过程中,自己却屈服于如焚的欲火而抛弃了基督教义。毛姆在故事中用热带地区的暴雨来象征精神的混乱和信仰的沦丧。

总的来说,毛姆的小说喜欢冷静地铺排情节,以自然主义的创作态度表现人生。同时，毛姆的小说风格简洁晓畅，文字平易自然，情节生动，戏剧性强，完整而连贯，因而广泛流行、经久不衰。

第六节　美国无知与欧洲世故的冲突：亨利·詹姆斯的小说创作

詹姆斯出身于纽约市的一个富裕而知名的知识家庭，父亲是美国19世纪最著名的知识分子之一，长兄威廉日后成为伟大的哲学家和心理学家。童年时期的詹姆斯往返于欧美之间，在伦敦、日内瓦和巴黎跟家庭教师学习。19岁时，他进入哈佛法学院，但对学习法律兴趣不大。不久后，他退学，全力投入文学创作。1869年，他游历了英国、法国和意大利等国后，决定离开美国，移居欧洲。1876年，詹姆斯定居伦敦，后加入英国国籍。在此期间，他结识了艾略特、赫胥黎、斯宾塞等作家，文学创作技法不断成熟，也发表了不少具有较高文学价值的作品。1916年，詹姆斯病逝于伦敦。

詹姆斯认为，小说本质是对代表性生活印象的选择和再现，生活是小说创作的源泉，经验构成了小说的素材，这就是詹姆斯的现实主义。同时，詹姆斯认为小说家应具有“窥一斑而见全豹”的想象能力，这是一种“由所见之物揣测未见之物的能力，揭示事物内在含义的能力，根据某一模式判断事物整体的能力，这种能力是全面感受生活的条件，有了这一条件，你就能很好地全面地了解生活”[①]。此外，詹姆斯在进行小说创作时，注重阐述欧洲文化对美国的影响。詹姆斯自小在美国长大，成人后除了偶尔几次回美国探亲以外一直漂泊在欧洲，他在欧洲的亲身经历给他留下深刻的印象和丰富的生活经验，为他的文学创作提供了素材，同

① 段军霞，张月娥，石卉.20世纪英国小说流派研究[M].北京：新华出版社，2013:9.

时也为他提供了一个独特的视角观察欧美社会、欧美人。他一直想把欧洲和美国的文明进行对比,想在自己的小说世界里以具体的形象再现欧美社会的现实,即欧洲文明与美国文明之间的冲突就是一个非常感人、非常吸引人的现实。

詹姆斯在 20 世纪发表的小说作品主要有三部,即《专使》《鸽翼》和《金碗》。

《专使》讲述了一个美国人在欧洲的故事。主人公斯特莱特是美国小城一家评论杂志的编辑,该杂志大半靠的是工业家巨子的寡妇纽森夫人慷慨出资并"完全由她在背后支持"。斯特莱特希望借与纽森夫人的婚姻来改善自己的社会地位,但他的求婚要想获得成功,就必须作为纽森夫人的使节前往巴黎去将她缠绵法国寻花问柳、乐不思归的独子查德带回美国,以便让他作为继承人承继家族事业。但是,这段欧洲之旅却让斯特莱特的文化身份发生了迁移和变化。他到了法国后吃惊地发现,原来鲁莽浅陋的毛头美国小子查德竟变成了一个举止文雅的绅士,这样的转变不禁让斯特莱特好奇:欧洲文明具有怎样的力量能让他有如此变化。后来,斯特莱特了解到,查德与维奥奈太太两情相悦,而且查德的转变正是因为维奥奈太太。维奥奈太太是一个很有教养和风韵的女人,斯特莱特在经过与她的相处后,认为她不仅是自己所见过的最完美的女人,也是一种高贵文化的象征。同时,他也看出现在的查德不仅是"一个由女人打造而成的年轻人",而且"你所有的一切都归功于她——这比她欠你的要多得多。换句话说,你对她负有责任,那是最正确的责任;我不知道还有什么其他的责任——其他人所呈现给你的责任——能够比这更重要"。也就是说,查德身上体现了维奥奈太太背后蕴含的文化与艺术所带来的改变。最终,斯特莱特慢慢地对他奉命前来谴责的生活方式渐生好感,他在巴黎看到了自己寂寞枯竭的生活中所失落的东西,这使他重新认识了家乡清教氛围的贫乏冷漠。于是,他放弃了劝查德回美国的使命,这也宣告了他与纽森夫人婚姻美梦的破裂。但这时的斯特莱特已经对欧洲文明有了一种新的认识,恰如詹姆斯在小说的序言中阐述的斯特莱特的内心所经历的思想转变："我将一切……都归结为一个视角：来到巴黎后，由于许多新的未曾预料到的东西的冲击和灌输，他的思想状态几乎每时刻都在经历着变化。他初到时的观念，可以比喻为一种，比方说——纯绿色的液体，装在一只小巧的玻璃瓶里；这液体一旦被倒入化学反应的敞口杯中，一旦暴露在另一种空气之中，就开始从绿色变成红色，或者随便什么颜色，而且，无论他是否知道，也许正在变成紫色、黑色、黄色。"

在这部小说中，斯特莱特由于情感的变化和观念的转折而出师不利，有辱使命。这一点恰恰表明了詹姆斯在同情美国的单纯天真时不能不看到它的狭隘肤浅，在表现欧洲的世故与虚伪时又不能不看到它的优雅和多彩。应该说，詹姆斯对于美国、欧洲及其文化的这一见解是很有道理的。

《鸽翼》是一部精致而哀伤的小说作品，表现的是纯真的美国人与世俗的欧洲人之间的对比，以及良知与罪恶相对抗的道德主题故事。

小说的故事由两条平行的叙事线索组成：一条讲述凯特和莫顿的爱情故事，另一条则是描绘美国女孩米莉在欧洲旅行的所见所闻。聪明漂亮的女孩凯特出身贫寒，在母亲死后受到富有的姨妈罗德夫人的资助开始出入上流社会。凯特遇到了一个美国记者莫顿，莫顿年轻、英俊、有才华但贫穷无依，身世相当的二人迅速坠入爱河。但是凯特的姨妈罗德夫人却竭力阻止二人来往，她希望凯特能够按照自己的安排嫁给一个贵族或富翁，否则就要断绝自己给凯特提供的这一切体面的生活、上流社会的名声和财富。这时，伦敦社交场所出现了一位年轻的美国女孩米莉，她年轻、漂亮而又天真，因为继承了父母的一大笔财产而来欧洲旅行，并与凯特成为好友。但是，米莉身患不治之症，她来欧洲只是想在生命的最后时刻寻找爱情，品尝幸福。很快，她也爱上了莫顿。而凯特在得知了米莉身患绝症且对莫顿一往情深后，因觊觎米莉的财产，渴望过上流社会的奢华生活，便怂恿未婚夫莫顿去追求米莉,以便在米莉死后能得到她的巨额财产。米莉全心爱恋莫顿,感觉爱情给自己的生命带来了最为光彩的一笔。后来,她在无意中得知了这段爱情竟是被人设计的产物,而且自己最信任的爱人与朋友为了金钱背叛了自己。于是,她放弃了与莫顿的结婚计划,而且因心灰意冷身体健康迅速恶化。不过,她最终还是出于爱与谅解,轻展鸽翼,在死后将财产留给了莫顿,好让一对囊空如洗的有情人能像翼下之卵一样生活在自己的恩泽之中。但莫顿面对米莉的宽宏大量却恍然大悟,并痛感良知受到谴责,无颜接受米莉的馈赠。而凯特因她与莫顿之间横亘着莫顿对米莉的爱情记忆,最终分手,贪婪与欺诈终于酿成爱情悲剧。

小说中米莉的形象,可以说是詹姆斯笔下天真、善良的美国人形象的代表。她美丽、聪明、有大笔金钱,对欧洲文化心存向往,因而离开美国来到伦敦。伦敦社交界的人认为她的美貌和财富足以是一位“公主”“美国最美丽的继承人”。而凯特与她相比,虽然美丽、聪明却身无分文,并且凯特相比天真、个性简单的米莉来说,性格更为成熟、老练;凯特比体弱多病的米莉更为健康、有活力;凯特比米莉更懂得如何处理生活中的问题。可以说,这两个人物形象是互补的。对米莉而言,凯特身上有她缺乏的理想的自我个性:活力四射、健康美貌而又世故成熟。对凯特来说,米莉身上则有自己缺乏的另一种个性:金钱、家世、天真、单纯。因此,单纯的米莉在伦敦社交界一出现,就被凯特当成是获得梦寐以求的金钱和自由、与未婚夫莫顿过上自由生活的“救命草”。最终,米莉的天真、善良、不设防让她在纷繁复杂的英国社会愈来愈困惑,在她身上折射出的欧美文化不同民族性格和民族文化的矛盾也越来越明显:美国人崇尚欧洲人的优雅和文明,然而欧洲人的世俗虚伪却让天真善良的美国人无所适从,世故的凯特决定欺骗米莉,与未婚夫莫顿合谋米莉的巨额财产。可以说,凯特和米莉的不同个性就代表了两种不同的民族性格,也代表着世故的欧洲文明与天真的美国文明之间的对比。

《金碗》是詹姆斯的最后一部小说,而且这部小说对欧洲的高雅精神文明与美国的物质主义文化之间的差异进行了更为鲜明的对比。

小说写的是一个美国家庭在欧洲的生活经历。美国人亚当是美国19世纪新一代的百万富翁,但是金钱并没能给他带来幸福的家庭,妻子早逝,与女儿麦琪相依为命。后来,他放弃生意,带着女儿来到欧洲。在这里,麦琪因年轻美丽、性格单纯、家庭富足而受到众人的艳羡。而亚当虽家财万贯,却认为自己的财富只给别人带来“暴发户”的感觉,希望摆脱自己“粗俗的生意人”的形象,于是不惜重金大量购买欧洲文化珍品,使自己成为一位“艺术品收藏家”。与此同时,他为女儿麦琪找了一位英俊聪明、拥有“王子”这一贵族头衔但实际家道中落的青年亚美利戈为丈夫,因为亚美利戈的身份就代表了欧洲完美的历史感,是他们摆脱暴发户形象最好的象征。就当麦琪与亚美利戈正在筹备婚礼时,麦琪的昔日好友,年轻、美丽、聪明但家境贫寒的夏洛特出现了。而麦琪担心自己结婚后父亲会变得孤单,于是积极促成父亲与夏洛特的婚姻,而夏洛特也为了摆脱经济上的困境以及借机接近深爱的亚美利戈同意了这桩婚姻。可是,麦琪并不知道夏洛特与丈夫亚美利戈曾经是一对非常相爱的情侣,只是因为双方贫穷的经济地位而无法成为夫妻。婚后夏洛特与亚美利戈恢复了昔日的情人关系,只有亚当和麦琪父女俩还蒙在鼓里。后来,麦琪发现了他们的秘密,但她选择了宽恕。在小说的最后,麦琪与父亲接受了生活的裂缝,麦琪继续与亚美利戈在欧洲生活,而亚当则带着夏洛特远离欧洲回到美国生活。

这部小说有着浓郁的象征意味,小说的标题“金碗”便是整部小说婚姻主题的象征。它外表是一只漂亮、优雅的纯金碗,但实质上却是一只有着致命瑕疵的玻璃碗。最终,麦琪由金碗得知了丈夫与继母的不正当关系,金碗也成为婚姻重新整理的新契机。这只金碗最终逃不过被摔碎的命运,金碗的破碎就象征着麦琪与亚美利戈这种貌似幸福生活的局面被揭开,显现了幸福生活下隐藏的巨大生活裂缝。

此外,詹姆斯在这部小说中,对金钱与文明的冲突进行了深刻表现。欧洲有悠久的历史,文化氛围浓厚,在文学、音乐、雕塑、建筑等艺术领域造诣深厚。欧洲人信奉精神文明,身上总是透着一种高贵华丽和才艺超群的优雅气质。正如小说中的亚美利戈一样,聪明英俊,有身份,有品位,却要为了金钱牺牲自己的爱情。而美国则与之相反,历史短暂,缺乏文化积淀。美国人信奉物质文明,追求物质、实用、个人财富,金钱至上的观念导致了人们精神世界的高度匮乏。正如小说中的亚当一样,家财万贯却需要艺术来点缀自己。无论是女儿的婚姻和高贵的女婿,还是自己的婚姻与美丽的妻子都是展示柜上美丽的"收藏品"而已。因此,亚当的博物馆及他选择亚美利戈作为女儿的丈夫,都代表了美国人利用手中的金钱来获取欧洲文明产物的对立关系。不过,詹姆斯又进一步指出,美国与欧洲这两种文化并非水火不容的,美国的无知可以唤醒良知,欧洲的腐蚀和堕落也并非铁板一块,病入膏肓,美国文化之勃兴和欧洲文化之救赎将指日可待。

第七节　现代文明社会的揭露与解剖:约瑟夫·康拉德的小说创作

康拉德被西方评论家誉为"20 世纪最杰出的英语小说家之一",他出身于俄国统治之下的一个波兰贵族家庭,父亲是一个失去土地的贵族、诗人和英法文学作品的翻译家,一位反对波兰统治者压迫、支持农奴运动的爱国志士。在康拉德 5 岁时,他的父亲由于参加革命活动被流放到俄国,他与母亲也随行。在康拉德未满 12 岁时,父母因感染肺结核而先后去世。幼年时颠沛流离的生活让康拉德饱受艰辛,双亲过世后,他更感到孤独,同时对沙俄的专制和镇压感到痛恨。为了谋生,他在 16 岁时离开波兰,前往马赛,加入法国商船队,当了 4 年的水手。后来,他到一艘英国船上当水手,并在英国船队里从普通水手升任船长,曾航行到很多国家，见识了那里的异国情调和民俗风情等，这为其后来的小说创作提供了重要素材。1886年，康拉德加入了英国国籍，并在其后几年中完全掌握了英语，还开始尝试文学创作。1895年，康拉德的第一部小说《阿尔迈耶的愚蠢》发表，受到好评。这鼓励他开始以写作为职业，直至1924年因心脏病去世。

康拉德对艺术创作有自己自觉的理论追求，他在《白水仙号上的黑水手·序言》中说："我所要达到的目标，是通过我所写的书面文字，让你听得到，感觉得到，最重要的是让你仿佛身临其境，如同真的见到。这非常简单，也包含了一切。"在这一艺术创作理论的指导下，康拉德在进行小说创作时，注重通过声、光、色、影、形等的综合运用来激发读者的联想，并表达某种象征意义。与此同时，康拉德的小说创作注重对西方帝国主义和殖民主义残酷掠夺和侵略殖民地人民的罪恶进行深刻的揭露。康拉德生活在19世纪后期和20世纪前期，对帝国主义和殖民主义的对外扩张极其敏感。他目睹了殖民地人民所遭受的残酷压迫和剥削，于是在小说中表现出浓厚的人道主义精神，无情地鞭挞了西方侵略者在"传播文明"的幌子下所犯下的滔天罪行，对殖民地人民表示出真诚的同情。诚然，限于其时代的局限及其西方背景的影响，他的揭露不够彻底，他的针砭不够尖锐，有时还表现出西方人的成见，但瑕不掩瑜，康拉德无疑是最早批判帝国主义和殖民主义罪行的西方作家之一。

康拉德在小说创作手法方面，也有其鲜明的特点。他追求形式的革新，注重细致刻画人物的心理精神世界和道德感情，注重对人性和人心进行剖析。这一点和康拉德的个人生活经历有密切关系，他生活在帝国主义和殖民主义对外大肆侵略和掠夺的时代，了解西方国家在殖民地的罪恶活动，从而站在人文主义的角度对人性和人心进行了大胆揭发和鞭挞。此外，康拉德笔下的人物总是给人一种孤寂感。在他们身上，人们总能发现那种永恒的孤独和离异感，以及对人际间的联系、友谊与同情的渴求，这些显然是现实生活中所缺少的。他们最迫切需要友谊和同情，而具有讽刺意味的是,在生活中谅解或机遇又总是姗姗来迟。

《白水仙号上的黑水手》《不平静的故事》《吉姆老爷》《继承者》《青春》《黑暗的心》《台风》《间谍》《在西方的注视下》《胜利》《阴暗线》《流浪者》《诺思特罗莫》等都是康拉德较为重要的小说作品,这里着重分析一下《白水仙号上的黑水手》《吉姆老爷》《黑暗的心》和《诺思特罗莫》。

《白水仙号上的黑水手》被公认为是康拉德的第一部杰作,也是一部杰出的象征主义小说。它描写的是一群船员的故事,被亨利·詹姆斯称为“我们语言中拥有的对海洋和海上生活最细致、最生动的描写”[①]。

小说里的“黑水手”名为詹姆斯,是个黑人,被招募来做当时从孟买驶向伦敦的商船“水仙号”上的船员。在航行中,詹姆斯因患肺结核而病倒,他的不幸引起了许多船员的同情。在一场风暴中,船员们冒着生命危险并不顾全船的安全,从船舱里把詹姆斯救了出来。船长阿里斯通和老水手辛格尔顿则不同,他们一直主要关心的是自己作为水手的职责,对詹姆斯的病情漠不关心。在船员们的共同努力下,“水仙号”终于熬过了这场风暴。但此后,詹姆斯的病情日益恶化,开始对船员产生负面影响。他在船上不停地咳嗽,使得船员们有了不祥的预感和恐慌,似乎死亡的阴影已经降临。与此同时,风停了,食物与饮用水即将告罄。此时,水手中自私自利、无法无天的麻烦制造者唐金利用这一局面试图煽动船员叛乱,但因船长的反击未能实现。在小说的最后,詹姆斯死了,船员们为他举行了水葬,在尸体落入海里的瞬间,海面上刮起一阵怪风,此后一切正常,“水仙号”终于泊入伦敦港。应该说,小说中詹姆斯的出现事实上是船员们心中的死亡意象。他们一边照顾他,一边在他将死的状态中看到了自己必死的命运。因此,对于他们而言,挽救詹姆斯的性命就是挽救他们自己。

此外,康拉德通过这部小说似乎在告诉人们,卑贱者(普通船

---

① 郝澎.带你游览美国文学:你不可不知道的英语学习背景知识[M].海口:南海出版公司,2015:370.

员)要比高贵者(船上的官员)更有人道主义精神。虽然普通船员对詹姆斯也表现出种族歧视,但在生死关头,他们认为詹姆斯是他们中的一员,是人类的一员,因而他们团结协作去救他,而船长等人却冷漠地袖手旁观。康拉德为强调这一点,把故事的副标题称为"水手舱的故事"。

《吉姆老爷》是康拉德最重要的一部小说,里面有不少康拉德自传的成分。同时,这部小说是20世纪第一部具有突出的现代主义色彩的小说,为后世现代主义小说的创作奠定了重要基础。

小说共有45章,讲述的是浪漫主义主人公吉姆的悲剧故事。吉姆出身于一个牧师家庭,因自幼爱海,所以在长大后成为英国海军军官。同时,他胸怀理想,梦想成就英雄业绩。一天夜里,"帕特娜号"船撞上了水下不明物,似乎即将沉没。由于一时冲动,他不知不觉跟着船长和其他船员弃船逃命,将800名穆斯林朝圣者留在船上,心想他们必死无疑。但"帕特娜号"和船上的乘客后来获救,朝圣者们揭发了吉姆的怯懦行为。吉姆不得不面对法庭的质询,结果因为在危机时刻擅离职守被撤除了军职。吉姆痛恨自己,既因为自己一时的软弱,也因为丧失了当"英雄"的机会。在审判过程中,吉姆见到了马洛。马洛是个船长,他虽然不赞成吉姆在道德上的软弱,但对他怀有同情。此后,吉姆的遭遇由马洛作为旁观者来予以讲述。失去了尊严的吉姆四处漂泊,不断更换工作,试图摆脱往日的耻辱,但耻辱总在追随着他。在马洛的帮助下,他在遥远的远东的一座岛屿帕图森找到一份工作,在那里他的过去一直无人知晓。吉姆开始了新生活,由于他帮助土著赶走了强盗,赢得了人们的尊敬和爱戴。土著称他为吉姆老爷,认为他之所以能事事成功,是因为有超自然的法术。此外,他还赢得了一个混血女人珠儿的爱情。然而几年后,他的过去再次追赶上了他。一个了解吉姆的过去的流氓"绅士布朗",坚持说自己和吉姆两人是有案在身的难兄难弟。布朗和他的匪帮袭击村庄,被土著围困,吉姆劝说土著放走布朗,以自己的性命担保匪帮会离开。但狡诈的布朗背叛了吉姆,趁土著不备时来了个突袭,杀死了土著酋长多拉敏的儿子。吉姆愿意为这场屠杀承担罪责,自愿受罚,被多拉敏处决。

这部小说的一个重要主题,便是探讨人的灵魂存在的缺陷及其获得再生的问题。因此,小说中对吉姆的内心世界进行了深入挖掘。比如,在第四章吉姆受到法庭诘问,读者正在等待他的回答时,作家却笔锋旁骛,说起他的内心活动来:他高高地站在证人席里。在这所清冷宽爽的房子里,他双颊却烧得通红:上头有风扇的大架高挂着,慢慢地摇来摇去,底下有许多眼睛盯着他,从黑色的脸,从白色的脸,从红色的脸,从注意得出了神的脸上望出来,好像这班坐在窄凳子上一行一行排得很整齐的人们都被他的声音迷住了。他说话很大声,自己听到也有一点儿惊奇,觉得这是世上唯一听得的声音,大概因为那些要他回答的明明白白的问话好像聚到他心头,叫他苦痛难堪,——默默地、锐利地戳刺他的心,好像是他自己良心的可怕责问。这种描写人物内心活动的文字在小说里比比皆是。吉姆为人善良,但由于他的灵魂不纯,导致他铸成一生都难以弥补的罪孽。同时,吉姆为找到一条使自己获得新生的途径而不懈努力。他最后选择死亡,希冀以生命矫正自己因胆怯和道德背叛所造成的过错,洗涤身上的罪孽,使灵魂获得再生。

这部小说的不寻常之处,便是其现代主义,即叙事法上的反传统潮流的倾向。作家在这部小说中,运用的最突出的技巧便是叙事角度的转换,读者听到的故事来自几个叙事者,而且叙事常常打破时间顺序,他们一个接一个地讲他们各自的见闻。这种特殊的叙事方法不仅可以增强故事的悬念和神秘感,而且可以考察吉姆复杂内心世界的各个方面,这里既有内疚,也有对再生的信仰,以及两者的互相交织,更加清晰地勾勒出一幅图画,以显示灵魂通过痛苦与自我谴责而获得救赎、再生和内心平和的过程。当各个零碎线头被系在一起时,所有的不连续及无秩序都会荡然无存,读者零零碎碎的印象也会被糅合成一个统一的印象。此外,这部小说运用了象征主义技巧,而这主要是通过光与影、明与暗的对比表现出来的。比如，小说开头吉姆初次出场时他“从头到脚浑身穿戴一片雪白”，到结尾临死时他“只是一个微小的白色斑点，一个在一团漆黑的世界里捕捉到全部光线的白色斑点”。由于黑白形象的持续出现，它们在小说的语境之中获得了特定的含义，成为揭示道德充实的有效工具。

《黑暗的心》是康拉德以自己1890年远航刚果的实际经历为基础写成的一部中篇小说，具有多层次的丰富含义和震撼人心的力量。

小说的主人公马洛是汽船船长，一次他受雇于一家象牙贸易公司沿刚果河逆流而上，去寻找库尔兹，以弄清他是怎样成为象牙交易最成功的代理人的。库尔兹是一家比利时公司的经理，也是一流的代理商和超凡卓越的人，他每年收购的象牙比其他收购站加起来还多，因而他在整个地区大名鼎鼎，被认为是个无所不能的完人。马洛在非洲跋涉，前往中心贸易站，途中看到的殖民帝国主义的腐朽和堕落使他感到厌恶。当他终于抵达中心贸易站时，发现自己打算驾驶去寻找库尔兹的船已经沉入刚果河，他不得不耽误几个月的时间等零件送来修理这艘船。据传库尔兹生了病，别的代理人因妒忌库尔兹的成功，希望他无法康复。显然，马洛去寻找库尔兹的行程是被人有意设障耽搁的。修理最终完成后，马洛开始了漫长而艰难的航行，前往库尔兹的内地贸易站。茂密的丛林和令人压抑的寂静使马洛和船上的代理人越来越感到恐惧。快到目的地时，船遭到了一群土著的袭击，马洛用汽笛声吓退了土著人。在内地贸易站，马洛遇见一个天真的俄国青年水手，这个水手赞美库尔兹的聪明才智及控制土著的神力。贸易站周围装饰在篱笆桩子上的一圈头颅表明了库尔兹是如何获得他的权力的，那就是他在收购象牙的过程中使用残忍的暴力手段，把砍下的人头挂在内陆贸易站栅栏上，以便人们屈服。很明显，库尔兹这个受过教育的文明人，利用了自己的知识和手里的枪支控制了这一黑暗的王国。马洛在找到库尔兹后，他已病入膏肓，仍不愿随马洛一起离开。但是，马洛最终还是将库尔兹弄上了船,沿河顺流而下。路上,库尔兹的身体状况进一步恶化,已经奄奄一息。他把他的个人文件和未婚妻的相片交给马洛,并告诉马洛,和当地人相处好的唯一办法就是“灭绝”他们。晚上,库尔兹死了,他最后说的话是:“恐怖啊! 恐怖!”此后,马洛也大病了一场,勉强回到欧洲。之后,他探望库尔兹的未婚妻,但他没有勇气将她已故恋人的实情告诉她。于是,他谎称库尔兹是美德和成就的化身,临终时念叨的是她的名字。在小说的结尾,马洛表示要把库尔兹“恐怖啊! 恐怖!”的认识向世人传播。

小说中马洛的形象塑造是十分成功的,他有着复杂的人物性格。一方面,作家通过马洛的客观观察来对“文明”社会进行了批判。马洛对非洲人很有同情心,并不认同欧洲殖民者的野蛮行径。另一方面,马洛是一个白人,用白人的视角来看待事物。他对自己在刚果河上航行经历的描述反映出欧洲人对殖民地人的看法。这些人认为殖民地人民原始野蛮,远远落后于欧洲人。马洛虽然从不怀疑殖民地人是人,非洲的烧炉工与欧洲的烧炉工并无什么区别,他似乎也认为“这些野蛮人很像欧洲人”,但在深层次上,他又认为这些野蛮人“可能正如处在罗马帝国控制下的英国人”,需要先进文明的指导。所以,马洛的视角具有其特殊性。不过,透过马洛的形象及其人生经历,我们可以看到殖民主义者的野蛮残暴和帝国主义的丑陋行径,美丽的非洲被帝国主义和殖民主义者蹂躏得面目皆非,马洛看到它被掠夺、践踏、屠杀而变成人间地狱。在这里,他看到了身戴枷锁的黑人奴隶、“一些黑颜色的疾病和饥饿的影子”、慢慢地死去的瘦骨嶙峋的人的黑骨头、前额上带有子弹孔的黑人的尸体等。他看到了毫无欢乐气息的非洲大地,笼罩在饥饿、灾难、痛苦、畏惧、仇恨和绝望中的美丽原始的大地。这个充满诗意的大陆是殖民主义的直接受害者,这是《黑暗的心》要表达的又一层含义。

此外,这部小说在艺术手法方面也极具特色。首先,小说中运用了象征主义的手法。小说中的故事可以说有着高度的象征意义,马洛这趟前往非洲大陆中心的旅行,在一种层面上,可以视为对潜伏在一切人心中的罪恶的一次考察。在这种意义上,它是进入人类集体无意识的心理旅行。事实上,库尔兹的灵魂,而不是非洲,才是真正的黑暗之心。这颗黑暗之心使他反而被自己着手开始教化的那些土著所腐化。在较浅显的层面上,这趟旅行象征进入了帝国主义的"黑暗"或罪恶之中,即欧洲殖民主义对非洲人民的剥削,而这种剥削集中反映在对象牙和其他资源的贪婪上。这似乎是在说明,控制他人的权力一旦失去制约,腐败是无可避免的。其次,小说中运用了故事中套故事的方法,即一个框架故事套着另一个故事。其中,套在里面的故事是通过马洛之口讲述的。马洛是康拉德小说里的著名人物,除了《黑暗的心》,在《青春》《吉姆老爷》等小说里,马洛都以故事讲述者的身份出现。而框架故事的叙述者是一个未提及姓名的人,他是马洛的故事的倾听者。作为一个旁观者,他试图理解马洛见闻的真实意义。这位叙事者心目中的马洛之旅与马洛本人的叙述相互作用,在观点上和叙事声音上构成反讽。最后,小说中运用了两个叙事者,一个是第三人称全知叙事者,另一个是第一人称叙事者——"我"(马洛)。前者在某种意义上说代表一般西方人,或推而广之一般人,后者在前者锁定的大框架内操作,前者对后者所讲的故事做出反应。这种安排有两种特殊的艺术效果:既用常人的态度校正和修订特殊人物(马洛)的立场,又对这个立场的准确性做出判断。

《诺思特罗莫》是一部政治小说,故事地点是虚构的位于南美洲的哥斯达瓜那国。在离哥斯达瓜那首都不远的大山里有一座银矿,他的所有者是英国人查尔斯。查尔斯是英裔柯斯塔瓜纳人,也是采矿工程师,叔叔在政治变动中被枪杀,父亲也间接被迫害致死。之后,他从父亲那里继承了这座银矿,来到这里开采,初衷是在赚钱的同时,也为当地农民提供工作机会,希望以经济发展给当地带来安定和繁荣,带来欧洲式文明。他以自信、勇气和胆略,在复杂的社会和人际关系中与政客和各种人巧妙周旋,最后大获成功。但是,随着他的财富和权力越来越大,政治气候越来越复杂,他发现他必须贿赂政府官员,必须给土匪、教会和各种各样的武装分子付钱才能正常工作。慢慢地,他厌倦了哥斯达瓜那政治的动荡和腐败,便利用自己的势力和影响支持该国的独裁者利比尔里斯特的计划,认为利比尔里斯特的政府将给该国带来稳定。但不幸的是,这座银矿和它产生的利润引起了当地军阀的关注,他们为之展开了混战,使哥斯达瓜那陷入新一轮的混乱之中。后来,革命者蒙特罗攻入苏拉科省,利比尔里斯特被迫逃亡国外,使局势更加恶化。此时,查尔斯担心银矿会落入叛军手中,请求勇敢健壮的意大利水手诺思特罗莫(意即“我们的人”)将银矿的银锭替他运到一个安全的地方。查尔斯和他的同事们完全相信诺思特罗莫的正直,而诺思特罗莫实际上是个沽名钓誉的人。他接受这一使命并非出于对查尔斯的忠诚,仅仅是希望这一次他对查尔斯的帮忙能进一步提高自己的声望。诺思特罗莫和他的朋友德库德以极大的勇气将银锭运出港口,到达附近的一个海岛上,将财宝藏匿在那里。但最后,诺思特罗莫却侵吞了这笔财富。他告诉哥斯达瓜那人,船遇到暴风雨而沉没。他背叛了查尔斯的信任,背叛了给他如此声望的哥斯达瓜那人民,也背叛了自己和自己的理想。不过,人们对于这一事实并不了解。因此,诺思特罗莫诚实的声望和权力在继续增长,他与德库德和一个医生(都是为了私利)共同努力,使苏拉科的秩序有所好转。他们说服了两个军阀支持苏拉科从哥斯达瓜那分离出来,并保护它抵御其他军队的入侵。诺思特罗莫这个据说永远不会被腐蚀的人,便是策划实施这次行动的关键人物。然而,这一英雄业绩并没有给他带来所企盼的名声。他觉得他受到了查尔斯的利用和轻视,他冒生命危险运送银锭却未得到任何回报。他内心的不满导致他的堕落和毁灭。德库德死后,诺思特罗莫成了唯一一个知道财宝下落的人,他开始窃取宝藏。诺思特罗莫的老朋友威尔拉被指派到藏宝的岛上看守灯塔,诺思特罗莫与威尔拉的两个女儿均保持恋爱关系。一天夜里,诺思特罗莫被威尔拉误认为是坏人而开枪击中。他受了致命伤,向查尔斯的妻子艾米莉娅坦白了自己的罪行，但至死也没有告诉她宝藏的下落，因为艾米莉娅意识到银子的腐化和毁灭的力量，对他说："现在没人想要它了，让它永远下落不明吧。"

康拉德通过这个故事告诫人们，人不能背叛自己和自己的承诺：对付出者要支付相应报酬，否则人们会像查尔斯一样失去一切。此外，人们还要特别警惕政治和"物质利益"对人际关系的腐蚀。

总的来说，康拉德的小说对人类道德危机进行了深入探讨，并对现代主义技巧进行了广泛试验，使现代主义在英国文学中的发展步伐不断加快。

第八节 其他小说家的小说创作

20 世纪初的英国小说界呈现出一派纷繁景象，除了著名的威尔斯、高尔斯华绥、毛姆、劳伦斯、伍尔夫、乔伊斯等小说家，其他一些小说家的创作成就也可圈可点，如爱德华·摩根·福斯特(Edward Morgan Forster，1879—1970)、福特·麦道克斯·福特(Ford Madox Ford，1873—1939)、乔治·道格拉斯·布朗(George Douglas Brown，1869—1902)、亨利·莱德·哈格德(Henry Rider Haggard，1856—1925)等，他们在推动英国小说发展方面功不可没。下面就上述几位小说家的创作进行阐述。

一、爱德华·摩根·福斯特的小说创作

在英国文学史上，如何将福斯特归类是长期困扰评论家的一个问题。从第一部小说《天使不敢涉足的地方》至最后一部小说《印度之行》，福斯特的作品既包含英国传统小说、19 世纪现实主义作家的特点(如连贯的故事情节和清晰的历史背景等)，又运用了 20 世纪现代主义的创新手法。他将人际关系刻画得淋漓尽致，文风幽默，讽刺意味浓郁，文字优美精练，铺垫巧妙不着痕迹，

象征的运用尤其耐人寻味。在主题思想、人物塑造等方面,他的作品也带有明显的现代主义色调。作为一个艺术家,福斯特的理想是使自己的精神和物质生活的体会连为一体。然而,他看到的是一个分隔的西方现实世界。因此,福斯特小说的寓言性与现代西方社会的现实性无法取得一致。他笔下的人物旅游、探索、发现被分隔,“对出现在他们面前的局面束手无策,终至陷入无法解脱的境地”①。

福斯特出生于伦敦,父亲是建筑师、福音派信徒。他1岁时父亲去世,母亲和姑妈一起将他抚养成人。少年时他就读于肯特郡唐布里奇中学,1897—1901年就读于剑桥大学国王学院。大学期间,福斯特深受自由主义及怀疑论的影响,还加入了“圣徒社”。他很推崇穆尔关于摒弃旧体制、创立新伦理的思想。1901年,福斯特大学毕业后同母亲到意大利和希腊旅行。他陶醉于异国文化的同时,对英国封闭、僵硬的中上层社会秩序感到不满。1905年发表的《天使不敢涉足的地方》和1908年发表的《看得见风景的房间》两部小说,均以意大利为背景,描写保守、狭隘的英国上层社会与自由开放的意大利文化之间的冲撞。1907年,他发表《最漫长的旅行》,这是一部带有自传色彩的小说,描写理想与现实间的矛盾,在主题及写作方法上较之以前的作品没有太多突破。1909年问世的中篇小说《机器停止运转》,是一部极具讽刺意味的警世之作。1910年,《霍华德庄园》问世,广受评论界与读者好评,奠定了福斯特在文学史上的大师地位。1914年,福斯特完成了同性恋题材的小说《莫瑞斯》,这是作家长期以来为之所累的一个题材。《莫瑞斯》强调,追求自由意味着与旧传统彻底决裂,它表现出福斯特对自由平等的坚定信念。1924年发表的《印度之行》是作者1912年及1921年两次印度之行的产物,是他最受欢迎、流传最广的作品,也是他的最后一部小说。1927年,福斯特应邀在剑桥大学做系列讲座,讲稿后来被汇编成文集《小说面面

① 叶君健.骊歌[M].沈阳:辽宁少年儿童出版社,1997:289.

观》。福斯特其他作品还包括两部短篇小说集《华美集》和《永恒时刻及其他故事集》、散文集《阿宾格收获集》以及收入关于印度的信件和回忆录的《雪山神女》。在20世纪30年代，福斯特将研究重心转移到民权和自由等社会问题上来。1946年，剑桥大学授予他荣誉研究员称号。1970年6月7日，福斯特在考文垂去世。

福斯特信奉资产阶级自由传统和社会正义，反对帝国主义政策和专制统治。他特别强调人与人之间的真诚联系，因此他呼吁人们排除个性、阶级和种族的隔阂和偏见，寻求人们的共同之处，这是福斯特创作的主题之一。他作品的另一主题是表现英国中产阶级的不健全的心，即揭露英国公学和教会控制人们使人的精神困顿的实质，而与此相反的是意大利绚丽的风光以及热情奔放、直率粗犷的人们。福斯特对小说艺术有许多精辟独到的见解，集中体现在《小说面面观》中。该书分9节讨论小说的情节、人物、幻想、模式与节奏等问题，提出了扁平人物和圆型人物两种类型。“扁平人物”指围绕某一概念或素质制造出来的，仅具备单一气质的、性格缺乏变化的“二维”片面人物，如狄更斯笔下的《大卫·科波菲尔》中的米考伯先生与太太；“圆形人物”则指那些有血有肉、有深度、有厚度、随着情节的发展而变化的人物，如简·奥斯丁《傲慢与偏见》中的伊丽莎白。他的这一论述对后世小说创作的影响极大，而且其主张多层次、多侧面地来塑造生动的人物形象，这已经是现代作家区别于传统作家的一个显著标志。从某种角度来说，福斯特既是一位身处现实主义向现代主义过渡的小说家，也是一位从形式主义角度对小说理论进行探索的理论家。以下重点分析福斯特的重要代表作《天使不敢涉足的地方》《看得见风景的房间》《霍华德庄园》。

《天使不敢涉足的地方》以意大利作为文化背景，讲述了英国人游历意大利的故事。自18世纪以来，英国贵族子弟间流行到意大利、希腊等地，亲身感受古老欧洲文明遗迹的“教育旅行”，这是当时上层社会青年游历社会、增加知识、提高修养的主要旅行形式。可以说，这种旅行活动也具有“探寻意义”和“追寻真理”的性质,仿佛是一次贵族青年们文化与心灵上的朝圣活动。在福斯特的小说中,意大利不仅是其主人公寻求古老文化底蕴的圣地,同时意大利与英国也象征了两种截然相反的生活方式和文化背景,“旅行”则成为跨越不同文化背景与文化身份的桥梁。《天使不敢涉足的地方》这部小说的故事讲的是,年轻寡妇莉丽娅·赫里顿在丈夫查尔斯去世后一直生活在保守而又严厉的婆婆的管制之下,终日郁郁寡欢。小叔菲利普建议她同年轻的女邻居卡罗林·艾伯特结伴前往意大利散心。临行前,菲利普一再表达对意大利文化的崇敬,认为“凡是游览意大利的人都会变得纯净和高贵。意大利是世界的游憩胜地,也是世界的学校”。在意大利的盟特里阿诺市,莉丽娅与当地一名牙医的儿子吉诺坠入爱河,并订下婚约。婆婆认为这太不成体统,便打发菲利普前往阻止,但为时已晚。莉丽娅婚后并不幸福,她发现自己和吉诺并不相爱,于是变得更加忧郁,在生下一个男婴后便离开人世。远在英国的婆婆听到消息后,觉得不能让莉丽娅的孩子成为一个在野蛮文化中长大的孩子,特地派儿子菲利普和女儿哈丽雅特再次来到意大利去“解救”孩子。而孩子的父亲吉诺这时候却表现出对孩子浓浓的父爱,坚决不让带走孩子。无计可施的哈丽雅特趁着吉诺外出时偷走了孩子,想偷偷地把孩子带回英国,却在慌乱回国的时候因雨天路滑而遭遇马车倾覆事故,小说以孩子在事故中无辜夭折的悲剧告终。

在小说中,福斯特借意大利文化作为对照,将热情、自然的意大利人的生活与墨守成规、毫无生气的英国中产阶级的生活进行比较,从而对僵化呆板的英国文化进行了批判。小说中文化冲突激烈的地点有两处,一处在意大利的剧院里,当时菲利普与哈丽雅特奉命来索要孩子,却在剧院里感受到意大利人热情奔放的民族性格和真正的生活方式。另一处文化冲突的地点是在吉诺的家中,简朴混乱的小屋里,吉诺为孩子洗澡、擦拭身体,仿佛是一幅由“圣母和圣婴,以及捐出血脉的人”构成的圣洁的油画。鲜活的生活画面让菲利普和哈丽雅特都意识到吉诺对孩子的浓浓父爱，要比将孩子带回英国培养成一个冷漠的绅士强得多。在这两处典型场景中，传统保守的英国文化被热情真挚的意大利文化一一同化，产生了文化身份的新认同。在小说结尾处，菲利普发现自己被吉诺的性格所吸引，不知不觉地对他产生了好感。福斯特借此指出，只有通过两种文化的联结，愚蠢的英国中产阶级才有可能打破理性的桎梏而获得新生。

《看得见风景的房间》也是一部以意大利为背景、以爱情为主题的作品，但基调比较乐观，语言诙谐幽默，人物性格的刻画及象征手法的运用也更加成熟。故事发生在意大利佛罗伦萨市的贝尔托利尼公寓里。英国贵族小姐露西在表姐夏洛特的陪同下来到公寓的时候，能够看得见风景的房间均已客满。在晚餐时，生性洒脱的爱默生先生得知露西快快不乐的原因，就主动提出将自己与儿子乔治的房间和她们对调，这使她们，尤其是思想保守的夏洛特深感不安，认为爱默生父子的举动有点鲁莽，有失体统。后来在亚塞·毕比牧师的说服下，她们才同意对调房间。第二天，夏洛特与女作家朋友拉维希小姐同去观光，露西一人去广场散步，买了几幅画后回来。途中发现广场上有人斗殴，露西被吓晕倒，偶然经过的乔治将她抱到路边。之后二人暗生情愫，但露西并未表露出来。几天后在一次郊游中，乔治情不自禁地吻了露西，恰被夏洛特看到。之后，露西被带回英国。露西与母亲及弟弟同住，与一位门当户对的英国绅士塞西尔订婚，但她仍常想起乔治以及他对自己的突然一吻。不久后爱默生父子也搬到露西家附近，露西的弟弟与乔治很快成为好友。乔治抓住机会向露西表达爱慕之情，露西虽理智地拒绝了他，但也毅然取消了同塞西尔的婚约。最终在爱默生先生、露西的弟弟以及表姐夏洛特的帮助下，露西冲破门第观念，勇敢地接受了乔治的爱。

小说的故事紧扣题目中的"风景"之意，用极富象征意义的语言描写了一个爱情故事。露西是小说中塑造的一位非常典型的英国中产阶级少女，她执着于要一间"看得见风景的房间"，原因在于当她从房间里往外眺望的时候，佛罗伦萨仿佛是一件精美的艺术品,充满了古老的教堂穹顶、生动的大理石雕像、圣洁的教堂壁画等。但是当露西在交换房间的过程中,通过与爱默生先生的儿子——乔治的交往,她慢慢地感受到意大利充满生命力的一面。当露西因丢失旅行指南而不知所措时,“意大利一下子出现了,使人陶醉。她站在圣母领报广场上,看到那些活生生的赤陶雕塑的圣洁的婴儿”。露西认为她从来没有看到过这样美丽的景象,也充分意识到佛罗伦萨是一座充满生气的城市,流动着意大利人民的生活气息。她最终意识到,要想真正了解生活,不能只是从房间里远眺生活,而是要真正地投身其中。小说用充满生命力的“紫罗兰”象征露西与乔治爱情萌芽的美丽与含蓄:当露西在一片紫罗兰山坡上找到了乔治时,“大片紫罗兰像小溪、小河和瀑布般往下冲,用一片蓝色浇灌着山坡,在一棵棵树的树干四周打漩涡,在洼地里聚集成一个个水潭,用点点的蓝色泡沫扑满草地”。当乔治听见她到来而转过身来,“他一时打量着她,好像她是突然从天上掉下来似的。他看出她容光焕发,花朵像一阵阵蓝色的波浪冲击着她的衣裙。他们头顶上的树丛闭合着。他快步走向前去吻了她”。可以说,意大利的风景象征着充满生机的精神生活,露西与乔治就是在意大利的美丽景色之下才产生了心灵的和谐。当露西因为与乔治之吻而被表姐匆忙带离意大利之后,她又回到熟悉的乡村生活中。她不仅不敢正视与乔治的爱情,还很快在风角老家与一个具有典型中产阶级道德观的青年塞西尔订了婚。此时,作者铺陈了很多露西所生活的英国乡村的景色,如她居住的“风角”。这里不仅是一处“看得见乡村自然风景的房间”,而且相对塞西尔的母亲维斯太太陈设齐全、刻板僵化的伦敦公寓或者和夏街其他更为华丽的房屋来说,风角不仅朴实无华,也与自然环境相辅相成,透露出浓浓的英国传统乡村气息。这些乡村景色不仅体现出露西一家对家庭和生活的热爱,更揭示了露西性格中自然、和谐和灵动的一面。最终,露西正视心中的真实情感,坦诚了自己内心对乔治的爱,并在与乔治结婚后重返意大利,两人幸福地在当初相遇的地方一同观看房间外美丽的意大利风景。

在这部作品中，福斯特的典型写作风格已很突出，其中较有代表性的一点是，通过细腻的景物描写来突出人物的情绪，推动情节的发展。乔治与露西在紫罗兰花丛中的一吻是故事的第一个小高潮。另外，人物性格的塑造也体现出福斯特细腻而含蓄的写作风格，最典型的例子应属露西的表姐夏洛特。夏洛特开始时反对露西与乔治的交往，但在发现二人真心相爱后，便以自己的方式来帮助他们。在描写露西与老爱默生先生见面一幕时，作者对夏洛特的出场似乎故意在用三言两语轻描淡写，粗心的读者可能会忽略她的存在。直到故事结尾，通过情人的对话，作者才又将人们的视线拉回到夏洛特处。原来夏洛特明知露西会和老爱默生见面却未阻止，从而让露西与乔治获得了有情人终成眷属的机会。乔治对于夏洛特的一番评论准确地说明了她的性格特点："她没有僵化，露西，她并没有全部枯萎。"人们不禁感叹这种安排的巧妙，而读者也会像露西一样对她充满感激，也会开始觉得夏洛特其实是个很可爱的人物。福斯特这种隐讳而细腻的文风常令读者反复阅读他的作品，而每一次都能获得意外收获，乐趣无穷。

《霍华德庄园》中的故事是从妹妹海伦写给姐姐玛格丽特的几封信来展开叙述的。居住在伦敦的施莱格尔姐妹俩玛格丽特与海伦在德国度假时与威尔克斯夫妇相识，其后威尔克斯夫人邀请妹妹海伦去其位于郊外的霍华德庄园做客。短暂的庄园之旅让海伦迷上了这个截然不同的家庭，并与其小儿子保罗闪电订婚又闪电取消婚约。施莱格尔姐妹俩出身于伦敦上流社会，受过良好教育，举止文雅，爱好文艺，在小说中是知识分子精神文化的象征。而小说中的威尔克斯一家则是在英国工业革命后，积极投身商业并靠头脑和投机在市场上赚取巨额利润的资产阶级物质文化的象征。父亲亨利、大儿子查尔斯与小儿子保罗都是这种物质文化的代表，他们粗俗、好享乐、爱金钱。家中唯有母亲威尔克斯夫人迥然不同，倾向于施莱格尔姐妹的精神世界。不久之后，威尔克斯夫人因病去世,而且出人意料地将霍华德庄园作为遗产留给姐姐玛格丽特。威尔克斯一家反对这样的遗嘱,并没有将这份遗嘱公布于众。毫不知情的玛格丽特继续与威尔克斯一家保持交往,并最终嫁给了威尔克斯先生(亨利)。姐姐的婚姻让妹妹海伦非常不满,尤其这时海伦因为结识了一个保险公司的小职员巴斯特并因阴差阳错而导致他失业。海伦为了弥补自己的差错而成为巴斯特的情人,并未婚而孕,生下巴斯特的儿子。而巴斯特因为去霍华德庄园寻找海伦而被查尔斯用木棒击中,导致心脏病发作而死去。这导致了查尔斯的入狱,父亲亨利也一下子意识到自己在长期的商业中迷失的自我,无奈而离开,庄园由玛格丽特、海伦及海伦与巴斯特的孩子继承。

《霍华德庄园》和以往的作品一样,依然以主题与象征手法著称。但不同的是,这里的主题更明确、更有普遍性,象征手法的使用也更加灵活自如。在这部小说中,霍华德庄园成为英国传统乡村文化的象征,其与伦敦的城市文化与工业文明形成了鲜明的对比。对福斯特来说,施莱格尔姐妹成为神秘的威尔克斯夫人秘密选定的庄园继承人,意味着其更重视英国乡村传统的传承和发扬。作者意识到英国未来的出路应该是将英国传统文化与工业文化、乡村文化与城市文化结合起来,“唯有联结”是《霍华德庄园》的主题,也是福斯特为医治英国社会弊病所开具的药方。于是,来自伦敦城市文明的施莱格尔姐妹通过与威尔克斯家族的联姻,最终在象征英国传统乡村文化的霍华德庄园达到融合。

在小说中,旅行是连接各个人物命运的关键。在去德国的旅行中,施莱格尔姐妹结识了威尔克斯一家,为后来的霍华德庄园之行做了铺垫;海伦去霍华德庄园的旅行,导致了两家人的误解和冲突;小职员巴斯特也常常在午夜从城中走向郊外的旷野,在这么短暂的旅行中放下愁苦的现实生活,进入美丽的理想世界;当玛格丽特在婚后从城里来到霍华德庄园时,被看门人误以为是威尔克斯夫人“露丝”,使得两人的精神契合又有了进一层的意味。“旅行”不仅象征了人物命运的纠葛、主题的升华,还象征了福斯特希冀借此连接精神文化与物质文化的“文化桥梁”。

二、福特·麦道克斯·福特的小说创作

福特的父亲是德国音乐评论家，祖父是英国画家。他童年的大部分时光在前拉斐尔派的圈子里度过的，因而深受该派的熏陶和影响。福特经常同康拉德的名字联系在一起，他曾与康拉德合作写书，还编过两个有影响的文学杂志，即《英国人评论》与《跨大西洋评论》，提倡法国式的小说写法，培植过不少后来出名的作家，如劳伦斯和海明威。他自己也写法国式小说，主要作品有《好兵》和《阅兵礼的结束》四部曲(《有些人不》《再无阅兵礼》《一个人可以挺立》和《熄灯号》)。此外，福特还写过很多评论、诗歌和回忆录等作品。下面重点分析福特的代表作《好兵》。

《好兵》的故事发生在第一次世界大战爆发前夕，记录了两对“完美夫妻”之间复杂的感情纠葛。美国夫妇约翰·道尔和弗洛伦斯、英国夫妇爱德华·阿什本厄姆上尉和利奥诺拉都是“有钱又有闲”的家庭，在经济繁荣、头脑空虚、道德沦丧的年代，上演了一场丑恶的充满爱恨情仇的悲剧。美国女人弗洛伦斯在与约翰结婚前就有过荒唐生活的经历，婚后更是以心脏病为掩饰，以友谊为借口，做爱德华的情妇长达9年，最后得知爱德华爱上养女南茜后自杀。爱德华是到处留情的花心男人，由于爱情过于滥，心力交瘁，最后割喉自杀。利奥诺拉是个颇有心计的女人，不动声色致人于死地，最后另嫁他人。至于约翰，他是最无辜的受害者，最后还要照顾爱德华留下的养女南茜。全书以姑娘发疯、好兵自杀作结。

就艺术形式而言，《好兵》的叙事技巧不比任何现代大师逊色。该小说出版于1915年，正是现代主义小说探索的初级阶段，福特也参与了这一过程。《好兵》的故事并不是按时间顺序娓娓道来的。第一人称叙事者是约翰，然而，约翰又是4个人中对事情的真相了解最少的，其他3个人做的各种勾当都完全瞒着约

翰,因此约翰在那 9 年间看到的只是一片歌舞升平。在故事开始时,他和读者一样懵懂无知。各种残酷的真相一个个呈现出来,使约翰感觉被欺骗、背叛。这一方面是他对客观现实逐渐认识的过程,另一方面是作家福特向读者展现事件发展的过程。为了避免第一人称视野的局限性,福特还使用了辅助人物叙述的手法。比如,由利奥诺拉向约翰传递爱德华和弗洛伦斯的信息。这时,约翰仅仅是个倾听者和转述者,他从不加进自己的判断和评价。关于同一事件,由不同视角的人物叙述,就有不同的侧面展现出来。读者与第一人称叙事者一同摸索事物的真相。这样的叙事还原了现实生活的真实状态,同时使故事情节扑朔迷离,牵引着读者参与故事,让读者将各种信息综合对比,理出事情的来龙去脉。小说的写法曲折、细致,前后移动的时间次序,多次的补叙与插话,对于人物动机的分析与再分析,都要求读者有足够的耐心,而实际上读者并不会感觉到烦琐,倒是逐步深入,把几个上层社会人物的内心世界一层又一层地暴露出来:那位好兵在他那习惯性的坚毅和礼貌之下的空虚感,他那妻子的天主教虔诚之下的工于心计和残酷,叙述者妻子的美国式纵欲和虚伪,小姑娘由于父母不和、身世飘零而产生的失落感。

小说的基调是反讽的,其最初定名为"最伤感的故事",但它是在第一次世界大战中出版的,因此出版商们建议福特取一个不那么令人沮丧的、更爱国的书名,于是有了《好兵》这个书名。小说的副标题为"一个激情的故事",但书中众多的充满激情的情境竟由一个毫无激情的叙述人来讲述,这是本书运用反讽手法的关键性特点。同时,尽管小说中充满错综复杂的情感纠葛,但那些都不是真正的激情,基本是逢场作戏。

《好兵》显示出福特深受印象主义的影响,这首先表现在它对色彩和光线的运用上。小说对人物和场景的描写都带有色彩,对爱德华和弗洛伦斯等人物都以明亮光线显示出来,旨在以此与他们的内心黑暗形成强烈对比。这些都传达出绘画所特有的视图艺术效果。福特受印象主义影响的另一重要表现在于该书的跳跃式、貌似零散的叙述风格上。小说语言完全是所谓有教养的人的文雅语言，而且是英国上层人士的语言，连美国夫妇的谈吐也没有美国特色，只听见修整的句子连串而来，但又不是一泻到底，而是常有回旋和重复，有时则欲言还休，没有下文。这就是福特的叙述策略，他认为传统小说的毛病就是“一泻到底”，所以他要试验新的叙述法。

三、乔治·道格拉斯·布朗的小说创作

布朗是苏格兰小说家，出生于亚尔郡的一个小村庄。布朗的教育背景比较坎坷，但他还是以优异成绩从格拉斯哥大学毕业，进入牛津大学学习。1895年，他在牛津大学毕业后移居伦敦，向各种杂志提供短篇小说和批评文章。1899年，他以肯尼迪·金为笔名发表了探险小说《爱与剑》。1900年，他开始创作长篇故事《有绿色百叶窗的房子》，1901年发表，成为他的代表作。1902年，布朗由于肺炎和长期体弱多病去世。

布朗的代表作《有绿色百叶窗的房子》富有自传色彩，小说以作者出生的小村庄为背景，小说的主人公约翰·古列被塑造成一个恶魔般的父亲形象。这个叫“巴比”的小村庄被狭隘、八卦和妒忌所充斥，约翰和他的房子是人们妒忌和议论的对象。同时，作为一个成功的货运商人，他的财富和地位使他成为村里最无所畏惧却令人人畏惧的人。他憎恨那些无所事事的长舌妇，蔑视自己没出息的儿子。然而，小村通上火车后，他的生意一落千丈，他转而将希望寄托到儿子身上。当儿子不能达到他的期望时，父子发生了冲突，儿子杀父后自杀。家中两个身患绝症的女人——母亲和女儿在得知噩耗后也服毒自杀。可以说，《有绿色百叶窗的房子》是对当时流行于苏格兰的“菜园小说”的成功挑战，把人们拉回到现实世界。19世纪末，苏格兰面临着重大转变，工业化和资本主义的长足发展以及信仰危机的现实与“菜园小说”所描述的世外桃源般乡间生活形成鲜明反差。布朗在作品一开始采取“菜

园小说"的某些创作特点,然而,随着故事的深入,他对美好田园生活一步步进行了解构。

四、亨利·莱德·哈格德的小说创作

哈格德出身于英格兰东部诺福克郡布兰登汉姆村的一个高级律师家庭,在十个兄妹中排行第八。哈格德的哥哥们都毕业于贵族私立名校,父亲却认为这个老八将来不会有什么出息,就把他送到南非一个殖民官员那里担任无薪秘书。1875—1881年,哈格德旅居非洲,经历了当地的各种战争及政治事件。哈格德写出了许多以非洲大陆为背景的冒险和传奇故事。哈格德对后世流行小说,尤其科幻小说影响颇大,侦探作家如柯南·道尔等人,在故事情节、人物塑造等方面也都受益于他。1925年,哈格德在伦敦逝世。

哈格德创作了不少小说和短篇故事,尤以小说见长,但能让后世记住的不多,最具代表性的是《所罗门国王的宝藏》《艾伦·夸特梅恩》和《她:冒险史》。哈格德开创了"失落世界"这一文学流派,他的作品《所罗门国王的宝藏》《她:冒险史》等对世界文学发展产生过深远的影响,尤其对儿童文学领域的拓展起过非常积极的作用。其中,《她:冒险史》甚至成为西方心理学界经常引以为典范的作品,如弗洛伊德在《梦的解析》中对这部小说的引用和阐释。

《所罗门国王的宝藏》是一部全世界青少年都喜欢阅读的冒险小说,依据此书改编的同名电影也大受各个年龄层观众的喜爱。小说叙述艾伦·夸特梅恩在非洲寻找遗失的宝藏的冒险故事。夸特梅恩的寻宝之旅险象环生:他在山里险些被冻死,做过野蛮土著人的俘虏,在取宝时险些落入陷阱等。小说情节紧张,刻画逼真,扣人心弦,深受读者喜爱。此后,哈格德又相继创作了数部以夸特梅恩为主角的探险故事。

《她:冒险史》讲述里欧·汶西的冒险之旅。这个年轻人发现自己是埃及一位祭司的唯一传人，祭司当年因爱上公主而被处死刑，下达死刑命令的是漂亮却心怀妒忌的王后艾伊莎，她至今仍统治着那个遥远的国度——克尔国。里欧打算去寻找这位王后，他在老友和仆人的陪伴下前往克尔国。他历尽千辛万苦终于和王后相见，王后却认为他是几个世纪前自己曾深爱过的祭司的转世，于是对他实施催眠术。里欧虽知王后本性邪恶，但在催眠术的作用下，却以为自己真的爱上了她。

第三章 20 世纪 20 年代英国小说发展研究

在 20 世纪 20 年代,第一次世界大战前占主导地位的现实主义逐渐衰落,现代主义起而代之,并逐渐成为主流。英国的现代主义小说家大都反对甚至背叛过去刻板保守的艺术形式,不但试图通过对小说艺术形式的有效组合、调整乃至重建来创造具有时代特征的新型小说,而且热衷于以离经叛道的手法和光怪陆离的形象来折射现代经验和现代意识。在英国的现代主义小说家中,乔伊斯、劳伦斯和伍尔夫无疑是 20 世纪 20 年代最杰出的代表人物。他们在与 19 世纪的小说模式和创作准则分道扬镳的同时,对小说的主题、形式、技巧和语言做了大胆的探索与实验。他们不约而同地将创作视线从外部世界转向人物的内心世界,采用有意味的形式来表现人物的心理冲突或瞬息万变的意识活动,对英国小说的多元化和现代化产生了极为重要的影响。本章重点对乔伊斯、劳伦斯的小说进行阐述。

第一节 意识流中的精神危机与病态心理:詹姆斯·乔伊斯的小说创作

乔伊斯十分关注小说形式的改革与艺术手法的创新,他大胆地摒弃了传统小说的形式与结构,以时间与意识为核心,将人物飘忽不定、恍惚迷离的意识流作为小说的基本内容,深刻揭示了现代西方人的精神危机。乔伊斯不仅成功地发掘了人们头脑中潜意识和无意识的广大领域，向读者展示了现代人纷乱复杂的心理结构，而且在创作中另辟蹊径，发展了一种别具一格的现代主义文学样式——英语意识流小说。他的意识流小说《尤利西斯》的问世不仅将现代主义文学运动推向了高潮，而且对20世纪整个西方文学的发展产生了重要的影响。

乔伊斯出身于爱尔兰首都柏林南郊的一个中产阶级家庭，在全家十个孩子中是长子。他的父亲是一个税务员，母亲是一个虔诚的天主教徒。1888年，乔伊斯作为长子有幸进入条件优越的克朗戈斯·伍德教会学校读书。但五年之后，由于他父亲被税务局解雇，加之他父亲平日挥霍无度及投资失误，家境日趋贫寒。因经济拮据，他父母不得不多次卖房搬迁，房子越住越小，而乔伊斯本人也只得离开克朗戈斯·伍德教会学校去别处就读。1898年，乔伊斯进入都柏林大学攻读现代语言课程，并对文学产生了浓厚的兴趣。乔伊斯在上大学时便已显露出卓越的写作才华，他曾在颇有影响的文学杂志《双周评论》上发表了一篇有关挪威著名剧作家易卜生的戏剧的评论文章。1902年，乔伊斯大学毕业，并获学士学位。大学毕业后，乔伊斯断然拒绝了学校和家庭让他担任神职的要求，决意离家出走，赴欧洲大陆追求艺术。1904年秋天，乔伊斯离开了爱尔兰，从此开始了他长达近40年的海外创作生涯。在欧洲大陆，乔伊斯先后在巴黎、罗马和苏黎世等城市居住。他曾担任过英语教师和银行职员，并经常为报章撰稿，以谋生计，但常常入不敷出，1941年病逝于苏黎世。

最初，乔伊斯主要从事短篇小说和诗歌的创作。他先后完成了两部诗集《室内乐》和《每只一便士的苹果》。1914年，乔伊斯的短篇小说集《都柏林人》在历尽挫折之后终于问世。这部由十五个故事组成的短篇集子生动地描绘了20世纪初都柏林市井百姓与僵死和瘫痪的社会之间的激烈冲突。几乎在每一篇小说中，作者都采用了一种新颖独特的创作技巧——“精神顿悟”(epiphany)——来揭示人物在经历生活失败之后所获得的一种突然的精神感悟。在小说创作中，乔伊斯受到了法国自然主义、象征主义和唯美主义思潮的影响。此外,他对弗洛伊德与荣格的现代心理学理论以及柏格森的心理时间学说颇感兴趣,从中摄取了他所要的东西,并找到了为自己进行小说的实验与改革可资借鉴的理论依据。乔伊斯在对自传体小说《斯蒂芬英雄》作了反复修改之后正式发表了他的第一部长篇小说《一个青年艺术家的肖像》,这部小说的问世标志着作者从传统走向了革新。之后,乔伊斯开始潜心撰写他的意识流长篇巨著《尤利西斯》,并于1922年在法国正式出版。当时,这部代表现代主义文学最高成就的意识流小说在西方文坛引起了强烈的反响,并确立了乔伊斯在现代主义文学中的领导地位。此后,乔伊斯花费了17年的时间创作了他最后一部长篇巨著《芬尼根的苏醒》。这部语言怪诞、内容晦涩的梦幻小说超越了合理的界限,至今问津者仍寥寥无几。

乔伊斯的创作思想充分体现了一个现代主义者的审美意识。他在创作中遵循由里及表、由微观到宏观的创作原则。他注重揭示人物的精神世界,不厌其烦地发掘人的意识领域。他主张作家退出小说,让读者直接进入人物的心理世界去把握时代的脉搏。下面重点分析乔伊斯的重要代表作《一个青年艺术家的肖像》和《尤利西斯》。

《一个青年艺术家的肖像》是现代主义运动初期的一部极为重要的实验小说,也是乔伊斯的成名作。在这部小说中,乔伊斯首次将人物的精神世界作为重要的内容加以表现,使读者有幸领略到人物错综复杂的意识活动。尽管它还算不上一部真正的意识流小说,但作者已在一定程度上采用了内心独白、感官印象和自由联想等意识流技巧。作为一部现代主义小说,《一个青年艺术家的肖像》并不具有曲折动人、引人入胜的故事情节,而是向读者发出了内省的信号。整部小说共分五章,作者以生动、细腻的笔触描述了主人公斯蒂芬·迪达勒斯从婴儿朦胧时期到青年成熟时期的成长过程以及他在道德瘫痪状态中的精神发育和心理发展。斯蒂芬出身于都柏林的一个中产阶级家庭,从小受到各种社会势力的影响和压抑。6岁时,斯蒂芬进入一所教会寄宿学校读书。在那里，他不仅感到孤独，而且经常受到同学的欺侮和嘲弄。随着年龄的增长，他的异化感日趋严重。他经常独自一人在都柏林肮脏、狭窄和昏暗的街道上游荡，还曾经投入一个妓女的怀抱。在大学期间，斯蒂芬勤奋好学，对艺术和美学产生了浓厚的兴趣。他反对某些师生狭隘与自负的民族心理和故步自封的文化观念，这使他在校园内备受冷遇，处于非常孤立的地位。小说结尾，斯蒂芬对人生有了新的感悟。他意识到爱尔兰无法向他提供施展才华的机会，于是决意离家出走，赴欧洲大陆追求艺术。

《一个青年艺术家的肖像》的独特之处在于，它把多愁善感的艺术家气质与流亡精神紧密地结合在一起，把精神的漂泊和意识的流浪提高到一个艺术的高度，而抛却肉体的纠缠、在精神世界里流亡的青年斯蒂芬就像一幅肖像一样，被定格在时代的画架上。斯蒂芬敏锐的思维和特有的艺术家气质，使他总是处于对人生、世界和宇宙进行思考的状态中。可是，他好像总找不到出路。他幻想通过摆脱生活和环境的束缚来达到精神的和谐。斯蒂芬·迪达勒斯这一名字本身就具有特殊的含义，斯蒂芬是宗教的第一个殉道者；迪达勒斯是希腊传说中的能工巧匠。斯蒂芬自视自己是一名能工巧匠，他要成为艺术的殉道者，而爱尔兰就是囚禁他的迷宫。斯蒂芬只有逃出爱尔兰这一牢笼，才能获得创造艺术的自由。艺术家与他周围的环境历来都是格格不入的，这种冲突与对抗和《都柏林人》中的并没有什么区别，只是解决这一冲突的方式发生了根本变化。《都柏林人》往往以主人公突然的醒悟来化解与现实的冲突，而在《一个青年艺术家的肖像》中，冲突在斯蒂芬的意识和感觉里被转化成一股积极的力量，最终促使他踏上了流亡的旅程，成为一名流亡艺术家。乔伊斯并不关心斯蒂芬身体的流亡，他的作品是在述说精神流亡的故事。而在精神流亡的世界里，自我成为流亡艺术家关注的对象，而外部环境已经退居其次。斯蒂芬精神的流亡是通过对自我的反复吟味来呈现的。

当斯蒂芬在现实中遭受挫折，意识到自己的渺小的时候，他在意识里重新为自己找到了一个位置。在斯蒂芬的意识里，他与宇宙之间的距离并不遥远,它似乎比他与同学、老师之间的距离还要近。斯蒂芬通过把思绪投向更广阔的宇宙空间而轻而易举地摆脱了学校生活的乏味和枯燥。他对卑俗生活的反抗也是通过自我的重新设想来完成的。在以自我为中心的意识里,斯蒂芬由教会和英帝国的奴仆变成了自我诞生、自我创造的神,他在脱离现实生活的象牙塔里为自己流浪的心灵找到了栖息之处。

实际上,斯蒂芬的自我与爱尔兰社会之间的矛盾始终都没有得到解决,他只是在自己想象的世界里扮演了神的角色。开始时,艺术与生活之间的关系对斯蒂芬来说,艺术既不是对自然的复制,也不是对自然的模仿,艺术是体现生活。可是到后来,当斯蒂芬以艺术家自居时,生活成了艺术的奴仆,艺术家成为主宰一切的上帝。艺术不但高于生活、凌驾于生活之上,而且成为引领生活、修正生活的标准。斯蒂芬表面上逃出了爱尔兰这座囚禁艺术家的迷宫,但他又为自己建造了另一座迷宫。在这座艺术的迷宫里,他将继续孤独、继续流浪,因为他离生活越来越远。

斯蒂芬精神流亡的不可避免性表现在他的自我是分裂的。他一方面渴望与现实生活的接触,另一方面又鄙视、厌恶肮脏龌龊的都柏林生活;他一方面在自己的精神世界里自由自在、无拘无束地畅想,另一方面又被现实中的困苦生活折磨得疲惫不堪。斯蒂芬虽然以内心世界强大的自我来抵挡外部世界的侵蚀,虽然把自己包裹得严严实实,但不安和怀疑的情绪总是折磨着他。他在和爱尔兰社会无法达成和解的情况下,流亡成了他唯一的选择。

乔伊斯的长篇意识流小说《尤利西斯》不仅代表了意识流文学的最高成就,而且是现代英美文学史上的一个重要的里程碑。《尤利西斯》充分体现了乔伊斯的现代主义审美观念,是对传统文学的一次有力挑战。作者标新立异的谋篇布局和创作技巧使人们大开眼界,为现代主义小说的发展开辟了新的途径。全书由三个部分组成,共十八章,近八百页。小说详尽地描述了1904年6月16日这一天都柏林三位普通市民从早上8点到次日2点40分约19个小时的生活经历与精神感受。乔伊斯不仅以荷马长篇史诗《奥德赛》中的英雄尤利西斯的名字作为小说的书名，而且使作品在结构上与古希腊神话中这位英雄的传奇般的故事情节对应起来。第一部分(第一章至第三章)主要描写了青年艺术家斯蒂芬(即当今的特莱默克斯)从早上8点至上午11点的生活过程和意识活动。斯蒂芬先是在寝室内与医科专业学生莫利根交谈，然后去学校给学生上了一堂历史课。下课后，他与校长狄瑟先生交谈了一会儿，随后独自去都柏林海滩散步，思索人生。小说的第二部分(第四章至第十五章)集中描述了主人公布鲁姆(即现代的尤利西斯)从早上8点至半夜12点在都柏林街头的游荡经过和凝思遐想。小说的第三部分(第十六章至第十八章)主要描述了布鲁姆回家时的情景。他先与斯蒂芬在街上喝了一杯咖啡，然后将这位年轻人带到自己的家中，并与他进行了长时间的交谈。小说以布鲁姆的太太莫莉睡梦中长达四十多页奔腾如潮的内心独白而告终。

《尤利西斯》充分反映了乔伊斯的现代主义小说观。这部小说既无紧张激烈的冲突，也无扣人心弦的高潮。即便一些不足挂齿，甚至令人生厌的情节也并非一目了然，而是在人物杂乱无章、支离破碎的意识活动中逐渐浮现的。然而，作者化平淡为神奇，成功地使街头巷尾的匆匆过客和日常生活中的凡人琐事产生了深刻的含义和广泛的象征意义。在《尤利西斯》中，乔伊斯刻意追求神话与现实、象征与写实之间的巧妙结合与有机统一。他凭借荷马史诗的框架结构和智勇双全的伊塔刻岛首领尤利西斯在特洛伊战争结束后漂流沦落，历尽艰险，最终返回家乡与妻子珀涅罗珀团圆的故事来讽刺20世纪西方社会的现实。在与《奥德赛》基本对应，但并非完全相同的框架结构中，乔伊斯巧妙地摄入了大量的现代社会生活镜头，使历史与今天、神话与现实以及英雄与反英雄相互映照，产生一种强烈的反衬效果。

如果说《一个青年艺术家的肖像》是关于青年人的流亡，那么，《尤利西斯》就是关于中年人的流亡。不论是从精神还是从肉体上,人到中年时的流亡呈现出与生机勃勃、怀揣梦想的青年艺术家的漫游心路完全不同的状态。它增加了苦涩、无奈、空虚的成分,而少了许多浪漫、幻想和憧憬的色彩。中年人的流亡更多的是停留在精神世界里,因为现实生活使他们举步维艰,任何轻率的举动都会毁掉他们的一生,而岁月却不给他们从头再来的机会,这和青年人的流亡形成了鲜明的对比。青年流亡者可以毫无顾虑地抛开一切来自家庭、团体和社会的束缚,而对中年人来说,流亡已经成了一种奢侈,所以,他们的流亡表现为永无止境地向后追溯。回忆成了他们安慰流浪心灵的唯一办法。在自己的内心世界里流浪、在意识里神游,就成为成年期流亡的显著特色。《尤利西斯》中的两位主人公布鲁姆和妻子莫莉,就是在自己的意识里漫游的流亡者。布鲁姆作为一名犹太人,始终有一种流落异乡的孤独感和无家可归的失落感。他耗费半生都在四处寻找,寻找归属和认同,但这种感觉始终拒绝与他亲近,他只好继续流浪,继续寻找。他的宿命就是在流浪中寻找回家的感觉。流亡既是安慰和解脱,也是惩罚和诅咒。布鲁姆仅凭意识的活动根本无法破除魔咒,所以,即便他最后回到了家里,也不过是意味着新一轮流亡的开始。莫莉出生于位于西班牙南端的英国直属殖民地直布罗陀,母亲是西班牙裔的犹太人。莫莉有着一张犹太女人的脸,因此吸引了布鲁姆的注意,他们结婚后,新居也建在犹太人集中的地区。布鲁姆夫妇虽然都是都柏林人,但作为从异国他乡来此定居的移住者,他们的心中充满了漂泊感和流落感。

在《尤利西斯》中,内心独白既是作者使用最多,也是作用最大的一种艺术手法。乔伊斯通常采用直接内心独白来表现人物的意识活动,即让主人公作为第一人称直接将本人的思想与感受和盘托出,读者看到的是人物原本的意识活动。这种由直接内心独白表现的意识不用解释,不受作者的控制或支配,显得极为自然和坦率。此外,人物的内心独白在小说中通行无阻,并且同作者的第三人称叙述之间的接轨也十分自然。乔伊斯似乎从来不用"他想"或"他对自己说"等解释性词语,也极少在叙述语和内心独白之间插入其他次要成分。他在转轨或接轨时只是巧妙地将人称或时态作相应的调整，一般不留明显的痕迹，读者往往在不知不觉的情况下出入人物的意识领域。

第二节 性意识的觉醒与两性冲突：戴·赫·劳伦斯的小说创作

19世纪中期以后，英国工业发展的进程加快，实现了全国规模的工业化，劳伦斯的家乡小镇也发生了变化。劳伦斯生来热爱自然，热爱英格兰乡村，迷恋幼年时代诺丁汉的红色岩石和橡树林，为田园式古老英国的消失而叹息。工业化的烟尘使花草枯萎、树木凋零，也使人的自然天性因遭到压抑而窒息。这种工业化的英国和田园式的英国，在劳伦斯的全部作品里一直处于对立和冲突之中，他的创作表现了对工业化现实的不满和憎恶。劳伦斯以其对资本主义工业社会中现代人的心理本质的深刻认识，深入探索了受到现代机械文明严重压抑和摧残的自然本性与两性关系。在劳伦斯看来，进入全新的情感轨道，描绘人物的心理现实和反映男女之间的性爱是现代小说的核心问题。劳伦斯认为哲学中的精神至上、宗教里的禁欲主义、传统道德的偏见都鼓吹压抑人的自然力量，这无疑是取消生命的本能。他提倡建立一种新的、健康和谐的两性关系以摆脱现代工业化社会对人的压抑。

劳伦斯出身于英国诺丁汉的一个矿工家庭，父亲是个脾气暴躁的矿工，母亲受过良好的教育，曾做过小学教师，个性坚强。两人婚后不久就因个性不合而经常争吵，长期不和。1906年，劳伦斯靠奖学金进入诺丁汉大学学习教师专修课程。两年后，他获得教师资格证书，并到当地的一所中学任教。在此期间，他对文学创作产生了浓厚的兴趣，并开始习作练笔，撰写诗歌和短篇小说，其中不少作品相继见刊。1911年，劳伦斯发表了第一部描写家乡青年生活经历的长篇小说《白孔雀》。1912年，劳伦斯的第二部长篇小说《私闯者》问世。然而,他最初的两部小说在社会上并未引起多大反响。1913年,劳伦斯的创作生涯出现了重大转折。他的长篇小说《儿子与情人》的问世不仅向人们展示了一种新的感情与心理结构,而且使人们看到了现代主义小说的萌芽。1915年,小说《虹》发表,但不久即被扣上"有伤风化"的罪名而遭到查禁。之后,劳伦斯又以同样的笔调创作了《虹》的续篇《恋爱中的女人》,鞭挞工业化的危害。1928年,劳伦斯完成了长篇小说《查特莱夫人的情人》。这本书因触犯有关淫秽出版物的管制条例,被禁止在英国出版。1930年,劳伦斯客死在法国的南部小城。

劳伦斯一生四处漂泊,颠沛流离,但对文学事业呕心沥血、锲而不舍。他不仅完成了10部长篇小说,而且写下了大量的短篇小说、诗歌、戏剧和散文,为现代主义文学的繁荣与发展做出了重大的贡献。

劳伦斯以其独特的审美意识和对资本主义机械文明的深刻洞察力,成功地创作了一系列探索人类心灵的黑暗王国、触及人的情感与欲望的心理小说。劳伦斯也许是弗洛伊德心理学在英国文坛最忠实的代言人,弗洛伊德有关人的意识和无意识的理论以及诸如"里比多""恋母情结""第二自我"和"阳具意识"等涉及性欲和性爱的精神现象均在他的小说中得到了充分的反映。他所创作的一系列心理探索与社会批判相结合的小说不仅是现代英国文学的重要组成部分,而且是现代主义文学的经典力作。下面重点分析劳伦斯的重要代表作《恋爱中的女人》和《查特莱夫人的情人》。

《恋爱中的女人》通过生动地描述几个青年男女之间的恋爱关系和感情冲突,深刻反映了20世纪初英国的现实生活和时代气息。同时,在这部小说中,劳伦斯借人物之口表达了同时代的人对工业主义、民族主义、现代美学和现代主义艺术等问题的认识与态度。不仅如此,《恋爱中的女人》还进一步探索了现代人的性意识和情感世界,再次通过男女之间的恋爱与婚姻关系来揭示自我与社会之间的激烈冲突。

《恋爱中的女人》共三十一章，主人公厄秀拉是英国中部的煤矿小镇贝尔多佛的一所普通中学的教师，她妹妹古德伦不久前从伦敦的一所艺术学校回到家中。姐妹俩先后结识了当地的学校监察员伯金和煤矿主杰拉尔德。劳伦斯用更多的篇幅描写了伯金和厄秀拉、杰拉尔德和古德伦这两对情人苦涩的恋情，写他们的追求。古德伦与杰拉尔德一见倾心，在经历了狂暴的激情后，失望而痛苦的她与另一位艺术家又陷入了爱的狂欢。厄秀拉与伯金相爱了，她一心要让对方成为爱情的囚鸟，而对方却希望在灵与肉的交融中保持彼此心灵上的距离……他们身处在一个悲剧的氛围中，心头笼罩着总也拂不去的阴影。他们试图用爱来填补心灵的孤独，可陌生的心总也无法沟通。他们甚至失去了生的意志——爱不起来、活着无聊、丢弃不忍、结着幽怨、系着压抑。

《恋爱中的女人》在结构上明显地体现了现代主义的艺术倾向。从表面上看，这部作品的结构似乎同一般现实主义小说并无多大区别。全书各章不仅具有各自明确的标题，而且叙述了具体的事件。小说从第一章的“姐妹俩”到最后一章的“退场”似乎进展有序、布局合理。事实上，这部小说并未严格按照时间顺序或事件的自然进程展开叙述，而是将整部小说的结构建立在一系列互相对位的生活镜头之上，从而使作品在近乎松散的表层结构之下蕴含着一种深层次的凝聚力。在小说中，不少看上去分散独立、互不相干的镜头和场面往往通过它们的象征意义获得某种内在的联系。例如，在第九章中，杰拉尔德为了向古德伦显示自己的勇气和力量，在铁路交叉口制服了一匹阿拉伯母马。而在第十四章中，古德伦为了回击杰拉尔德的挑战狠揍了他的小公牛。随后，在第十八章中，他俩又联手伤害了一只性情过野的兔子。尽管这些镜头互相之间并无直接的联系，但它们无疑具有深刻的象征意义。作者通过两位主人公对动物的态度深刻地揭示了他们潜意识中的性冲突。显然，这种结构不但在传统的现实主义小说中是罕见的，而且体现了劳伦斯对现代小说的模式所进行的新的探索与尝试。

在这部小说中,劳伦斯对性主题的表现手法也有了进一步的发展。他不仅通过两对性格截然不同的青年男女之间的感情冲突来揭示现代工业制度下两性关系的危机,而且通过伯金与杰拉尔德之间畸形的同性恋关系来影射现代男性力量的堕落与变态。虽然这三对关系性质不同、进展不一,且结局也大相径庭,但它们是西方现代工业社会中性意识的缩影,也是爱德华时期青年一代精神困惑的真实写照。

《恋爱中的女人》采用了一个开放性的结尾,从而展示了劳伦斯的现代主义艺术倾向。尽管杰拉尔德的死亡使他与古德伦之间的关系就此了结,但厄秀拉与伯金之间的感情冲突却还在延续,他们婚姻关系中的许多问题依然悬而未决。显然,劳伦斯并没有为厄秀拉与伯金的婚姻画上一个圆满的句号。总之,《恋爱中的女人》向读者展示了一个耐人寻味的结局,留下了令人遐想的广阔空间。

《查特莱夫人的情人》是劳伦斯的最后一部长篇小说,也是现代英国小说史上最有争议的作品之一。全书共十九章,故事背景为英国中部的煤区小镇特弗希尔。小说生动地描绘了克利福德·查特莱爵士的太太康妮与她家的猎场看守人梅勒斯之间的两性关系。康妮从小生活在国外,第一次世界大战前夕,她返回家乡,并与男爵的儿子克利福德结婚。不久,克利福德赴前线参战,但不幸负了重伤,下身瘫痪。战争结束后,克利福德返回家乡,并继承了其父亲在雷格比庄园的遗产。克利福德因伤只得在轮椅上度过余年,康妮在精神上深受打击,对生活悲观失望,并与丈夫之间的感情也日趋疏远。不久,康妮与庄园的猎场看守人梅勒斯交往密切。梅勒斯已和妻子分居,他健壮的体魄和男子汉气概使康妮春意萌动,兴奋不已。梅勒斯不仅使康妮享受到人间的快乐,而且使她精神振奋、青春焕发。当康妮怀孕后,她与姐姐希尔达共同前往威尼斯与家人商讨离婚之事。与此同时,梅勒斯的妻子伯莎四处传播有关其丈夫与康妮的丑闻。克利福德闻讯之后大发雷霆,即刻解雇了梅勒斯。康妮回到庄园后将此事如实地告诉了丈夫，并向他提出离婚，而克利福德则断然拒绝了她的要求。小说以康妮与梅勒斯之间频繁的书信来往而告终。

《查特莱夫人的情人》是一部内涵深刻、题材独特的现代主义小说。它不仅超出了普通心理小说的艺术范畴，而且反映了劳伦斯在他创作后期审美意识的重大变化。读者可以发现，这部小说在更加直截了当地描写性行为的同时充分展示了男性力量的强盛和阳具意识的复活。显然，作者试图通过这部小说来表达他赞美生命、向往自然的原始主义情结。在他看来，现代工业制度和机械力量不仅使人性受到严重的摧残，而且使两性关系遭到极大的破坏。从某种意义上来说，梅勒斯这一文学形象的出现反映了劳伦斯创作后期对男性力量和人类自然本能的充分肯定，同时体现了他试图在现代荒原上寻找一种新的生命源泉的创作动机。

应当指出，在《查特莱夫人的情人》中，劳伦斯对小说的结构与形式的实验及革新精神已经明显减退，但他对人物的潜意识和性意识的探索却有所加强。事实上，像康妮和梅勒斯这样的人物无论在传统文学还是在现代主义文学中都是极其罕见的。他们敢于抗拒一切世俗偏见和旧的道德观念，不顾一切地追求完美极致的两性关系，将性爱视作一种神圣的宗教和精神复苏的再生力量。在小说中，康妮与克利福德的婚姻矛盾象征着自然人性与工业机器之间的冲突。克利福德是僵化陈腐的贵族制度和冷若冰霜的工业机器的象征。他平时热衷于舞弄笔墨或高谈阔论，对他煤矿的技术化和机械化也颇感兴趣。可是，他对康妮的情感生活和心理需要则麻木不仁。作为女人，康妮向往浪漫、奔放的爱情生活，追求完美无缺的婚姻关系。可是，雷格比庄园的生活使她感到无比的空虚和烦闷。显然，在劳伦斯看来，工业机器、陈腐观念和旧的婚姻制度是摧残人性、压抑人的自然欲望的邪恶势力。与之相反，康妮与梅勒斯之间温柔与美满的两性关系则象征着生命的复苏和人性的回归。梅勒斯受过教育，参过军，在伦敦社交界也有过良好的表现。因此，他虽然是矿工的儿子，但完全算得上一位绅士。他既能说"文明"社会中必不可少的标准英语，又能操一种"野蛮人”使用的粗俗的语言。从某种意义上来说,梅勒斯是现代工业制度下迫切回归自然的“文明人”的象征。同样,康妮从梅勒斯身上也看到了“一切美好事物的原始根苗”。劳伦斯仿佛在向人们暗示,完美无缺的性爱既是生命的源泉,也是现代荒原上唯一值得推崇的美好事物,它象征着生命的复苏和人性的回归。

然而,作为一部现代主义小说,《查特莱夫人的情人》不仅充分揭示了现代经验的复杂性,而且深刻反映了自然人性与工业社会之间的必然冲突。尽管劳伦斯热情歌颂完美无缺的两性关系,但他未使有情人终成眷属。同他以前的几部小说一样,《查特莱夫人的情人》再次展示了一个耐人寻味的开放性结尾。“我们不得不暂时分开”,梅勒斯在给康妮的信中写道,“我想这的确是更明智的方式”。

此外,《查特莱夫人的情人》中运用了很多暗示性语言,含蓄地传达了事物背后的内在意义以及作者自身的观点:“特弗希尔的煤层在燃烧,已经烧了许多年了,把火扑灭要花很多很多钱,所以只好任它烧下去。……即使没风的日子,空气中也弥漫着一种地下的气味:硫磺、铁、煤或者酸味物质。肮脏的尘埃就连圣诞蔷薇都不放过,黑色的粉末像末日天空降下的黑露般执着地沾在花草上,简直匪夷所思。”这一段环境描写并不是可有可无的,它其实描绘了英国20世纪初期迅猛发展的机械工业,描绘了机械文明造成的人与自然、人与社会、人与人、人与自我的尖锐矛盾,揭示出机械化力量的残酷,辛辣地批评了机械主义的冷酷对自然的摧残和人性的伤害,为后面写对查特莱夫人在这种恶劣环境影响下心理历程的描述埋下伏笔,同时暗示、象征了作者对个人追求健全、温情、和谐的生活的向往。

总的来说,劳伦斯的创作使英国的心理小说发生了质的变化。他以一个现代主义者特有的目光来审视西方人的性经验和性关系,并深刻揭示了他们血的意识和流动不已的肉体感。显然,他的创作不仅将心理探索提高到一个新的层次,而且使心理小说的题材、结构和语体产生了重大的变化。

第四章　20世纪三四十年代英国小说发展研究

20世纪三四十年代，英国经历第一次世界大战后失去了往日叱咤风云的超级大国地位，30年代经济危机，百业萧条，四十年代兵荒马乱，暗无天日。这个时期，英国社会处于极度的动荡当中，整个社会的生活和精神面貌发生了巨大的改变。这些都在这一时期的小说中得到了充分的体现，小说家自觉地对历史和现实进行了深刻的反思，对英国社会存在的种种矛盾弊端进行了无情的揭露和批判。这个时期的文坛涌现出一大批优秀的小说家，如奥尔德斯·赫胥黎、伊夫林·沃、乔治·奥威尔、约翰·博因顿·普里斯特利(John Boynton Priestley，1894—1984)、克里斯托弗·伊舍伍德等。本章将围绕这些著名小说家的小说创作以及其他小说家的小说创作进行阐述。

第一节　西方世界精神危机的漫画式描述：奥尔德斯·赫胥黎的小说创作

赫胥黎是英国著名的小说家、剧作家和诗人，出身于英国著名的赫胥黎家族。他自幼受到深刻的家庭影响，从小便与学界名流接触频繁。早年进入英国著名的伊顿公学读书，由于患严重眼疾，他曾一度辍学。后来考入牛津大学，大学毕业后开始进行文学创作。起初，他试图成为一名诗人，20岁时便开始发表诗歌，22岁那年出版了第一部诗集。这些作品大都受到19世纪法国诗歌的影响,其艺术特征与英国19世纪的诗歌大相径庭。30岁时,赫胥黎已经发表了八部文学作品,成为英国文坛一位引人瞩目的后起之秀。

从20世纪20年代起,赫胥黎加快了创作步伐,推出了一部又一部令人耳目一新的小说。《克鲁姆庄园》的问世不仅标志着作者创作生涯发生转折,而且也拉开了他社会讽刺小说创作的序幕。紧接着便发表了一系列以讽刺与嘲弄为特征的经典力作:《滑稽的环舞》《那些不结果实的叶子》《旋律与对位》和《美丽新世界》。这些小说几乎全都以冷嘲热讽的笔触描绘了第一次世界大战之后英国社会的混乱和知识分子的精神危机,对以英国为代表的西方精神世界危机进行了漫画式的描述。下面我们对赫胥黎的几部经典小说进行详细分析。

《克鲁姆庄园》是赫胥黎在练笔多年之后发表的第一部小说,体现了一定的艺术水准。这部小说的问世不仅是对第一次世界大战的严重后果做出的及时反应,而且标志着赫胥黎长达十余年的讽刺艺术的开端。

《克鲁姆庄园》是一座与世隔绝的庄园,主人公丹尼斯是一个敏感的年轻作家。小说开头,丹尼斯应邀前往克鲁姆庄园参加聚会,在那里遇见了当时在英国颇具代表性的一群自命不凡却又精神空虚的文人雅士:庄主亨利彬彬有礼,庄园女主人普莉希拉是一个相信星相学并且对其颇有研究的女人,其他都是一些夸夸其谈的所谓的作家和艺术家们,各有特点。丹尼斯在克鲁姆庄园停留期间过得并不快活,他钟情于庄园主亨利的侄女安妮,但安妮显得冷若冰霜,拒人于千里之外,而且还受到法国画家的阻挠。丹尼斯在爱情受挫、求婚无望的情况下只得含羞而去。离开克鲁姆庄园返回伦敦之际,他突然发现一向清高的安妮其实也有情于他。然而,一切都为时已晚,两人分手的局面已无可挽回。小说结尾,丹尼斯对自己的优柔寡断和无所作为感到无比的沮丧,不禁长吁短叹,抱恨终天。

尖锐的讽刺是《克鲁姆庄园》的一大特色,整部小说里充斥着作者对于那些道貌岸然的英国现代知识分子的嘲弄和讽刺。庄园里的各类文人雅士，看起来知识渊博、能说会道，但其实是一群心地狭隘、逃避现实的庸碌之徒。赫胥黎以冷嘲热讽的口吻向读者揭示了这样一个无情的事实：克鲁姆庄园的主人和宾客在现代荒原上已经完全失去了行动的能力，他们将自己淹没在喋喋不休和滔滔不绝的长篇议论之中。

《旋律与对位》是赫胥黎的代表作，也是他最重要和最优秀的一部社会讽刺小说。这部小说的基调依然是讽刺和嘲弄，而人物间的对话是作品的重要叙述形式。在这部小说里，赫胥黎对第一次世界大战后英国知识分子的堕落行为和病态心理进行了深刻的揭示。小说采用了古典奏鸣曲的方式，展现基本主题和对立主题的多声部内容，借以展示生活的不同方面，而且还具有小说之中包含小说的形式，这是对乔伊斯一代现代主义小说家在技巧层面的某种回应。小说的人物主要来自三个家庭：夸尔斯和沃尔特来自两个中产阶级家庭，而露西则来自贵族家庭。主人公夸尔斯是一位小说家，他虽有创作才华，但性格孤僻，感情冷漠，与妻子埃莉诺同床异梦。夸尔斯终日绞尽脑汁构思作品，并试图从其熟悉的人中寻找小说人物的原型。妻子觉得自己被冷落，感情得不到满足，便与一个早已钟情于她的男子埃弗拉德暗中往来。埃弗拉德有一个弟弟，叫沃尔特，是一名多愁善感的新闻记者，他曾经与一个有夫之妇姘居，随后又与水性杨花的露西厮混。然而，沃尔特从露西那里获得的只是精神上的痛苦，而露西则不久弃他而去，到巴黎去寻欢作乐。小说以亲法西斯分子埃弗拉德的被杀，埃莉诺的幼子病死和斯潘特雷尔的自杀而告终。作家用蒙太奇的手法剪接并列出一幅幅堕落和怪僻人物的群像图，旨在表现社会的颓废和堕落。

《旋律与对位》以尖刻与讽刺的笔调对20世纪20年代的伦敦社会做了漫画式的描绘。这部小说仿佛向读者展示了一个住着形形色色的道德沦丧、行为怪僻的人的疯人院。作者笔下的人物大都奉行一种在世界末日来临之前及时行乐的人生哲学。在他们看来,整个社会已经不可救药,教义教规也已成为无聊的废话,唯独纵情淫欲才是他们消磨时光的最佳方式。这便是该部小说的讽喻意义之所在。

《美丽新世界》是赫胥黎又一部极为重要的社会讽刺小说。该小说以科学幻想与社会批判相结合的方式对人类未来世界的荒诞和恐怖做了讽刺性的描述,通过对乌托邦社会的漫画式描绘来讽刺英国社会的现状。显然,赫胥黎对西方现代科技发展的失控现象以及由机械文明所导致的非人化倾向感到无比的忧虑,同时对人类的未来和世界的前景感到悲观失望。《美丽新世界》不仅是作者对未来世界的恐怖与丑恶的一种预测,而且也是他给予同时代的读者发出的一个警告。

《美丽新世界》描绘了600年后,即福特632年,西方文明社会的图景。书名出自莎士比亚的传奇剧《暴风雨》女主人公米兰达之口,表达了她在荒岛上首次见到一位那不勒斯英俊王子时对人类的赞美。然而,莎剧中那个"美丽新世界"在赫胥黎的小说中成为对人类未来机械文明和专制社会无情的讽刺对象。

小说用了近一半的篇幅描写了福特632年在美丽新世界中伦敦中央孵化及条件反射中心主任带领新学员参观一个成批生产人类的工厂的情形。在这儿,受精卵被放在不同的培养液中,生产不同等级的人所用的培养液不同。主任介绍说,科学家们已发明了一种新的培养方法,可以使一个受精卵分化发育成8至96个完全一样的人,以从事完全一样的工作。在这个新世界中,科学家按工作需要制造不同等级的人,最高一级的是超阿尔法——这是希腊文的第一个字母——高智力分子,最低一级的是亚埃普西隆——希腊文第五个字母——低能者。由于从出生前的培养液到出生后的条件反射训练都是严格按阶层控制进行的,所以在这个新世界中没有对自己地位不满的人,人已被消灭了个性,社会十分稳定。在那个受伪科学控制和极权统治的社会中,人类分为男性、女性和中性,通过试管批量生产。他们的发育过程由电器调节,其智力也由科学仪器控制。由于美会导致追求因而带来不幸,所以这里没有文化艺术,没有人道主义,没有情感的交流。男女杂交代替了爱情,感官刺激代替了艺术享受,毒品产生的幻觉给人以满足。然而,一位来自墨西哥的名叫约翰的“野蛮人”发现这是一个极其糟糕的社会,并拒绝参与这种噩梦般的生活。只是,这名对莎士比亚颇有研究的“野蛮人”既无法接受这个“美丽新世界”的价值观念,又不能返回过去的原始状态。最终他不得不上吊自杀以摆脱痛苦。这是一幅十分暗淡的图画,赫胥黎为人类描绘了一个灰色的未来。他预言,在一个物质至上的社会中,科学不断发展的威力会导致人类异化,人类生活在一个没有灵魂的高效率的社会组织中。

《美丽新世界》塑造了几个栩栩如生的人物,如约翰、伯纳德、兰妮娅、赫尔默霍尔兹及芒德等。他们轮廓鲜明,有思想,在性格和举止上都比较独特。约翰应当说是一个完整的人物。莎士比亚作品的精神保证了他的言行的独特性。他在关键时刻总能从莎士比亚作品所阐述的人文价值观中找到他欲遵循的人的理念。他明显代表了人类永恒的价值系统。而芒德则是一个反人类价值的人物代表。他无视人类的根本权益,肆意践踏同类,认为知识(高科技)旨在满足个人的疯狂妄想和欲望,把自己的思想强加于社会集体,无情地取缔不同意见者。此人是历史上人类独裁的集大成者。而芒德和约翰之间存在着芸芸众生,他们当中有如伯纳德般的逐渐觉悟者,也有随波逐流的“戴尔塔人”。约翰最后的自杀表明作者的观点:独裁在历史上将会占上风。这是作家的历史局限。

在《美丽新世界》中,作者的讽刺艺术再次得到了充分的展示。赫胥黎成功地模仿斯威夫特的创作手法,以一种超然和漫不经心的语气来叙述骇人听闻的故事,通过小说内容和语言形式的强烈对比产生特殊的讽刺效果。在作者的笔下,严格受到科学控制的社会被描绘成最完美和最高形式的社会,而小说中几乎所有的人物都对此深信不疑。任何一个善于独立思考或具有主见的人都将遭到惩罚乃至毁灭。

总体来说,《美丽新世界》是20世纪30年代以来英国最流行的小说之一。它不但进一步巩固了作者在英国文坛的地位,而且还对30年代英国社会讽刺小说的崛起产生了推波助澜的作用。

第二节　西方现代文明的无情嘲弄:伊夫林·沃的小说创作

在两次世界大战期间,年仅25岁的沃随着他的第一部小说《衰亡》的问世开始在英国文坛崭露头角,并从此声名鹊起,遐迩闻名。像赫胥黎一样,沃敏锐地意识到了西方现代文明的堕落和道德的沦丧,于是也以讽刺的笔触来描述一个正在衰亡的世界。沃无情地揭示了战后西方世界的荒唐与可笑,同时向人们传递了一种悲观乃至虚无的价值观。像赫胥黎一样,沃成功地继承并进一步发扬了英国文学的讽刺传统。他不仅具有将悲剧和闹剧交织一体的讽刺才能,而且还敢于鞭挞生活中荒诞与丑恶的现象,鞭挞西方现代文明的堕落。

沃出身于英国伦敦汉普斯特德区的一个中产阶级家庭。沃就读的兰馨学院是一所严格的教会学校,每天早晚都要做礼拜,周末更不例外,这里的经历对他日后宗教观的形成产生了很大影响。从兰馨学院毕业后,沃来到牛津大学的赫特福德学院学习,从此开始他人生中不堪回首的一段生活。在那里,沃一心结交贵族子弟,醉生梦死,结果不仅债台高筑,而且因为成绩太差,最后没有拿到学位。当有人问及他在大学搞过什么体育项目时,他的回答居然是"喝酒"。此外,在那个时期,他与三个同学之间的暧昧关系对他后来的文学创作产生了重要影响,沃在日记中还称他自己是双性恋。1924年,他离开学校,到中学任教。1925年至1926年间,他三次被辞退,其中一次是因为人们认为他试图诱奸女舍监。由此,他开始酗酒,并试图自杀。直到1927年,他终于正视现实,结束了这种愚蠢的生活方式,开始潜心从事写作。沃在其一生中创作了很多脍炙人口的作品，主要有《衰亡》《罪恶的躯体》《一把尘土》《亲者》等，下面我们将对这些作品进行分析。

《衰亡》是沃的第一部小说，一经发表就使他成为当时文坛上一颗耀眼的新星。《衰亡》描写天真的主人公保罗·潘尼菲泽在衰败的英国社会中所经历的灾难性一生。保罗原是牛津大学神学院的学生，在一年一度的俱乐部狂欢节上，他被一群酗酒闹事的本科生剥光了衣服戏弄了一番，结果被大学以行为放肆、有伤风化等理由开除了。他的监护人以此为借口，剥夺他继承其父财产的权利，用这笔钱为自己女儿置办嫁妆。走投无路的保罗只能到无人肯去的北威尔士一所小学当教师。在这个地方，他看到了很多虚伪和野蛮行径。不久他被贵妇马格特·比斯特切温德夫人看上，聘他作儿子的家庭教师。保罗住进马格特夫人的豪宅，被她勾引，爱上了她，两人订下婚约。然而，这位妖艳迷人的贵夫人正在从事贩卖妇女的勾当。保罗在结婚前夕被抓，入狱后，马格特夫人躲藏起来，为找个靠山而嫁给一位内政大臣。一直在黑石监狱的保罗一天被神秘告知，他需要做阑尾炎手术，于是被送到一家疗养院，没过多久便被宣布死亡。但是保罗并未死亡，他在马格特夫妇俩的精心安排下，被秘密转移到马格特夫人在希腊群岛科弗岛购买的别墅。数月后，保罗蓄起胡子，改名换姓，重新回到牛津大学神学院学习。这样一圈荒唐的人生轮回，在时间上恰好为一年，社会上形形色色的邪恶和不义在保罗的"旅途"中充分暴露。

《衰亡》展示了一场地地道道的人间闹剧，其滑稽的程度已超出了一般讽刺小说的范畴。作者以一种不动声色的口吻描述了主人公一段荒唐的令人难以置信的生活经历。在他的笔下，著名学府牛津大学的学生大都行为放肆，言语失常。他们不但爱好杯中之物，而且喜欢剥人衣裤。同样，在保罗任教的那所私立学校中，有能力的教师无所事事，无能力的教师滥竽充数。他们大都对教书不感兴趣，但热衷于打情骂俏，或无事生非。在那里，原本有益于学生身心健康的体育运动会也充满了欺诈和敌对情绪。

这无疑是对英国教育制度最辛辣的讽刺。小说以一种近似于“黑色幽默”的手法描绘了生活中一系列荒诞可笑的人物和事件,取得了强烈的讽刺效果。

《罪恶的躯体》是沃的第二部小说,更加突出了他的讽刺与幽默文风。作品的前半部就像一部荒诞不羁的闹剧,围绕着伦敦一个闲话专栏作家的感情纠葛展开。20 世纪 30 年代的伦敦,“欢快的年轻人”终日沉溺于各种舞会中,喝酒,打牌,乱搞男女关系,背后说长道短。他们常常抱怨生活乏味,在及时行乐时情绪越来越低落。这些人拒绝反省和改变自己,所以这部作品的基调是悲观、绝望的。主人公亚当的命运是不幸的:他没有钱,没有地位,因此,他决心要进入上流社会。他与勃朗特上校的女儿、人称“舞会动物”的妮娜订了婚约。勃朗特上校极力反对这门婚事。同时,富有的金杰看上了妮娜,妮娜只好与他结婚。蜜月后金杰突然应召入伍,亚当则冒充金杰同妮娜一起回家拜见勃朗特上校。最终战争爆发,亚当入伍。入伍之后他从妮娜的来信中得知,她已经怀上了亚当的孩子,与金杰生活在了一起。

沃的讽刺艺术在《邪恶的躯体》再次得到了充分的展示,在作者的笔下,世风日下,世道诡诈,人生险恶,只有投机取巧、厚颜无耻或无所顾忌的人才能安然无恙,而像亚当这样对生活依然抱有幻想的人却四处碰壁,走投无路。《邪恶的躯体》以一群怪诞的人物和荒谬的事件揭示了深刻的社会主题。尽管这部小说的情节和结构较为松散,在塑造人物方面也存在不足之处,但它在揭露和讽刺英国上流社会的腐败与丑恶方面独具匠心。作者巧妙地将通俗的语言和故意的夸张交织一体,使幽默与荒谬彼此交融,从而让读者在忍俊不禁的同时对小说的意义与内涵进行深刻的思考和认真的回味。

沃在其家庭婚姻小说《一把尘土》中出色地描绘了一出现代哥特式的悲喜剧。《一把尘土》描写一个因妻子出轨而导致家破人亡的故事。世代相传的赫顿庄园居住着一家三口:丈夫托尼、妻子布兰达以及儿子约翰·安德鲁。浪荡子约翰·比弗的突然造访打破了他们原本安逸、宁静的生活。布兰达与他眉目传情，并从比弗母亲经营的房屋租赁公司租了一套公寓，她对丈夫说，要在伦敦学习经济，无法回家。布兰达与比弗的恋情人人皆知，她的妹妹帮瞒着，她的朋友们也乐于将此作为茶余饭后的谈资，只有天真的托尼一人被蒙在鼓里。后来，他们6岁的儿子骑马时不幸坠马而死，这使布兰达与托尼之间的唯一联系不复存在。于是，如释重负的布兰达正式提出离婚。忠厚老实的丈夫像传统的英国绅士那样，满足了妻子的要求，同意离婚。为了能向法庭提供离婚所需的证据，托尼特意同一名妓女去海滨的一个旅馆度周末，以便制造自己对妻子不忠的事实。然而，当托尼得知布兰达在夫妻财产分割问题上要价太高以致他失去海顿古宅时，他突然感到自己崇尚已久的整个哥特式世界即将倒塌。于是他愤然离去，与一名探险家结伴去南美寻找一座古城的遗址。他在丛林中被一个酷爱狄更斯作品的疯子托德困住，托德告诉前来寻找托尼的人说，托尼已死。从此，托尼留在林中，每日为他朗读狄更斯的小说。因为托尼长期未归，布兰达无法离婚，拿不到赡养费，经济状况日益窘迫，比弗也离她而去，之后布兰达和过去的一个朋友结婚。在小说结尾，海顿古宅已经落入他人之手，并且变成了一个农场。

《一把尘土》将沃前期小说的讽刺艺术推向了高潮。作者的讽刺技巧在这部小说中无疑运用得更加得心应手。他的表现手法主要是通过两种截然相反的情景的对立折射出强烈的反讽效果。这一手法首先体现在主人公托尼的海顿古宅与他妻子布兰达在伦敦的公寓的对立之上。对托尼来说，海顿古宅是英国一切美好传统价值的象征。它不仅代表了他所崇尚的全部神圣与高贵的东西，而且也是他这位贵族后代的精神支柱。而他妻子布兰达在伦敦的公寓则是现代西方文明堕落的象征，代表了一切可悲、腐朽和丑恶的东西。显然，两幢具有相反意义的房子的对立与对照强化了作品的讽刺效果。这种形象对立的情景在小说中屡见不鲜。例如，当托尼的儿子约翰被惊马踩死时，托尼害怕布兰达在听到噩耗之后会经受不住沉重的打击。然而,具有讽刺意义的是,当布兰达听到约翰的死讯时,她首先以为是自己的情夫约翰·比弗不幸遇难。在虚惊一场之后,她竟然为自己断绝了与托尼之间最后的联系而感到庆幸,脱口说出“谢天谢地”。于是,托尼的善良同布兰达的自私在情景的对立中形成了强烈的反差,为小说增添了一种戏剧性的讽刺效果。

《一把尘土》再次成功地展示了一幅描绘英国现代社会生活的讽刺漫画。在作者的笔下,女主人公布兰达的庸俗和自私受到了严厉的鞭挞和无情的嘲弄。同时,托尼的哥特式世界和维多利亚情结也遭到辛辣的讽刺。不言而喻,《一把尘土》是作者前期讽刺小说中的代表作,为他创作后期讽刺艺术的发展奠定了重要的基础。

《亲者》是沃在第二次世界大战之后发表的一部出色的社会讽刺小说。在许多读者看来,这部作品标志着沃早期残酷讽刺的回归。《亲者》以夸张乃至变形的手法表现了亨利·詹姆斯小说中常见的国际主题,即欧洲与美国的文化冲突。据作者本人称,这部小说“是对英国与美国之间的文化绝境的研究,并以一个火葬场作为有趣的场景”。小说主人公丹尼斯在战争年代曾是一名诗人,后因无法在英国文坛立足而来到美国,为好莱坞写剧本,还曾受雇于一个名叫“幸福猎场”的动物公墓。不久,他结识了殡仪馆的女整容师艾梅,并四处抄袭名人的诗句向姑娘求爱。与此同时,艾梅的同事乔伊波伊也在追求这位纯洁善良的姑娘。艾梅在两个男人的追求下不知所措。不久,艾梅看清了丹尼斯的真面目,她感到极度失望,于是便经常向一家报纸“读者来信”栏目的一个嗜酒如命的编辑询问求答。受到编辑的误导,艾梅神智恍惚,在乔伊波伊的工作室里服毒自杀。乔伊波伊怕受牵连,便出钱让丹尼斯将尸体在动物公墓火化。丹尼斯对艾梅的死毫无悲痛之感,而是像火化一只动物那样焚烧他昔日的恋人,并若无其事地填写了一张“亲爱的死者”的慰问卡。小说结尾,丹尼斯回到了英国。在作者的笔下,动物公墓成了西方现代文明衰落的象征。公墓老板唯利是图,利欲熏心,葬礼仪式成了广告商的摇钱树,有钱人一掷千金,为死去的宠物举办隆重豪华的葬礼,连牧师也为了捞取外快而为死去的动物频频祈祷。在这个传统价值观念已经丧失殆尽的世界中,奸佞当道,腐败成风,"亲者"成了死者。主人公丹尼斯是这个堕落与荒唐的世界的具体化身,他所代表的一切正是作者在小说中极力讽刺与鞭挞的对象。而艾梅则是这个野蛮和疯狂的世界的受害者。她是现实生活中的弱者,既缺乏对社会本质的了解,又没有保护自己的能力,最终难免成为腐败与邪恶势力伤害的对象。毋庸置疑,《亲者》反映了作者对战后西方社会的态度,这一部极其严肃的小说描绘动物公墓中发生的种种荒谬行径,以一种近似于黑色幽默的手法无情地讽刺了资本主义社会的商品化和非人化倾向。

第三节　从憎恨资本主义到仇视社会主义:乔治·奥威尔的小说创作

奥威尔原名埃里克·布莱尔,是英国小说家、散文家和社会评论家。他跟赫胥黎、沃一样,是 20 世纪三四十年代英国文坛上杰出的讽刺作家,他们对英国社会的腐败和堕落都感到十分不满,同时奥威尔对苏联共产党还带有敌意。奥威尔对小说的思想内涵十分关注,并且在其作品中表现出比赫胥黎、沃更明显的唯美政治倾向,他的小说创作不仅表现对资本主义的憎恨,而且也表现对社会主义的仇视。

奥威尔出身于英属印度彭加尔省一个中产阶级家庭,早年随父母在印度生活。他 8 岁时,就读于一所组织化体制的圣·塞蒲里安寄宿学校,在此之前又很少跟父亲在一起,这使他的性格有些不太合群,养成了一些让人生厌的习惯。于是,他拥有大量的时间独处。他喜欢编织一些故事,并喜欢与故事中的人物进行对话,还喜欢写些打油诗与爱国诗,并把它们编辑入校刊,编造连续的故事和写日记等。他14～18岁时,就在伊顿公立学校接受过自由主义与社会主义思想的熏陶。19～24岁,他作为英国皇家警察到缅甸工作5年。1928年,他回到英国,并立志要做一名作家,以表示对英国殖民主义经历的赎罪。带着这种赎罪感,他先后流浪于巴黎与伦敦,做过流浪汉、当过洗碗工、担任过家庭教师、做过书店店员、做过帮工、上过战场、做过撰稿人、当过广播公司制作及报社记者等。这些工作和生活经历为其小说创作带来了丰富的素材。

奥威尔的创作大致可分为两个阶段。前一阶段的小说主要反映人的孤独和贫困。读者在这一阶段中看到的是一个同情平民百姓、憎恨殖民主义和帝国主义的奥威尔。在第二阶段中,奥威尔因本人遭到一个托派组织的清洗并成为党内政治斗争的受害者而对共产主义产生了敌意。他从自觉揭露资本主义制度的罪恶变为仇视并嘲弄当时苏联的社会主义制度。显然,这种思想上的转变对他的创作产生了重要的影响。同时也是他改写政治讽喻小说的根本原因。

在20世纪30年代,奥威尔总共发表了五部长篇小说。尽管这些小说的人物和背景不尽相同,但它们均反映了一个共同的主题,即人物的孤独与贫困。显然,英国战后严重的异化现象和经济大萧条构成了奥威尔30年代小说的重要背景。应当指出,奥威尔20世纪30年代的小说大都以暴露资本主义的罪恶为主,而幽默讽刺的成分较为有限。直到30年代末《游上来吸口气》发表时,作者的讽刺艺术才引人注目。奥威尔的讽刺才能在他前期的小说中已略见端倪。下面我们对他这个时期创作的《在缅甸的日子里》《牧师的女儿》《让叶兰继续飘扬》《游上来吸口气》进行分析。

《在缅甸的日子里》是奥威尔的第一部小说,也是一部反映英国殖民主义统治的黑暗与罪恶的现实主义小说。作者青年时代在缅甸当警察的经历为这部小说提供了重要的素材。小说生动地描述了一个在缅甸做生意的英国木材商的孤独感和异化感,同时也真实地反映了在英国殖民主义统治下缅甸人民的悲惨生活。小说主人公弗洛莱在缅甸生活了十几年,不仅与当地人格格不入,而且与英国人也难以同流。他发现自己生活在一个充满敌意和诡诈的环境之中,在生活的社会压力面前不知所措。他出生时脸上留下的一块蓝色胎记成了他在殖民地生活氛围中严重异化的象征。弗洛莱在孤独之中经常酗酒嫖娼,后结识了一个名叫伊丽莎白的英国女人。但后者终因蔑视他的相貌和性格而与他断绝关系。后来,在当地恶势力的诽谤和陷害之下,弗洛莱走投无路,自杀身亡。这部小说不仅抨击殖民统治,而且抨击英国的教育以及人们对道德和性的态度。

《牧师的女儿》同样描述了一个孤立无援的人在充满罪恶的环境中的生活经历。主人公多萝西是一个自私而又心肠狠毒的牧师的女儿。她起早摸黑,整天操持繁重的家务,同时被教区的事务缠身,疲惫不堪。她虽然已经27岁,但依然与爱情无缘,经常遭到一个有妇之夫的性骚扰和周围邻居的歧视。在家庭和社会的双重压力之下,多萝西终日感到精神紧张,孤独不堪,从而患上了健忘症。她在精神恍惚、失去记忆的情况下独自离家出走,以逃避令人窒息的生活环境。多萝西在英国的城乡到处流浪,经常沦落街头,风餐露宿,受尽欺凌,甚至因行乞而锒铛入狱。显然,多萝西所经历的每一次冒险事件都为奥威尔提供了揭露、剖析、讽刺和抨击社会罪恶的机会。小说结尾,走投无路的多萝西被迫返回家庭,重新过原来那种孤独和痛苦的生活。《牧师的女儿》重复前一部小说的孤独与贫困的主题,作者通过表现女主人公的精神痛苦和流浪生活无情地暴露了30年代英国社会的黑暗与罪恶。

《让叶兰继续飘扬》向读者展示了同样贫困和令人窒息的生活环境,并再次反映了孤独和异化的主题。此外,作者的讽刺才能在此已初现端倪。小说主人公戈登是一位孤独的年轻人,平日喜欢写作,一心想成为一名诗人。他对中产阶级的价值观念和金钱世界感到厌恶。于是,为了获得更多的时间写作,他辞去了在他看来充满铜臭气的广告撰稿人的工作,到一家书店当店员,每周薪水仅两英镑。此刻,他欣喜若狂地发现,在他简陋的住所中的一盆叶兰(又名蜘蛛抱蛋)开始枯萎。他认为这象征着他与中产阶级的价值观念和金钱世界的决裂。然而,贫困开始困扰他的生活,他变得越来越穷,并受尽了歧视。于是,戈登陷入一场反抗金钱的痛苦斗争之中。小说结尾,戈登重新回到了原来的广告公司。他终于明白了自己的徒劳:在一个金钱主宰一切的世界中,他要结婚、付账单、买家具等,这一切没有钱是万万不能的。他过去反抗金钱,得到的却是贫困、苦难和空虚。此刻,那盆叶兰起死回生,开始蓬勃生长,重新飘扬起来。《让叶兰继续飘扬》无情地讽刺了试图反抗中产阶级价值观念的行为。主人公戈登在反抗金钱的过程中却被金钱所困,失去了尊严和优裕的生活。显然,作者嘲弄了那些试图反抗金钱世界而又无力摆脱金钱世界的人。他似乎想告诉读者,主人公的那个阶级已经决定了他的生活方式,他所憎恨的价值观念早已根深蒂固,任何反抗或逃避都是徒劳无益的。

《游上来吸口气》中,小说主人公鲍林是一个身体肥胖、满口假牙、脸色发红的中年人,在保险公司任职,他妻子是个泼妇。鲍林对 30 年代严重的经济危机和迫在眉睫的世界大战感到恐惧不安,对英国死气沉沉的社会生活感到厌倦。在一次赌博中,他意外地赢得了一次去乡村度一周假期的机会,于是他决定独自离家出走,到他童年时代生活过的农村小镇去观赏那里的田园风光和湖光山色。然而,他伤心地发现,家乡的小镇已经被现代工业和机械文明吞没,昔日的绿荫和宁静早已不复存在。他伤感地回忆起童年时代在湖畔垂钓的情景,它代表着那种美丽、和谐与宁静的田园生活,与现代社会的混乱与丑恶形成了强烈的反差。正当鲍林在镇上踱步沉思时,一颗炸弹落在附近,炸掉一幢房子的墙壁,使屋内所有的东西暴露无遗。小说结尾,鲍林十分沮丧和失望地回到了凶悍的妻子身边。

《游上来吸口气》反映了第一次世界大战前后英国社会的显

著差别和剧烈变化。主人公鲍林对爱德华时代的生活方式和社会氛围十分怀念,当时那种稳定、宁静、悠闲、自足的生活依然历历在目。然而,随着战争的爆发,机械文明的肆虐,经济危机的恶化和法西斯的猖獗,他所眷恋的那个美好的世界已经消失,取而代之的是贫困、罪恶和恐怖。在小说中,鱼和炸弹是两个贯穿始终而又互相对立的形象。它们分别象征着过去和现在、美丽和丑恶以及安闲和噩梦。鱼和炸弹两个形象在小说中交相叠现,彼此对照,对渲染主题具有重要的辅助作用。引人注目的是,奥威尔在小说中再次揭示了孤独与贫困的主题。主人公鲍林像作者前几部小说中的主人公一样,身处精神和经济双重危机的30年代,名存实亡的婚姻和枯燥乏味的家庭生活使他孤独不堪,而商品匮乏、物价飞涨则使他感到无比忧虑。显然,有关孤独与贫困的主题的再现不仅反映了作者对当时英国社会的态度,而且也使他30年代的小说在主题上互相吻合,成为一个统一与和谐的整体。此外,奥威尔的讽刺才能在这部小说中开始有所表露。主人公自嘲口吻的叙述不时体现出幽默。具有讽刺意义的是,鲍林对未来恐怖世界的预言并未引起任何人的注意,他所认识或遇到的人全都显得愚不可及。不仅如此,他甚至对世界末日的可能来临感到幸灾乐祸。小说结尾,他用自嘲的口吻告诉读者:“游上来吸口气!但上面并没有空气。”作者似乎向人们表明,鲍林生活在悲观与恐惧的深渊,他由于感到压抑和窒息,因此渴望从渊底上来吸一口新鲜空气。然而,这种行为不仅是浪费时间,而且是徒劳无益的。

《游上来吸口气》是奥威尔创作生涯中一部承上启下的作品。这部小说不仅包含了作者在30年代始终关注的孤独与贫困的主题,而且还反映了他对未来世界的罪恶与恐怖的忧虑。此外,在该作品里,奥威尔首次成功地采用了第一人称叙述,同时还在一定程度上表现了他的讽刺才能,从而为他40年代的政治讽喻小说奠定了基础。

以上几部作品虽然为奥威尔赢得了一些名气,但并没有让他得到广泛的认可,直到《动物庄园》《一九八四》两部重要著作问世,人们才开始认真地看待他的小说作品。这两部著名的政治讽喻小说集中讽刺和批判了苏联社会主义制度。

《动物庄园》是一部寓言小说,它以小词作大用,超越了寓言用词简洁的艺术性,以伦理叙事细节隐喻讽刺,采用人物言行前后的否定性作对照,代替大笔挥毫的伦理价值的主观性评价;剖析小说妙用能指与所指的相互关系与对立关系,以多重视点聚焦在伦理问题上的叙事艺术,使讽刺与政治伦理批判意义的所指包裹在温情脉脉或者说不动声色的简单字句与情节之中。

在《动物庄园》中,英格兰商人琼斯先生拥有一座庄园,名叫“曼纳庄园”。庄园里养了各种动物,其中有一头雄猪老麦哲很有思想,他在临终前召集动物们开会,指出动物们遭受奴役的悲惨地位,点明用两只脚走路的人类是他们真正的敌人。只有推翻人类的统治地位,动物才能获得平等自由的美好生活。动物们如梦初醒,发誓不再任人类奴役和宰割,要自己当家作主,实行“动物主义”。它们成立起以老麦哲为领导的“动物劳动党”,制订出驱逐主人琼斯、占领曼纳庄园的革命计划。

然而,革命尚未开始,老麦哲便逝世了。另外两头雄猪——拿破仑和斯诺鲍尔接过老麦哲的未竟事业,领导动物们趁庄园主人琼斯酒醉时,成功发动武装起义,驱逐了他。革命成功后,动物们放火销毁一切有关他们曾受奴役的凭证,但一致同意将庄园作为纪念馆保留下来,宣布废除“曼纳庄园”这个令他们感到耻辱的名称,正式改称为“动物庄园”。

但好景不长,动物庄园的情况渐渐发生变化。首先,猪的地位越来越高于其他动物。他们成为最高阶层,经常把好东西偷偷留给自己用,而且经常发生权力斗争。拿破仑偷偷挑选、培训了一群狗,为自己效力。与此同时,拿破仑的举止逐渐靠近人类。他和邻近的农场主进行木材等交易。动物们在发现该农场主企图夺取动物庄园后,和他打了一仗。尽管动物庄园保住了,但很多动物因此而丧命。时光流逝,动物庄园的猪已和人类非常相似。他们学会了穿衣、直立行走。他们手持皮鞭,驱赶、奴役其他动物。在小说的结尾，拿破仑邀请附近的人类来动物庄园参加宴会。连人类都奉承、赞美拿破仑的英明。席间，拿破仑宣布废止过去动物革命期间制定的一切法律规定。动物庄园将改称为原来的“曼纳庄园”，庄园的猪将与人类结盟，共同防御被统治阶级。偷偷听到这些话的其他动物发现，所有猪的面孔此时都变了，变成和人类一样的面孔。

《一九八四》完成于1948年，这是奥威尔的最后一部小说。小说的背景设在36年之后，即1984年。这一年，一次全球范围的原子大战刚刚结束。世界被三个超级大国——大洋国、欧亚国和东亚国所瓜分。大洋国是个集权主义国家，它的社会结构状如金字塔，处于顶端的是最高领袖和由之直接领导的“内党”，中间阶层是“外党”，处于金字塔最下层的是占总人口85%的劳动人民。最高领袖从不亲自露面，但在大洋国到处张贴、悬挂着他的大幅照片。他那一双犀利有神的眼睛似乎永远在监视着所有的人。对外，大洋国正准备对敌国开战；对内，它从未放松针对地下抵抗组织——哥德斯泰因领导的兄弟会所进行的政治调查和清洗。

小说的主人公名为温斯顿·史密斯，他属于“外党”阶层。大洋国的政府机构由真理部、和平部、友爱部和富裕部组成。史密斯是真理部的记录科科员。他的具体工作是根据上层的指示修改各种原始资料，以维持最高领袖和“内党”的绝对正确性。史密斯的家与所有家庭一样，每个房间都有一个非常现代化的设备——电子屏幕。大洋国的思想警察通过它时刻监视着室内人的言行举止。平时，电子屏幕不停地播放军歌、政治口号或关于国内生产的胜利消息。屏幕由中央枢纽控制，个人或家庭无法关掉它。

史密斯的故事开始于1984年4月4日。那一天，他身着外党的蓝色制服下班，疲惫而烦躁地返回公寓。他已厌倦每日造假的工作。不过，在早上例行的“两分钟仇恨”仪式中，他的同事朱莉娅——一位黑发的美丽姑娘——吸引了他的注意力。而他的上司奥布莱恩发觉了他对这个姑娘的好感。史密斯心烦意乱,担心身为内党成员的上司会因此为他罗织罪名。但是,奥布莱恩看他的目光似乎带有默许的意味。史密斯不禁猜想,奥布莱恩有可能是兄弟会打入内党的成员。这一猜测令他燃起逃离目前生活的希望。

史密斯家由于房间结构特殊,有一个拐角位置处于电子屏幕的监视范围之外。这天他回家后,躲开电子屏幕,在颤抖中偷偷写日记。日记本是他唯一一块自由思想的空间。从此,他开始经常做梦,梦到已经过世的母亲和她温柔的面容,还有儿时的美丽、宁静的乡村景色。那位黑发姑娘也出现在他的梦里。不过,每日醒来后,他却必须面对狰狞可怕的现实。他的父母多年前死于原子大战,他因"历史忘却症"而无法得知他们的死因及细节。他的妻子凯瑟琳是党内指派给他的配偶。她对"内党"和最高领袖的信仰坚定不移,在家庭生活中是个乏味无聊的人。他们结婚十年也没有孩子。但是,离婚是不被允许的。史密斯在不知不觉中对工作和生活的失望情绪越来越强,在思想上也越来越偏离"内党"和最高领袖。

史密斯开始利用工作机会深入调查历史档案,企图掌握历史的真相。在美丽的五月,他终于同朱莉娅开始密切交往。他们逃到郊外幽会。在那里,他发现了梦中幻想的金色原野,在情感的满足中暂时摆脱了现实的牢笼。为了获得永久的自由,这对情人决心寻找、加入地下抵抗组织的兄弟会,追随其领袖哥德斯泰因以推翻"内党"的统治。

此时,奥布莱恩突然主动接触史密斯,邀他和朱莉娅去家里做客。奥布莱恩的家里拥有双向电子屏幕,可以随意打开、关闭。在史密斯和朱莉娅面前,奥布莱恩把电子屏幕关闭,和他们密谈。他宣布代表兄弟会接纳史密斯和朱莉娅,让他们发誓效忠革命。殊不知,这次约见是奥布莱恩和思想警察的圈套。他们的会面、谈话全部被录像、录音。

回家后,史密斯认真攻读《寡头集体政治的理论与实践》,为能参与革命而感到兴奋。但是，他和朱莉娅再次约会时，思想警察破门而入，将他们逮捕，关押在友爱部接受审讯。审讯的过程犹如噩梦。史密斯的意志被彻底摧毁，背叛、指认了朱莉娅。他在进一步接受洗脑后被释放出来，变成绝对的顺民，但对恋人的出卖经常令他在良心上感到忐忑不安。在小说的结尾，史密斯路遇朱莉娅。她再也不是过去那个美丽的姑娘了。交谈中，她主动承认自己在审讯中背叛了史密斯。原来，他们都忍不住残酷的刑罚，相互背叛以求苟且偷生。史密斯心如死灰，希望通过醉酒忘却一切。在酣醉中，仿佛有一颗子弹击穿他的头部。在那一瞬间，他看见了电子屏幕上最高领袖的伟大形象。他发觉，他对最高领袖的爱是真心的。他热泪盈眶。

《一九八四》既是奥威尔向世人发出的一个可怕的政治预言，也是对极权统治的辛辣讽刺。作者以一种超然和淡泊的语气来描述一种令人毛骨悚然的政治制度。为了深刻揭露“内党”的愚民政策以及采用“新语”来操纵人们思想的行为，作者不仅通过对英语词汇的改编或重新组合创造出一系列新鲜活泼且具有讽刺色彩的杜撰新词，而且还有意使某些代表“内党”统治下的意识形态的令人可笑的关键性口号轮番叠现。例如，“战争是和平”“自由是奴役”和“愚昧是力量”三句荒唐的口号在小说中反复出现，对专制与独裁具有强烈的讽刺效果。作者指出，“新语的意图不仅是为那些忠于‘内党’政权的人提供一种适合他们的世界观和思维习惯，而且还要使其他一切思想方式无法生存”。显然，“新语”不仅深刻地反映了“极权统治”的荒谬本质，而且也成为作者极为有效的讽刺手段。

奥威尔是一个思想复杂、态度矛盾和立场动摇的小说家。他试图捍卫所谓的“民主社会主义”，但将法西斯主义与共产主义相提并论。他的小说创作反映了他从憎恨西方资本主义到仇视苏联社会主义的变化过程。就总体而言，奥威尔的小说不仅体现了一种悲观的、宿命的乃至虚无的社会历史观，而且还反映了第二次世界大战前后西方知识分子对现实的不满情绪和对未来的恐惧心理。不言而喻,他的小说是一个混乱时代的产物,对当时黑暗与荒诞的社会现实以及严重的精神危机具有一定的暴露与批判作用。

第四节 揭示小人物的焦虑与担忧:约翰·博因顿·普里斯特利的小说创作

普里斯特利在20世纪30年代前后创作的小说里,描写了小人物的艰辛曲折和滑稽经历,虚拟出一种乐观的气氛,让人不时地想起19世纪的批判现实主义大师狄更斯。普里斯特利不仅热衷于揭示小人物在平凡的生活中对危机、失业、破产和前途的焦虑与担忧,而且还尝试性地反映了他们所持有的模糊的社会主义思想。在社会动荡、各种思潮泛起的年代,普里斯特利虽然没有在作品中表现出深邃的思想内涵,但他都将小说的焦点固定在当时社会的各种矛盾上。

普里斯特利出身于工人阶级家庭。第一次世界大战期间,他入伍参战,辗转于法国前线的战壕内,曾三度受伤。战争结束后,他就学于牛津大学,毕业后为报章杂志撰写评论,并开始从事小说创作。他的文学生涯很长,涉猎形式既广且多,其在20世纪三四十年代的小说力作影响最为深远。下面我们选取他的三部代表作品《快乐的伙伴》《天使街》《明媚的日子》和《星期六白天》进行阐述。

《快乐的伙伴》运用传统的流浪、传奇故事形式,以维多利亚小说的风格描写了一个流动乐团的滑稽、冒险经历。故事围绕着三个不同身份的主要人物展开。杰斯在遭到厂主无理的解雇之后,不堪忍受妻子的唠叨、呵责和儿子的讥讽,收拾起他的工具到南方流浪去了。与此同时,私人寄宿学校的教师伊尼戈受不了学校的沉闷,再加上冒犯了校长夫人而丢掉教师的饭碗,外出流浪。伊丽莎是一个三十多岁还没有结婚的女人,她一直在家照顾自己的父亲，父亲去世后给她留下了一部分财产，也踏上了远游的路途。这三个素不相识的人偶然相遇，对现实环境共同的不满以及企图逃遁的心理把他们联系在一起。他们不久又碰上一个濒于破产的三流旅游乐团。伊丽莎白的资金、杰斯的手艺和伊尼戈一流的创作流行歌曲的才能，三者结合在一起，使乐团取得了意想不到的成功。这个称作"快乐的伙伴"的乐团巡回于乡村矿区，经历了各种曲折。最后，伊丽莎嫁给了她喜欢的人，杰斯如愿回到了加拿大和家人团聚，伊尼戈的才能得到了充分的发挥和大众的认可，后来去到了富裕的伦敦西区生活。他们的成败、悲喜和传奇、浪漫的经历构成了这部小说的主要卖点。

小说以英国乡村为背景，通过狄更斯式的铺垫手法，生动地塑造了形形色色的人物，从出身高贵的老小姐到流浪卖艺的五弦琴手，从凶横刻薄的客店老板到沿街叫卖气球的小贩，从勤快的小裁缝到承包演出的经理，真是三教九流，五花八门，活灵活现地再现了一个乡村社会的生活全景。

小说有一种很强的命运感。杰斯在读者面前出现时，作者写道：

> 看完球赛后从这条路走回家，对于他来说，已经不知是第几百次了，可是这一个九月底的星期六，对他来说是不寻常的一天——虽然他自己并不知道——因为这一天将迎来了不起的事变。时机和变化正潜伏着，命运之线就悬在他面前，近在咫尺，正诱人地摇晃着……
>
> 第二天：
>
> 他打算到沃布莱去看他的朋友萨姆·奥格尔索普……真是够刺激的，真是一次小小的冒险活动。而且，他知道萨姆一定在家，一定会欢迎他的。
>
> 然而，有一点是他所不知道的，那就是他的这个决定其实是个至关重要的决定；他将进行的，不是一次小小的冒险活动，而是一系列形形色色的大型冒险活动的开始；现在悬在他空洞生活中的命运之线几乎已经能伸

出手抓着了;当杰斯先生在厨房的洗涤槽洗过脸后,先步行一段路,再乘上电车,下车后又步行,直往沃布莱而去的时候,命运之神正在积极行动。

的确,如果不是命运的话,很难解释书中的巧合:促使三个主要人物走出原有生活圈子后接二连三发生的事情是巧合;三个人都是在冲动之下,在同一时间出发,又走到了一起,也是巧合。这些都不是人的意识的结果。

如果说《快乐的伙伴》是以一群巡游艺人的流动视角来观察当时的英国社会,那么,《天使街》则从一个我者的视角审视我者与他者之间的矛盾冲突。在小说的序曲里,一艘来自波罗的海的商船徐徐驶入泰晤士河,甲板上站着的那个海盗般的投机分子和冒险家戈尔斯比,便是小说的主人公。他来到繁华之都伦敦,以廉价的装饰板和镶嵌材料为诱饵,最后使天使街上的一家商号濒于破产,让商号的许多下层职员蒙受灾难。这家商号的各色人物,从老板到小伙计,构成了小说生动、绚丽的人物画廊。小说中最具有戏剧性的一节是一个商号小伙计与戈尔斯比女儿的感情纠葛。戈尔斯比漂亮但无聊的女儿与这个小伙计调闹一番之后将他无情抛弃。小伙计一怒之下潜入姑娘的房中将其扼死,然后回家准备放煤气自尽,却因家中没有一枚硬币不能启动煤气的开关而无法自杀。姑娘幸而没有断气,小伙计后来也另有新欢。普里斯特利以具有喜剧意味的形式表现了具有悲剧性质的内容,笔触生动,布局巧妙,将小伙计的孤独、愁闷和怨愤表现得淋漓尽致。

《明媚的日子》在题材、主题和写法上,与《快乐的伙伴》完全不同。主人公名叫格雷戈里·道森,是个颇有名气的作家。他大约50岁,正站在人生的中途。小说开始时,他在一家冷清的饭店里赶写电影脚本。他之所以选择这家饭店,是因为听了制片人的一席话:

“那地方正适合你,格雷戈,”他说,“除了工作一无所有。他们会给你一间大概有四号舞台那么大的客房。饭菜单调乏味，谈不上什么档次，大部分人不过在那儿等死。所以说你会挨饿、无聊，你就不得不干活了……”

可是几天之后，饭店里来了一对60多岁的夫妇，格雷戈里隐隐觉得以前在哪里见过。后来他终于认出，眼前的两个人是30多年不曾见面的马尔科姆和埃莉诺·尼克西。帮助他回忆的，是舒伯特降B大调三重奏舒缓的曲调。从此，格雷戈里再不能把自己封闭在写作的世界里，他开始回忆起一次大战前，回忆起他在布拉德斯福特两年的生活。那时他父母双双亡故，他从学校毕业后，寄居在叔叔、婶婶家里。回忆是断断续续的，与现在的生活交织在一起，类似普鲁斯特的方式——往往是现在的某种声音、某个场景引起了对过去某个片断的回忆。这样，小说同时展现给读者两种时间——过去与现在、两个世界——小城镇与大都市、两个人物——青年的格雷戈里和中年的格雷戈里。

在年青的格雷戈里眼里，布拉德斯福特是一个美好、奇迹般的世界：

没有一个布拉德斯福特人与高地和蓝天隔绝；他一直就能听到百灵和麻鹬的鸣唱，触摸古老的岩石在阳光下变暖，就能听到钓钟柳在荫影里摇曳。遇上明媚的日子，阳光照在山坡上，布拉德斯福特中心的街道被飘动的山岚笼罩着，在我看来有一种独有的奇妙、媚人的情调，一种暗金色与朦胧的灰色的奇特交融；即便是现在，每每当我在某个明媚的日子里走进一个宽敞的火车站，发现自己身在车站的烟雾和柔和的阳光之中，我总是回忆起布拉德斯福特，想起那里的我……

那里的格雷戈里正处于最好奇、最耽于想象的年龄，不止醉心于景物，更醉心于人。就在这个时候，阿林顿一家进入了他的生活。起初他在街上远远望见他们，后来他进入阿林顿经管的商行工作,阿林顿一家成为格雷戈里心目中理想和希望的象征。格雷戈里为自己的不成熟付出了代价:尼克西夫妇忽然来到布拉德斯福特,给阿林顿一家带来灾难,紧接着是战争。格雷戈里眼看着象征他的梦想的阿林顿一家走向衰败。两次大战后,他成了一个被掏空的人,对生活缺少热情,只是麻木地随波逐流,一直到他与尼克西夫妇重逢。

回忆使格雷戈里第一次真正认识到过去那一段生活对他的一生具有多么大的影响,意识到他当时对生活的理解建立在幻想之上,而幻想的破灭如何深深地伤害了自己。尼克西夫人向他解释,她自己,甚至她丈夫,也是生活的受害人,这更加深了格雷戈里对现实的认识:世界不是他原来想象的那么好,但也不比他后来感到的那么糟。格雷戈里在现实生活中发现了新的热情,他决定放弃写庸俗电影脚本的生涯,脱离原来光彩夺目而又虚幻的电影圈子,去做自己喜欢的、真正适合自己的工作。

《星期六白天》是普利斯特利在第二次世界大战期间创作和出版的小说,也是一部向英国人民的战争努力表达敬意的小说。作品套用英国传统的劳工小说风格,关注的焦点始终是那些在工厂里工作的工人们。他们在一家为英国军队生产军用飞机的工厂里夜以继日地工作,为处于战争中的英国做出了巨大贡献。小说的标题真实地反映这些工人的工作状况:他们没日没夜地加紧生产,只在星期六才能看见白天。《星期六白天》是一组人物素描,笔触所及,向读者展示出性格各异的工厂雇员。他们各自都有不同的背景、不同的兴趣爱好、不同的生活欲望以及属于自己的追求。战争将他们捆绑在一起,共同的目标使他们取得更多的相互理解,一起协作、奋斗。《星期六白天》这部关于第二次世界大战的小说在字里行间表达出鲜明的政治诉求:不同阶级、不同阶层之间的人们应该团结合作,这种合作不应只存在于战争期间,而应该成为一种社会常态。

普里斯特利对时下流行的各种弊端所作的批评也许不那么尖锐,但作家的人生态度也许更积极和富有策略,更具有人性化。

狄更斯的小说也曾因没有指出解决资本主义社会各种复杂矛盾的方法而受到指责。事实上,小说家不是政治家,同样,小说也不是白皮书。如果狄更斯或其后的人有什么上策的话,普里斯特利的小说断然不会存在。只要贝克特式人物的子孙还活着,而且活得还算精彩,那么,狄更斯式的喜怒哀乐就会持续下去。喜剧甚至黑色幽默都是重压之下的一种积极生存方式。

第五节 现代社会各种矛盾冲突的探索:克里斯托弗·伊舍伍德的小说创作

伊舍伍德的小说创作取材非常广泛,对现代社会的各种矛盾冲突都进行了有益的探索。从愤怒的青年到讽刺性的道德主义者,再到同性恋解放活动家,所有这些题材都集中描述了异化与孤独,世故与超越,性爱与精神生活等各种现代社会的矛盾和冲突。

伊舍伍德出身于柴郡的一个名门望族。1923年进入剑桥大学学习,在校期间,他边学习边尝试小说创作,但都没有很好地完成自己的写作计划。离开剑桥之后,他雄心勃勃,计划撰写一部鸿篇巨著,拟名为《西北之旅》,这次尝试同样无善而终,但催生了最早的两部小说:《所有的阴谋者》和《纪念:一个家庭的画像》。1929年至1933年,他在德国生活,开始了另一部未完成的小说《遗失》。这个宏伟的构思孕育出了《诺里斯先生换乘火车》《诺沃克斯》《萨丽·鲍尔斯》和《别了,柏林》四部主要反映魏玛时代疯狂岁月的小说。四部小说后来结集出版,被命名为《柏林故事》。1939年,他定居美国。此后的作品如《夜晚的世界》《重返故地》《单身男人》和《河边相会》带有明显的同性恋色彩。下面我们对其主要作品进行分析。

伊舍伍德的异化与荒诞小说取材于20世纪二三十年代德国的生活现实,描写了希特勒统治前后人们所经历的噩梦。《纪念:

一个家庭的画像》叙述了希特勒执政前发生在柏林的故事。围绕着人们为那些在战争中死去的亲人建立一座纪念碑这个重要的事件,小说揭示了战后幸存者内心的空虚和渴望丰富感情生活的强烈愿望,同时,又以极大的同情心表达了人们的反战情绪和遁世情结。该部作品继承了伊舍伍德早期小说的叙事技巧和反讽的风格,并确定了日后反复出现在小说中的主题和人物类型:战争、考验和成熟的主题;代表弱者、强者和恶魔的神话类型人物。

《诺里斯先生换乘火车》讲述了这样一个故事:在一辆由荷兰开往德国的列车上,威廉·布莱德肖偶遇一位头戴假发、神情紧张的亚瑟·诺里斯先生。在攀谈的过程中,诺里斯竟公然宣称自己所持有的护照是假的。其后的海关检查虽然惊险,但诺里斯还是巧妙地应付过关,安全过境。诺里斯为人奸诈,处事圆滑,但举止斯文得体。布莱德肖觉得他既古怪又可怕,但又不由自主地被他吸引。诺里斯约布莱德肖共进晚餐,两人从此成了朋友。在此后的交往中,布莱德肖越来越发现诺里斯不可思议。他负债累累,却一掷千金,举办豪华宴会。他天生具有受虐倾向。他不只被妓女们虐待,就连他的仆人也因他不能按时支付薪水而敲诈他。他的身边,聚集了一批为社会不容之人,就连他自己也是个以共产党人为掩护的双料间谍,背后干着出卖共产党人的勾当。因为敌人太多,诺里斯被迫离开柏林,逃到墨西哥。而他的恶仆竟然追至墨西哥,强行要再作他的仆人。布莱德肖回到英国,对这个诺里斯竟无限怀念。正如诺里斯在寄给布莱德肖的明信片上所说的,他的所作所为的确都不足以让人们厌恶他。诺里斯这一人物让人们看到了表面奸诈狡猾的人物也有令人难以想象的独特魅力。诺里斯是现代文学史上最有趣的人物之一。

《别了,柏林》共包括6个短篇故事——《柏林日记(1930年秋)》《萨利·波利斯》《在吕根岛上》《诺维科一家》《兰道尔一家》及《柏林日记(1932年冬)》。

《柏林日记(1930年秋)》以伊舍伍德为第一人称叙事者,讲述他初到柏林时的所见所闻。伊舍伍德的女房东第一次世界大战前曾衣食无忧，现在却要靠出租房屋才能勉强维持生活。她的房客多是为生活而苦苦挣扎的社会底层人：抱怨生意萧条的酒吧招待、被逼上街卖淫的妓女、技艺高超却仍无法按时交纳房租的乐手等。与这些社会的中下层人相对，伊舍伍德的雇主——一个犹太人家庭，虽然生活富裕，却因受人仇视而整日提心吊胆，过着封闭如囚徒般的生活。

《萨利·波利斯》是《别了，柏林》中刻画人物非常突出的一部分。萨利·波利斯年仅19岁，年轻貌美，热情活泼，即便是对初次相识的人也常常口无遮拦。她虽然出身于英国的名门望族，却放弃了优越生活只身来到柏林闯荡。她不知疲倦地在柏林夜总会唱歌，不断寻找在电影中上镜的机会。她坚信自己有一夜走红的那一天，总希望和下一个男人上床就能够帮助她实现梦想。即便是遭人遗弃、不幸堕胎之后，萨利也能很快从伤痛中恢复过来，以新的热情重新开始追逐她的梦想。伊舍伍德成功地塑造了一个天生乐观的淘金者形象。

《在吕根岛上》讲述伊舍伍德和几个人在吕根岛上度假的情形。故事除讲述奥托和彼得两个男人互相嫉妒的紧张关系，伊舍伍德在吕根岛上还偶遇了德国的老中幼三代人：一个看到海滩上点缀着纳粹徽标就欣喜若狂、看到海滩上有犹太人度假就无端厌恶的外科老医生，一个尚不谙世事却肩扛纳粹党旗、口中高唱纳粹党歌、迈着行军步伐的孩童，还有两个被希特勒纳粹思想彻底洗脑的年轻人。这三代人的表现既是当时德国社会政治的缩影，也隐隐预示了未来德国的国家命运：纳粹势力已经深入到德国社会的各个阶层，暴力和灾难已经不可避免。

《诺维科一家》记录1930年生活在柏林的一个穷苦工人家庭——诺维科一家的生活。诺维科一家生活在廉价的出租房中，每日吃着一成不变的杂烩、黑面包和煮土豆，房子潮湿、漏雨，室内空间狭小。家中两个儿子一个信仰共产主义，另一个则是狂热的纳粹分子。老两口则对国家到底是由纳粹还是由共产党人领导的问题毫无兴趣，他们最关心的是谁能真正改变他们的生活境遇。诺维科一家人的经济和政治状况是柏林社会的微观缩影。他们艰难的生活处境反映了柏林社会萧条的经济,他们分化的政治态度映射出柏林市民在政治问题上分裂的立场。对政治持有冷漠态度的诺维科夫妇代表了为数不少的柏林市民,他们对政治的这种冷漠态度也引发人们对纳粹上台和种族屠杀等事件进行历史的思考。

《兰道尔一家》讲述1930年至1939年间住在柏林的一个上层中产阶级犹太人家庭——兰道尔一家的生活。兰道尔家拥有柏林最大的一家百货公司,但是他们和其他众多的犹太家庭一样,因为宗教差异和在经济、金融、商业上的显赫而遭到其他德国人的妒恨。他们因此整日里提心吊胆,过着几乎与世隔绝的生活。故事就发生在纳粹党人明确表态要接手德国政府、实施他们长期叫嚣的反犹太政策的时期。故事开头描述的就是1930年10月纳粹党人发动的一次大规模的反犹太游行。整个故事气氛阴郁,给人一种大难临头的不祥之感。

《柏林日记(1932年冬)》的第二则柏林日记记录道:德国经济继续恶化,失业加剧,暴力的气氛蔓延在柏林上空。一批年轻人聚集在"共产主义俱乐部"里,虽对革命的目的和内容茫然无知,却躁动地高喊着革命口号;种族仇恨继续升级,纳粹分子肆意殴打犹太人,而警察对此却袖手旁观,路人更是熟视无睹,漠然置之。在故事的结尾处,柏林又迎来一个阳光明媚的早晨,人们生活依旧,但希特勒第三帝国的建立从此把德国推向了黑暗的深渊。

该小说虽然名为《别了,柏林》,却不仅仅是作者对柏林的个人告别。1930年至1933年间发生的一系列政治事件使得柏林告别了德国历史上第一个民主共和国时期,最后沦为希特勒第三帝国的首都。因此,从这个意义上来说,《别了,柏林》也是对一个历史时期的告别。

《别了,柏林》和《诺里斯先生换乘火车》在主题上具有很大的雷同性。毫无疑问,作者在反复地向读者说明:在春天的阳光下,微笑的柏林在精神上已经死亡了，表面上的温暖遮掩不住骨子里的冷酷。作者进一步尖锐地指出，世事的荒谬绝伦、年轻人的恐惧、孤独与绝望、道德的沦丧，都是法西斯主义泛滥的直接后果，人们精神的死亡、社会的动荡无一不是纳粹魁首希特勒的罪恶所致。遗憾的是，纳粹队伍的浩大也说明了人们不辨是非和缺乏强烈责任感的严酷事实，所有这一切都发人深省。

《别了，柏林》的叙事者与小说作者同名，而《诺里斯先生换乘火车》的叙事者名叫威廉·布莱德肖。他们都声称自己仿佛是一架被动的照相机，机械地记录着发生的一切，根本不做任何思考。他们一再强调叙事的纪实性、客观性和即兴性。因此，以他们的视角所记录的事件往往表现出很大的片断性和随意性，然而，正是这种片断性和随意性所捕捉的生活画面准确地记录了人类的疯狂与荒谬。事实上，叙事者叙事技巧的机械性正是时代的产物，从这个意义上讲，艺术上的消极被动与纳粹高压下人们的意识形态取得了完全的一致，小说的艺术性与思想性达到了和谐与统一。所以，《别了，柏林》和《诺里斯先生换火车》无愧为 20 世纪优秀的政治小说。

伊舍伍德的小说像自传，而他写的自传又像小说，他的作品主要价值在于准确地反映了西方当代社会的危机和困境。一方面，它引发读者思考、铭记疯狂的代价和疯狂行为给人类带来的惨痛教训；另一方面，它告诫人们莫要在不同的事情上犯同样的错误。由于他的作品成书于斯通沃尔骚乱之前，其探索的主题和塑造的人物形象更加具有非凡的意义。不仅如此，小说中展现出的浓郁的诗意、温和的讽刺都给读者留下难以磨灭的印象。

第六节　苏格兰人民的觉醒与斗争：路易斯·吉朋的小说创作

吉朋是苏格兰现实主义革命文学的第一个作家。他原名叫詹姆斯·莱斯里·米吉尔,出身于苏格兰东部农村的一个佃农家庭。他早年虽中途辍学,但颇有才气。起初,他在一家地方报社当记者,随后在英国陆军和空军部队当文书。这些工作经历为他从事文学创作提供了习作练笔的机会。

吉朋在他短暂的一生中共创作了《被玷污的光辉》《第十三个信徒》和《斯巴达克斯》等十余部长篇小说和散文作品。其中最出色和最有影响的是描写苏格兰工人阶级革命斗争的三部曲《苏格兰人之书》。这组作品以一位苏格兰妇女的生活经历为线索,生动地描述了受奴役的苏格兰人民的日益觉醒和声势浩大的革命斗争,通常被视为英国左翼进步文学的经典力作。《苏格兰人之书》由《日暮之歌》《云中之谷》和《灰色的花岗岩》三部小说组成。

《日暮之歌》以农村为背景,从主人公克丽丝少年时期写起,记录克丽丝的成长历程。小说通过克丽丝的由少而长、结婚生子、丧夫守寡、孤儿寡母相依为命的经历,反映了苏格兰农村生活的艰难困苦和小农经济的瓦解。14岁的少女克丽丝生活在一个极其贫困而又多子女的佃农家庭。她母亲出于对多子女的恐惧心理毒死了一对孪生婴儿后自杀身亡。不久,父亲瘫痪,哥哥出走,克丽丝不得不中途辍学,料理家务。父亲死后,她与一个名叫伊旺的外来青年结婚。尽管克丽丝从她母亲身上看到了农村妇女的痛苦与不幸,并渴望获得独立的人格和新的生活,但她依然扎根于农村,过着十分艰辛又不失为安宁的生活。一年后,他们的儿子出世,名字也叫伊旺。然而,第一次世界大战的爆发破坏了克丽丝一家的平静生活。丈夫老伊旺被迫应征入伍。参军不久,他便发现这场战争毫无意义。难以忍受的兵营生活以及对妻子的思念使老伊旺沦为酒鬼。最终,他在逃离军营时被枪杀。老伊旺的死不仅象征着战争对人性的摧残,而且也标志着田园生活和小农经济的瓦解。同时,它对克丽丝的意识觉醒产生了重要的影响。

小说的象征意义显而易见:克丽丝丈夫的死暗示小农经济模式的终结。第一次世界大战结束后,发战争财者开始大肆兼并土地，大力引进机械化耕作方式。农田里机器的轰鸣显然是为小佃农经济敲响的丧钟。由此，克丽丝的个人成长经历与历史变迁的大背景有机结合在一起。

《云中之谷》以苏格兰小镇生活为背景，从克丽丝的第二次婚姻开始，到克丽丝的第二任丈夫的死结束。克丽丝的这段生活经历呼应了工业化发展的一个过渡阶段。经济萧条和罢工斗争与再婚后的克丽丝一家三口的人物发展有机地交织在一起。克丽丝与儿子相依为命，凭着顽强的毅力维持家庭生计；战争破坏了传统的生活方式，工业机器逐渐取代了小农经济，佃农的思想也随之发生了深刻的变化。一位曾在前线作战的名叫罗伯特的牧师来到教区向人们宣传社会主义思想。他与克丽丝一见钟情，不久两人结婚。随后，克丽丝一家三口移居以纺织业为主的工业小镇塞吉特。从此，他们的生活、命运与小镇的工人运动息息相关。罗伯特深入群众，积极宣传基督教社会主义思想，并主张英国各阶层联盟，以建立一个"更有希望的新世界"。然而，他的幻想很快就破灭了。随后他又信奉工党社会主义，并投身于纺织工人的罢工运动，但他的政治信仰随着罢工的失败再次受挫。不久，心力交瘁的罗伯特死在布道的讲台上。与此同时，克丽丝怀中的胎儿也不幸流产。在经历了生活的考验和斗争的失败之后，克丽丝更加同情劳苦大众，对社会的复杂性有了新的认识。于是，她将未来的希望寄托在日趋成熟的儿子小伊旺身上。她试图寻找到真正的快乐和幸福，然而正如在第一部中读者们所看到的，她所受到的教育不可避免地都带有鲜明的政治色彩。

在《云中之谷》中，小农经济已经彻底崩溃，小资产阶级的发展遭到重创，宗教的社会改良主义也宣告失败。所有这些都指向一个方向，即工人阶级要想改变生活现状，就必须寻找新的方向。

《苏格兰人之书》第三部《灰色的花岗岩》的背景由乡村小镇转移到正处于 20 世纪 30 年代经济危机时期的大工业城市，生动地描绘了克丽丝的觉醒及其儿子小伊旺的革命活动。在这里主人公克丽丝经历了她的第三次婚姻。克丽丝帮助他人管理一个寄宿舍以谋生计,而原本想当一名考古学家的小伊旺则放弃学业去一家钢铁厂工作。在大都市,克丽丝目睹了工业发达对人所产生的异化作用,也看到儿子与她之间不断拉大的距离。小伊旺是小说中成长起来的无产阶级战士的形象,他与不少左翼进步人士关系密切,逐渐从一位热血青年变成一位意志像花岗岩一样坚硬的共产主义者。克丽丝竭尽全力想要把儿子重新拉回到自己身边,但最后她不得不承认,儿子的信念就像灰色花岗岩一样坚硬,她已无法改变。在小说结尾,她做出最后抉择:离开喧闹浮华的都市,回到故乡去。

《苏格兰人之书》是英国 20 世纪 30 年代左翼进步小说的杰出范例。这部作品以一位苏格兰妇女的家庭生活为主线,生动地描绘了波澜壮阔的无产阶级革命运动,真实地揭示了英国社会的动荡与变迁。吉朋成功地塑造了一系列鲜明的人物形象,而小伊旺所代表的共产主义者的形象在现代英国小说中是十分罕见的。此外,《苏格兰人之书》三部曲的叙事结构和叙事技巧一直得到评论界的高度评价。很多评论家认为,无论是形式还是风格,《苏格兰人的书》都达到三部曲创作的最高成就,达到了苏格兰文学的顶峰。吉朋的《苏格兰人的书》是极其重要的文学巨作,它的价值毋庸置疑,更是左翼思想家、左翼作家以及左翼文学研究者们所不可忽略的。

第七节　其他小说家的小说创作

除了上面提到的那些著名小说家,20 世纪三四十年代英国还有很多其他优秀的小说家,他们也创作出了很多脍炙人口的小说,为这个时期的文坛活跃做出了巨大贡献,其中包括罗伯特·格雷夫斯(Robert Graves,1895—1985)、乔伊斯·卡里(Joyce Cary,1888—1957)、刘易斯·琼斯(Lewis Jones,1897—1939)和理查德·奥尔丁顿(Richard Aldington,1892—1962),下面将对他们的小说创作进行研究。

一、罗伯特·格雷夫斯的小说创作

格雷夫斯是一个才华横溢的现代诗人，也是位优秀的小说家。他出身于英国温布尔登一个富有的中产阶级家庭，家学渊源深厚，世代书香。伯祖父是德国著名历史学家，父亲是位爱尔兰著名歌词作者兼翻译家。后者指导格雷夫斯阅读了大量的中世纪骑士和浪漫传奇文学作品，对他以后的文学创作产生了深远影响。第一次世界大战期间，格雷夫斯随英军开赴法国作战。1917年因伤残退役，后在牛津求学，获学士学位。格雷夫斯一生酷爱诗歌，曾与美国女诗人劳拉·雷丁有过一段情缘。虽然格雷夫斯从事小说创作有出于生计方面的考虑，但是他的作品仍然表现出高超的艺术才能。格雷夫斯历史题材的作品开拓了英国历史小说新的创作方式，成为 20 世纪英国现代文学中的一项重要成就。

第一次世界大战炮火的洗礼催生了格雷夫斯第一部小说《话别旧事》，作品具有明显的自传成分。参战初期，格雷夫斯作战十分英勇，然而随着战事的深入，他从幼年起所接受的关于效力“上帝、国王和国家”的信念发生了动摇，现代战争的残酷与杀戮使他对现实有了新的认识。战争进行当中，格雷夫斯被准许回到英国休假，发现后方平民对战争的荒谬与暴戾一无所知，意识到政客与报业媒体对公众的蓄意欺瞒与蒙蔽，因而萌发了创作的欲望。格雷夫斯撰写的这部自传体小说，全面记述了作者亲临前线，身历壕战的体验，以及对世界、对生活态度的巨大变化。为了抚平战争带来的生理上与心理上的伤痛，格雷夫斯在作品中刻意地使自己与西方的传统价值观念保持了距离，用批判的眼光重新审视了西方文明的局限和弊端。该作品成为参加过第一次世界大战的作家们的重要自述。

20 世纪 30 年代，格雷夫斯先后推出了三部历史小说，统称“罗马帝国三部曲”。作品不仅为出版商带来了丰厚的利润，而且还被改编成电视剧由英国BBC广播公司播放,享有较高的知名度。历史小说代表了格雷夫斯小说艺术创作的顶峰。借古讽今,以古谕人,是格雷夫斯的作品在主题上的一大特色。他笔下的罗马帝国,在政治上动荡不定、危机四伏,国民的道德和心理几近崩溃。古罗马帝国的困境,实际上正是两次世界大战期间,现代社会所面临各种难题的写照。旧的道德秩序失去了效力,新的价值体系尚未产生。没有恒定、清晰的价值准绳发挥指向作用,现代社会在焦虑与空虚间徘徊不前。格雷夫斯之所以把故事主人公克劳迪斯放到一个动荡不安的历史时代,就是想让人物成为探索心理困境的载体,表达人们对现实社会的理解与看法。格雷夫斯对待历史小说的严肃态度,使他成为新颖的历史小说的代表。

"罗马帝国三部曲"的第一部《我,克劳迪斯》,记叙了罗马帝国的宫帏事变。历史人物克劳迪斯在小说中被塑造成一个害羞、口吃、腿脚不便、其貌不扬的普通人。他潜心学问,学究气十足,似乎无意于权力角逐,所以他幸运地躲过了一场宫廷事变,没有受到两任独裁者的加害,并在后一位君主遇刺身亡后,意外地被宫廷卫士拥戴为罗马帝国的皇帝。

三部曲的第二部《上帝克劳迪斯》讲述了从克劳迪斯即位到被害这段时期,罗马帝国的对外征战和宫廷内帏的权力争斗。克劳迪斯即位时罗马帝国正面临分崩离析,而且在公众眼里他是个丑陋的白痴,连元老院对他的能力也存有疑虑。在这种情况下,克劳迪斯决心废旧立新,推行改革。他任命了一批新的大臣,稳定了国家财政,取消了原来的严酷刑律。在克劳迪斯重整朝政期间,他的妻子麦莎丽娜生下了一双儿女,此后不久便要求迁居新宫,开始她骄奢淫逸的生活。然而,由于政务缠身,整整七年,克劳迪斯对妻子的放荡淫乱竟一无所知。他肃清了国内的叛乱,从德意志收复了失去的鹰旗,并率军北上,远征英国。时年53岁的克劳迪斯第一次亲临战场竟然凯歌高奏。他显赫的文功武绩令英国人大为折服,将他尊为神明,称作上帝。接着,克劳迪斯还挫败了东方企图建立犹太帝国的阴谋。就在克劳迪斯政绩辉煌,声誉达到顶峰时，已经成婚八年的麦莎丽娜提出要与克劳迪斯离婚，以便与她的前夫重续前缘，篡夺皇位。幸而克劳迪斯的一名情妇揭露了麦莎丽娜的叛变，使克劳迪斯躲过了一场宫廷政变。经过审判，克劳迪斯处死了麦莎丽娜和她的一百多个情人。随后，克劳迪斯娶他的侄女爱克丽宾尼拉为妻，并将爱克丽宾尼拉的儿子与自己的儿子共同立为皇位继承人，同时把所有朝政也交托给妻子和手下大臣，然而祸起萧墙。爱克丽宾尼拉的儿子首先成年。为了使儿子顺利继承皇位，爱克丽宾尼拉设计毒死了克劳迪斯。格雷夫斯通过大量逼真的细节描写和出色的语言技巧，向读者展示了一个遥远历史时代的风貌。

四年之后，格雷夫斯又完成了《贝里沙里奥斯伯爵》，最终结束了这部为世人瞩目的罗马帝国三部曲。

二、乔伊斯·卡里的小说创作

卡里出身于北爱尔兰德利县一个古老的盎格鲁—爱尔兰家庭，父亲是土木工程师。从 6 岁起，卡里分别在爱丁堡和巴黎学习绘画，1909 年至 1912 年在牛津大学的三一学院学习法律。1914 年参军，第一次世界大战期间在尼日利亚兵团服役，曾在战斗中负伤，1917 年退役。1920 年在牛津定居，开始学习哲学、伦理学和历史。此前，他曾在《周六晚报》上发表过 10 篇短篇小说。

20 世纪 30 年代，卡里创作了一系列非洲小说，其中包括《艾萨的救赎》《一位美国来访者》《非洲女巫》和《约翰逊先生》。这几部小说都以非洲生活为背景，从不同侧面描写非洲宗教和文化之间的战争。这些小说都探讨了同一主题的一个方面，整个系列构成了一个复杂的整体，深刻揭示出 20 世纪初在非洲所发生的意识方面的革命。小说所塑造的人物分别代表了英国殖民者和非洲当地居民的思想意识。

《艾萨的救赎》是第一部以非洲为题材的小说，讲述女孩艾萨的故事。艾萨是一个活泼坦率的富拉尼族女孩，居住在尼日利亚的岩洞地区。她改信了基督教,于是引来了当地居民的恐惧和不信任。此时岩洞地区长时间干旱不雨,各教派之间因为谁所信仰的上帝会带来雨水而争论不休,最后导致骚乱。当地人认为艾萨的婴儿是个女巫,应该被处死。因此,艾萨面临着艰难选择,她不断在基督教的信仰和当地人的迷信之间徘徊。最后她献出了自己的孩子。她觉得她把孩子献给了基督,她的做法是一种基督教意义上的奉献。该小说注重心理分析,揭示出非洲当地人迷信和残酷的一面。

《一位美国来访者》是第二部以非洲为题材的小说。在这部小说中,作家把目光转向非洲殖民地的白人世界,意在探索非洲的白人文化。小说的主人公玛利亚是一位美国人类学家,对原始的非洲抱有好感。她天真地以为非洲人应该幸福地生活在自然和原始状态中,但是事实使她失望。她发现殖民者正在大肆掠夺那里的矿藏,贯彻白人政治。作为局外人,她反对当地的殖民政策,因此招致了人们对她的偏见,认为玛利亚是一位幼稚的理想主义者。其实,玛利亚的的思想并不荒唐,反而真实地反映和衬托了殖民主义者的狭隘。小说还讲到玛利亚的爱情故事。她爱上一位殖民官员彼舍。随着情节的深入,她发现她已不再是一个局外人,而她对现实似乎也有所妥协。她最后认识到,上帝就是爱,就是她对彼舍的爱。从此,她也拥有了两个世界,一个是现实的爱的世界,一个是理想的公平友善的世界。

《非洲女巫》是对黑人世界和白人世界的双重探讨。小说主人公路易斯·阿拉戴是一位年轻的尼日利亚民族主义者,刚从牛津毕业归来。他感受力很强,而且善于雄辩。他是利米酋长国酋长职位的继承人之一,可是他的妹妹却是个女巫。小说的故事主要围绕这一对兄妹展开,展现出各种矛盾与冲突,男人与女人、现代与传统、基督教与异教、欧洲人的家长制管理与非洲人的憎恨等,各种矛盾同时存在,使小说非常复杂。

《约翰逊先生》是卡里最成功的非洲题材的小说。它讲述一个尼日利亚青年与英国殖民政府发生冲突的故事。约翰逊是尼日利亚法达地区一个英国办公室的职员。他努力工作，但未真正地被人接受。同时，他对地区办公室的工作规则和工作方式以及自己所承担的工作职责也不太适应。他性格开朗、精力充沛、生性很快活，很容易对周围的人产生影响。当时约翰逊的顶头上司是地区官员卢贝克，他对自己的工作和生活也很不满意。这时卢贝克想到一个很好的项目：建一条从法达通向主干道的公路。这个想法得到约翰逊的赞同。约翰逊建议伪造账目，以支持公路建设。卢贝克受其影响，同意这种做法。结果事情败露，卢贝克被解职回国。约翰逊开始为一个退休的英国中士高卢普工作。高卢普娶了一位当地女人，经营一家商店。他带有种族主义倾向，酒后对约翰逊进行谩骂和殴打。约翰逊当众对他进行反击。虽然高卢普很赏识约翰逊的勇气，但还是解雇了他。约翰逊离开法达。这时卢贝克官复原职，立即开始公路建设。他想通过欺诈手段从账户上获得筑路的款项，但他的上司警告他说，这会毁了他的前程。约翰逊又回到法达，卢贝克雇佣了他。由于约翰逊热情工作，公路建设很成功。但是，卢贝克发现他有贪污行为，于是解雇了他。后来为了生计，约翰逊到高卢普店中偷窃，不料被发现，结果他杀了高卢普。卢贝克以谋杀罪起诉他，约翰逊被判有罪。他不愿受绞刑，请求卢贝克杀了他。卢贝克冒着葬送自己前途的风险同意了约翰逊的请求。

这部小说曾引起很大争议。有人认为它过于肤浅，也有人认为约翰逊这个人物过于幼稚。但是作家本人很喜欢这部作品。小说的标题带有讽刺意味。约翰逊只是一个17岁的黑人青年，但他很喜欢被称作“先生”。约翰逊先生是一个悲剧性人物，他身份卑微却心怀远大志向，只是他把自己的志向错误地和白人世界联系在一起。“约翰逊先生”塑造得非常成功，呈现为一个立体式人物。一方面他单纯、直率；另一方面他乐观、快活、精力充沛，同时也有些愚蠢，是典型的堂吉诃德式人物。他对世界知之甚少，很容易被世界的表面现象所蒙蔽，所以他一步一步走向错误的深渊。在小说最后，当得知自己要被施以绞刑时，他惊讶、恐惧，央求他的上司卢贝克将他击毙。这反映出他性格中软弱的一面,也因此使他这个人物具有了人性。这部小说被编进学校课本,拥有不少读者,后来又被搬上舞台和银幕。

三部曲是卡里重要的小说形式,构成了他小说创作中的重要组成部分。他一生写了两个三部曲,其中,第一个三部曲完成于20 世纪 40 年代早期,从三个不同人物的角度记录了爱德华时代和第一次世界大战以后英国人的生活状况。这三部作品为《她自己感到意外》《成为朝圣者》和《马嘴》。每一部小说都用第一人称写成。三部小说互相独立,又互相补充,构成一个连贯的整体。第二个三部曲完成于 50 年代,这里不再展开。

《她自己感到意外》以萨拉的口吻叙述。萨拉是乡村家居妇女,曾做过女管家,后来嫁给了自己的雇主。丈夫去世以后,她喜欢上了为她家工作的画家加雷。可是加雷对她不好,经常打她,并且花掉了她的所有积蓄。萨拉只得到威尔舍家里做工,照顾年老的威尔舍。后来萨拉和威尔舍上床,引来威尔舍家人的猜忌,以为她要获得他家的财产。他们起诉萨拉,萨拉因偷窃罪被拘捕。在小说开首,刚刚出狱的萨拉讲述了整个故事。

《成为朝圣者》从威尔舍的角度来讲述故事。威尔舍对宗教非常虔诚,一直想“成为朝圣者”。但他一直受到他为自己设计的生活的束缚。他的一生都在一心一意地保护自家的财产。小说的故事开始于萨拉入狱之后。威尔舍已经搬到他家的乡村别墅,由他的侄女照顾。后来威尔舍离家出走去找萨拉,却发现萨拉已经另有所属。回家以后,他发现他的侄女已把房子改装过了。他在生命即将结束时承认,尽管自己已经学会接受变化,并以一个朝圣者的身份生活过,但自己最终只是一个财产的保管者。

《马嘴》讲述的是加雷的故事。加雷是一个艺术家,但是他不想获得功名,绘画时随心所欲,过着穷困潦倒的生活,靠欺诈和偷窃度日。故事开始时,他刚从狱中释放出来。后来,他知道萨拉手中有一幅值钱的老画,就想得到它。可是萨拉不愿意放弃这幅画,因为这是她青春的见证。结果在争夺中萨拉受重伤,然而加雷毫无悔意。在小说结尾，加雷生命垂危，回想自己一生中所失掉的一切，无怨无悔，认为那是他自己决定为追求艺术而做出的牺牲。这部小说主要探讨艺术家与社会的关系，寓意深刻，受到读者喜爱。小说还被改编为电影，取得巨大成功。

在三部曲中，卡里表现出了很强的写作功力，最突出的是他对人物的刻画。小说中三个主要人物都栩栩如生，代表了当时社会不同的人物类型。

卡里被视为一位形而上学的小说家，他对自己所描写的世界有非常清晰和综合的看法，其所描写的是整个世界，所创造的也是一个完整的世界。他的小说试图通过艺术、政治和宗教等方面来塑造具有自由意识的人，以此勾勒出一个完整的、变化中的世界。

三、刘易斯·琼斯的小说创作

琼斯出生于威尔士南部的克莱德克河谷。他和同代许多年轻政治活跃分子一样，于1923年至1925年就读于伦敦的中央劳动学院。在学习期间，他加入大不列颠共产党。1926年英国工人大罢工期间，琼斯因在诺丁汉郡煤场积极从事工会活动而被拘押3个月。获释后他开始担任南威尔士矿工联盟钱布里安分会主席和矿重监秤人，为矿工争取合法工资做出了巨大贡献。1929年，他因不愿和非工会成员一起工作，辞去矿重监秤人的职务，此后便再也没有从事过任何正式工作。他的政治活动一直比较频繁，在普通党员中间特别受欢迎。不过，由于个人生活方面的原因以及对党内生活的一些不同认识，琼斯在党内常常遭到处分，甚至被禁止参与一些相关工作。在当时被广泛视为共产主义前线的全国失业工人运动中，琼斯作为威尔士的活动组织者，领导了1932年、1934年和1936年的失业者反饥饿游行。1939年1月27日，琼斯参加了30多场集会，发表演说，支持西班牙内战中的共和派一方。不幸的是，他的生命也随着这一天的结束而终结了。

琼斯把工人阶级的斗争放在更广阔的历史范围内加以表现,从经济、社会和政治方面揭示这场斗争的必然性。他的小说非常精彩生动、引人入胜,描写了当时威尔士的矿区生活,客观、犀利,毫不矫饰地描述了工人与雇主之间的斗争,也关注到大规模失业给社区男性带来的精神危机。他的文学成就主要体现在描写威尔士矿区生活的系列小说《库玛地》和《我们活着》上面。这两部小说记录了从1890年到1936年间的工人阶级斗争的历史。它们以威尔士山谷里一个煤矿为背景,记述主人公罗伯茨从幼年起到在西班牙牺牲止的经历,歌颂工人阶级团结战斗的精神,表达了对共产主义的坚定信念和向往之情,具有明显的自传色彩。琼斯这位工人作家以他的鲜血和生命谱写了无产阶级革命斗争的英雄史诗。琼斯在《库玛地》的前言中说,这部小说是集体的创作,他的工人同伴进行战斗,而他只是描绘这些战斗。《库玛地》记述罗伯茨童年时在矿井里的可怕日子,矿工所遭到的欺凌、压榨以及罗伯茨逐渐成熟起来的反抗意识。罗伯茨阅读社会主义书籍,在腥风血雨的1910年煤矿大罢工中得到了锻炼。小说的续篇《我们活着》讲述自1921年罗伯茨加入共产党开始,在一次大规模罢工斗争中,议会社会主义者半途而废,只有共产党人坚持到底的历程。工人斗争的曲折性使罗伯茨和妻子玛丽认识到,机会主义必然导致失败,只有共产主义才能引向胜利。玛丽是当地共产党组织的委员,罗伯茨是失业工人的组织者,他们把爱情和家庭幸福都献给了革命事业。西班牙反法西斯战争开始后,罗伯茨被党组织派往西班牙前线,不幸牺牲在战场上。他在临死前写的家书中道:"法西斯可能杀死我……但它决不能杀死我们为之奋斗的事业,永远也不能!我们的牺牲是创造,我们的死亡代表新生、力量和运动。"玛丽听到丈夫牺牲的噩耗后,忍住悲痛继续战斗。在小说结尾,玛丽站在工人队伍中,欢迎西班牙国际纵队的战士回国,街道上红旗林立,预示着工人阶级斗争的灿烂前景。

上述两部小说的出色之处在于它们以令人信服的方式说明，工人阶级的英勇战斗精神来自他们所受的阶级苦难，来自他们对共产主义的坚强信念。

四、理查德·奥尔丁顿的小说创作

奥尔丁顿也是一位致力于表现战争题材的优秀作家。他曾就读于伦敦大学，后来因为经济方面的原因辍学了。第一次世界大战爆发后，奥尔丁顿满怀爱国热情应征入伍。这次战争不仅使他的世界观发生了根本的变化，而且对他日后的小说创作产生了重要的影响。他在战场上曾因受炮弹爆炸的影响而一时休克，身心遭到极大的伤害。奥尔丁顿看到了这场战争的残酷性，同时也认清了资本主义制度的罪恶本质。他的长篇杰作《英雄之死》深刻地反映了他对战争的认识和态度，是20世纪30年代最流行的战争小说之一。这部作品真实地揭示了普通老百姓强烈的反战情绪以及战争期间青年一代所面临的道德与信仰危机。

《英雄之死》是一部出色的反战小说，在作品的前半部分，作者刻画了战前伦敦知识分子的众生相，对文艺圈里那些装模作样的文人骚客进行了尖锐的讽刺。作品的后半部分描写了主人公上了战场之后对于战争的厌恶。

小说以温特伯恩在战争最后一周中的阵亡开局，随后追述了他过去的生活经历。温特伯恩出生在一个传统道德秩序逐渐解体的时代，他的家庭也是不正常的，父亲是个精神空虚的天主教徒，母亲则是个水性杨花的女人。温特伯恩从小就没有感受过家庭的温暖，更没有接受过良好的家庭教育，上学之后，他在学校里胡作非为。后来他到伦敦从事文学创作和绘画，经常与一些颓废艺术家交往。与此同时，他与两个女人建立了复杂的三角恋爱关系，结果被缠得焦头烂额。

战争爆发后，为了摆脱困境，他加入军队，赴前线参战。然而，战争的实际情况比他想象的更加残酷与可怕。他看到的是炮火连天、血染战壕、尸横疆场和瘟疫肆虐。不仅如此,他痛苦地意识到,资产阶级政客所宣扬的爱国主义同资本主义制度一样虚伪。温特伯恩的精神彻底崩溃了。在绝望中,他挺起胸膛,迎着德军的枪弹冲向死亡。显然,“英雄之死”具有强烈的讽刺意义。作者通过主人公的悲剧揭示了 20 世纪第一代青年人的幻灭感。温特伯恩的死绝不是为国捐躯的英雄壮举,而是对这个混乱世界的逃避和对这场野蛮的战争的抗议。

除了《英雄之死》,奥尔丁顿还有另外两篇比较著名的小说,一篇是《上校的女儿》,讲述了女主人公以及诸多年轻恋人都丧生战场的故事。另一篇是《四海之内皆仇敌》,从某种意义上来说是《英雄之死》的续篇,主人公也是一个饱尝战争之苦的知识分子,但是这一篇的整体基调要比《英雄之死》更为悲观。这两篇小说都不同程度地揭示了战争的破坏作用和残酷,不仅体现了英国知识分子强烈的反战情绪,而且也反映了他们对未来前途的悲观意识。

第五章　第二次世界大战后至20世纪60年代英国小说发展研究

第二次世界大战后，社会经济遭到严重破坏，劳动人民生活条件恶劣，阶级矛盾尖锐。为了防止东欧革命浪潮扩展到英国，工党政府实施了银行和部分工矿企业“国有化”“充分就业”“教育改革”“普及医疗保障”等政策。1954年，英国成了“福利国家”，劳动人民的生活有所好转，但阶级剥削和压迫依然存在，彻底改革社会的希望终成泡影。1957年，英法军事入侵埃及失败，英国国际地位江河日下。这一切在人民心中播下了愤怒的种子。普及教育培育了一代工人阶级和中下阶层出身的知识分子，这些青年叛逆者对资本主义社会的愤怒抗议，形成了50年代一股强大的现实主义文学潮流。进入20世纪60年代，英国工业实现了自动化，政府的高工资、高物价、高消费政策带来了经济的相对繁荣，但整个社会精神空虚、思想混乱，“代沟”也在不断加深。所以，现实主义小说在文坛依然占据主导地位。当然，在此时期，英国小说也未能置身于席卷整个资本主义世界的后现代主义文学潮流之外。在法国新小说和美国黑色幽默小说等革新浪潮的冲击下，英国小说的重心和情绪也开始有所转变，表现为实验主义和后现代主义势头逐渐加强。在第二次世界大战后至20世纪60年代这段时期内，英国小说界出现了无数优秀的小说家，本章主要通过格雷厄姆·格林、查尔斯·珀西·斯诺、威廉·库珀、金斯利·艾米斯、威廉·戈登、劳伦斯·杜雷尔、塞缪尔·贝克特等人的小说创作来阐明这一时期的英国小说发展情况。

第一节　现代社会政治道德问题的探讨：格雷厄姆·格林的小说创作

格林出身于伦敦西北哈福德郡的一个中产阶级家庭,父亲是一所寄宿学校的校长。格林在父亲的学校读书,但对学校枯燥乏味的生活很是厌恶,因此经常逃学。中学毕业后,他进入牛津的贝利奥尔学院学习。大学期间,他出版过一本诗集,并短暂地加入过共产党。毕业后曾担任过《泰晤士报》编辑。1927年,他在女友的影响下皈依罗马天主教,这对他的写作有着深刻的影响。当然,他并不在作品里宣传正统教义,而是关注人的存在的精神意义,总是通过一些具有一定缺点的天主教徒来挖掘人世的罪恶问题。1929年,格林的第一部小说出版。之后,他辞去了报社工作。第二次世界大战期间,他受雇于英国外交部,在西非从事情报工作。战后,他作为记者发表了许多国际政治的热点文章。1962年,他被剑桥大学授予荣誉博士称号。1986年,由英女王伊丽莎白二世授予英国功绩勋章。直到格林去世,他一直被誉为"20世纪最伟大的作家"。

格林从20世纪20年代末30年代初开始进行小说创作,一直延续到了风云变幻的战后岁月。他的小说就类型而言,主要有间谍小说、犯罪小说、宗教小说、政治小说、讽刺小说、通俗小说等;就题材而言,主要探讨了当时时代充满矛盾的政治和道德问题;就其题材范围而言,主要覆盖越南战争、海地独裁、南非种族隔离、拉美的贫困和压迫、共产主义世界与资本主义世界的对垒等。他被人们认为是最有希望获得诺贝尔文学奖的英国作家,这并不奇怪,因为他能在现实主义的大范围内独创一种具有戏剧性又有深度的叙事方式,能在文字风格上形成敏感而又简洁的当代色彩。格林的战后小说继续探讨忠诚与叛逆、善与恶、堕落与救赎、怜悯与恐惧等主题,但人性冲突和道德焦虑始终是他小说的

“核心的问题”。格林在第二次世界大战后的代表小说主要有《问题的核心》《爱情的结局》和《病毒发尽的病例》。

《问题的核心》以西非的一个英国殖民地为背景。在小说中，警察局长斯科比少校是当地居民公认的一位正直的政府官员，15年来兢兢业业，希望能够顺利晋升。然而，殖民当局在遴选地区专员时没有考虑他。斯科比知道消息后陷入了极大的失望之中。不仅在官场上失意，在家庭中，斯科比也过得很不好。他的孩子在前几年夭折，他的太太则多愁善感。得知丈夫不能晋升后，她坚持要外出旅游，以躲开周围压抑的气氛。斯科比无奈，只好跟叙利亚商人优素福借钱让他的太太去旅游。几天以后，因营救一艘被德国潜艇击沉的英国客轮，斯科比认识并爱上了幸存者罗尔特太太。他对罗尔特太太的爱既包括同情，又包含内心深处潜藏的对孩子不幸夭折时不在场的赎罪情结。罗尔特太太并不满足于充当斯科比的“地下”情妇，希望他公开关系。斯科比一时冲动写了封情书，结果信落到了优素福的手里。优素福以此为要挟，让斯科比走上了走私钻石的违法之路。斯科比太太得知丈夫的私情后返回国内，让丈夫参加圣餐会，试图通过宗教的精神约束力，让丈夫在忏悔时许下放弃罗尔特太太的诺言。斯科比既不愿伤害妻子，也不愿抛弃情人。在精神世界和道德伦理的双重压力下，他陷入了两难的境遇，最后用自杀来摆脱痛苦。

这部小说同样极为关注社会问题和道德问题，主题还是善与恶的斗争。斯科比最后的自杀与社会环境的制约有一定关系，也与他本身善良的人性、生活经历及其宗教信仰等有密切的关系。在斯科比身上，我们明显地看到同情是其自我尊严的体现，他试图用自己的同情心来弥补世界的缺陷，保证别人可以享受到安全和幸福，然而这最终导致了他的悲剧。他同情妻子，借钱让妻子去旅游，因而陷入经济困境；他同情在路上抛锚的叙利亚商人优素福，并让他搭车，结果逐渐落入优素福的圈套；他同情密藏信件的葡萄牙船长，烧掉信件了事，结果险些触犯法律；他同情海上遇险丧夫的罗尔特太太，结果让自己陷入情感的困境。当他对上帝的爱与对人类的爱无法调和时,最后只好用自杀来结束各种痛苦。从另一角度来看,他的本性、他在精神和道德上的独立及其给他带来的孤独和痛苦,又使他成为读者心中的一个真正的悲剧英雄。

这部小说集中反映了贯穿于格林作品中的重要主题:同情、恐惧、绝望、寻求拯救,字里行间流露出格林对上帝的爱、慈悲以及对宗教力量的信仰。斯科比的人生遭遇之所以能引起读者的共鸣与同情,就在于他与无数世人努力行善却处处碰壁的处境相吻合,他的遭遇是许多心灵上渴望得到拯救的现代人遭遇的缩影。当然,自杀的结局也引起了很多争议,不少天主教作家就非常不满,因为根据天主教教义,自杀是最深重的罪孽之一,是要被永远打入地狱的。斯科比爱上帝,却选择自杀,实则是对上帝疯狂的亵渎。不过,作者应当只是给主人公一个比较合适的结局。斯科比的自杀是否能让他得到拯救已经无足轻重,而他所体现的诸如无私奉献、同情弱者等道德价值与罗马天主教提倡的是完全一致的。

《爱情的结局》讲述的是一个女子走向天国的历程。相比于之前的小说,格林在这部小说中更多地运用了意识流、时间差、日记、书信、梦幻等当代小说的写作技巧,因而这是他非常重要的一部小说作品。小说主要人物本德里克斯在为写一部有关公务员题材的小说而搜集素材时,与公务员亨利的妻子萨拉相识,并产生恋情。后来,他遭遇了一次空袭,差点丧命,而萨拉竟不辞而别,让他很是费解。他以为萨拉有了新恋情,所以又嫉妒又痛苦。然而,一本萨拉记录私情和向上帝忏悔的日记让他明白了萨拉离开的缘由。萨拉在本德里克斯生死未卜时,向上帝祈祷并承诺,只要本德里克斯能活过来,她愿意离开本德里克斯。本德里克斯终于理解了萨拉的真心,想要和好,却发现萨拉已经重病缠身,最后病逝了。故事的叙述者是恋爱的当事人之一本德里克斯。由于很多情节是他的亲身经历,他往往觉得难以启齿。当然,读者不完全相信当事人的叙述。在女主人公萨拉死后,格林又从萨拉的日记、本德里克斯雇用的私人侦探、萨拉的丈夫亨利·迈尔斯、曾经安慰和帮助过萨拉的理查德·斯迈思这几个人物的角度来完成这个故事。这些人物都是这场恋爱的旁观者，他们看着女主人公一步步地走向天堂。

这部小说阐释了信仰与爱的问题。在女主人公萨拉看来，爱是心怀仁慈、包容忍耐，处处替对方着想，爱与信仰并不矛盾，两者可以共存。而在本德里克斯看来，爱是强烈的占有和欢愉，爱就要相守在一起。他觉得萨拉是因为信仰了天主教而放弃他们的爱情。其实，从某种角度上来看，本德里克斯爱的并不是萨拉，而是他自己，他的爱自私狭隘。萨拉因为爱而向天主祈祷，为换回爱人的性命，不惜立下永远离开爱人的重誓，并遵守自己的誓言，在信仰的道路上继续探寻、前进。所以，萨拉所走过的道路是天主教教义为教徒们所指出的拯救灵魂通向天堂之路。作者在这部小说中将宗教道德主题与爱情故事很好地融合在了一起。

从《问题的核心》到《爱情的结局》，格林的写作技巧渐臻完美，在写作过程中，他的注意力也逐渐从小说的故事情节转向人物的塑造，使得他的后期作品更有思想深度。

1961年，格林的《病毒发尽的病例》发表。这部小说是格林小说创作的一个新起点。作品以刚果的原始森林为背景，描述了人的内心世界的一种旅程。书名中的"病毒发尽"是有关麻风病的一个专用名词，指的是那些濒危的麻风病人。他们的病情不会再度恶化，可是，他们的躯体已经被病毒吞食得残缺不全。主人公凯瑞虽然四肢完好，但他的灵魂就像是病毒侵蚀的麻风病人一样，麻木不仁，已经濒临死亡。凯瑞其实是一个知名度很高的教堂设计师，同时也是一个人人皆知的风流浪子。他原本迷恋于建筑和女色，可后来这两者对他都失去了吸引力，他开始一心躲避他的过去，于是逃到刚果境内密林深处一座教会主持的麻风病医院。原始丛林中的孤独感和野蛮部落人的神秘感，其实象征着人类心灵中的阴暗面。凯瑞选择在那样的地方落脚，主要是因为其心灵上的阴影和沉重的精神包袱，使他无从摆脱。最后，凯瑞带着精神重负离开了人间。这部小说一直以来并不受评论家的重视,认为它既不同于早期的道德题材,也不是纯粹的世俗题材,不完全是悲剧,更不是喜剧。它的风格混杂,整体上缺乏统一性。然而,也有一些学者发现了它的精华所在。其实,从这部小说中,我们可以看到格林小说世界的丰富多维和深刻难解,可以看到格林杰出的讽刺艺术和叙事风格。

总的来说,格林在他的作品中表现出了对政治和社会问题的兴趣。正是由于这种广泛的兴趣,他的作品才没有局限于一个单一的主题。他的小说具有较高的深度,但不艰涩,有很高的可读性。他十分关注善与恶的问题,但又把它放在现实世界的紧张不安的环境里来审视,不但不逃避现实,而且特别善于找当时政治斗争的“热点”来作为对象地进行写作。格林非常善于说故事,也塑造了很多特点鲜明的人物形象。可以说,他在现实主义小说里添加了精神上的深刻性,同时又推进了叙事艺术,这是他对现代小说的发展做出的最大贡献。

第二节　对现实传统的回归:
查尔斯·珀西·斯诺的小说创作

斯诺出身于英格兰北部一个偏远小镇的下层中产阶级家庭。到 1930 年时,获得了英国剑桥大学的博士学位,并一心致力于分子学研究。第二次世界大战期间,他曾当过公务员、工党的副部长、上议院议员、讲师、文艺评论家、英国电器公司董事,担任过政府管理科学家要职,因其科学知识和管理才能,受到伊丽莎白女王的嘉奖,1957 年受封为男爵,1964 年被授予终身男爵的贵族封号。1959 年,斯诺发表题为《两种文化与科学革命》的著名演讲。他热爱自然科学,因此对文学与科学之间缺乏交流觉得很是遗憾,呼吁在它们之间构筑桥梁。他的系列小说《陌生人与亲兄弟》从 20 世纪 30 年代中期就已开始酝酿创作,直至 70 年代才完成。

虽然每一部作品都设计成独立篇章，但作品之间仍有一种相互依存关系。小说全部采用第一人称叙述，叙述者是刘易斯·艾略特。这个人物角色的经历与作者相似。斯诺创作这些小说，一方面是想通过叙述几个人在某一历史阶段的遭遇使读者对社会有所洞察；另一方面是想揭示艾略特的道德成长过程。小说内容丰富，题材包括权力的使用和滥用，理智控制下情感的力量，以及委员会、政府机构的运作等。20世纪二三十年代，现代主义文学在英国很是盛行，而斯诺的创作却有别于现代主义文学，尤其是在第二次世界大战后，他的小说表现出对社会生活、政治状况的关注和思考，体现了传统现实主义文学创作特征。所以，很多人认为斯诺是小说创作回归现实主义传统的积极倡导者。

斯诺的主要文学成就是前面提到的11卷系列小说《陌生人和兄弟》，按照内容的时间顺序可以分为战前小说和战后小说两部分，战前小说6部，包括《乔治·帕桑特》《光明与黑夜》《希望的年代》《院长们》《新人》《富人的良心》，主要讲述1914—1939年的生活内容和故事；战后小说5部，包括《回家》《事件》《权力的通道》《最后的故事》《理性的泯灭》，主要讲述1938—1968年的生活内容和故事。这些小说充分展示了英国在第一次世界大战至20世纪60年代末这一特定历史时期中社会的现实状况、社会心态、道德伦理，以及在特定环境中教师、学者、政客、科学家、律师、官僚人物等个人命运的沉浮变迁，展示了社会现实存在的诸多矛盾冲突和斗争，比如欲望和克制、情欲与理性、个人与集团、权力与阴谋、科学事业与社会危机等。小说的主人公艾略特生长在边远小镇的下层中产阶级家庭，依靠自己的努力奋斗当上了律师，以后又成为剑桥大学的研究员。他在小说中既是具体的生活奋斗者，同时又是旁观的叙述者，多视角多层面的变化，极大地增加了作品反映生活的深度和广度。斯诺试图通过系列小说表明，在充满追逐名利、尔虞我诈的竞争社会中，每一个人对于他人而言，都是陌生人，但同时大家生活在这个世界上，又都是兄弟们。在他看来，“只有当陌生人亲如兄弟时，并存的生活才有可能变为共同的生活;也只有这样,相互的谅解才有利于个人和社会。”

《院长们》是斯诺系列小说中的最佳代表作。这部小说围绕剑桥大学某学院的一场院长选举,展现了学术界的权力争斗。在选举新院长的过程中,学校的各种力量围绕着个人利益的轴心,钩心斗角、尔虞我诈。有的拉帮结派,为拉选票而卑躬屈膝,低声下气,人格丧失。有的为取宠未来的新院长而改换门庭,投其所好。高等学府中本应当充满书香之气,然而现实是充满了投机取巧与阴谋倾轧。克利斯特是掌握关键一票的重要人物,按理说他是一定投给他的朋友和他一直所支持的院长候选人杰格的,然而在投票前,克利斯特想起了他与杰格之间的一些不愉快事情,于是改变了主意。他觉得杰格当院长自己不一定会得到好处,所以将关键的一票投给了另外一位院长候选人罗福德。克利斯特身上,充分表露了当时知识分子的那种个人中心主义和虚荣心。

如果从阅读层面上来看,这部小说是写高等学府中与教师生活密切相关的选院长的事情,但如果从更深层的审美意义上来看,这部小说其实是变相地展露了第二次世界大战结束后冷战初期的国际政治状况,是对社会现实中投机钻营的政治权力斗争的缩影描写。所以,这部小说的社会意义是广泛的、巨大的。

就艺术表现上,斯诺在这部小说中善于在描述现实生活的同时,有机融入自己的哲理思考和精神探求。例如,斯诺试图通过院长的选举来说明主人公刘易斯·艾略特的道德不可知论的观点,即人们在进行重大的决策行动时,面对个人私利和集团利益,一切道德、理性和正义都不堪一击。小说中代表科学精神的大学学院和代表人文精神的院长选举,尤其是选举中那些资深教师之间激烈较劲的权力斗争,反映了斯诺对 20 世纪以来的科学与人文关系的一种思考,即真正的客观公正与和睦欢乐在科学与教育之间难以出现,但他是希望出现的。小说中,斯诺虽然会在描述故事的时候偶尔加入一些分析议论和评论阐述,但更多的是客观冷静的观察和忠于真实的报道式描写,不会进行过多的是非判断和价值评判。

《新人》和《富人的良心》也是斯诺系列小说中的代表作。《新人》讲述的是以刘易斯的弟弟马丁·艾略特为代表的新一代的英国科学家，在第二次世界大战期间研制原子弹的故事。这些新一代英国科学家们以追求科学真理的态度投身尖端科学研究之中，想以原子科学技术的发明给人类带来福音和进步。然而美国在日本广岛和长崎投下的原子弹所造成的灾难，大大地震惊了他们，使得他们对使用原子弹的行为进行了强烈的道德谴责。现实使他们认识到科学研究的成果既能造福人类，也可能成为被权力集团利用的工具，用于大规模杀戮人类，给人类社会带来巨大灾难。科学家不仅仅承担着开辟科学技术发明新领域的重任，同时也承担社会道义的重任。于是，他们决绝地中断了原子弹研究，不再参与研制毁灭性武器，退出了研究所。这部小说以第一人称和旁观叙述融合的形式展开，从人物内在心理感受延伸到外部世界，虽然在表现上显得比较丰富，但也容易使读者产生阅读上的模糊与零乱感觉。小说故事以两条线索展开：一是科学技术研究和原子弹研制中科学家的矛盾，二是对苏联间谍的清剿工作。这就一方面真实展示了第二次世界大战以后东西方冷战的世界局势；另一方面也立体展现了英国一代知识分子为一己私利而相互倾轧，甚至不惜丧失道德良心陷害同事的肮脏心态。

《富人的良心》叙述的是刘易斯的朋友富家子弟查尔斯·马奇的精神探索及生活经历。查尔斯的父亲是犹太富翁，传统而且保守，他希望儿子按照自己的设计生活，能成为家族先辈中受人敬重的律师，娶一个门户相当的姑娘为妻。而查尔斯却是一个追求自由、具有叛逆反抗精神的青年。他认为个人的自由高于一切，因而总是试图摆脱富有的犹太家族传统的制约，挣脱父亲的束缚。一次与父亲激烈争吵后，查尔斯离家而去，开始了他的独立自由的生活。他放弃了父亲希望的律师职业，当了医生，也没有按照父亲的标准娶妻，而是与思想激进的安妮结婚。这使他的父亲非常生气。当了医生的查尔斯因为总是在穷人区行医，深得人们的爱戴。即使父亲要剥夺他的财产继承权，他也不为所动。

他的生活虽然清贫,但拥有自己所追求的个人自由和良心慰藉。后来,因为尊重妻子的信仰与自由,他甚至与家庭决裂了。这部小说充分反映了 20 世纪 60 年代英国年轻知识分子与父辈之间的代沟及矛盾冲突,也充分体现了作者的自由主义价值观和道德伦理观。作者通过这部小说也想告诉人们,所谓的富有,并不是以金钱为唯一的评判标准的,真正的富有应当是拥有个人自由和对他人的爱心。

总的来说,斯诺以平实而贴近生活的故事情节,忠实记录了半个多世纪的社会生活和身边的人、事,展现了一幅宏大的时代历史画卷,刻画了丰富的社会心态,体现了现实主义作家的社会责任和道德关注。

斯诺反对 20 世纪 20 年代以来的西方现代派文学以心理意识和直觉描写为主的小说创作,反对现代文艺思潮流派所进行的小说语言、形式革命和实验。他认为,当时小说家创作的所谓的"实验小说"注重的是动物性的直觉感受经验,忽略了传统小说中的现实存在因素,缺乏社会内容和生活材料。所以,他的小说从不率性而为,而是态度严谨地创作,小说基本都将社会时代和现实生活密切相连,介入生活,贴近真实,注重对社会心态和人生世态的描绘,表现出了鲜明的现实主义风格。

第三节　小说与现实的交织:威廉·库珀的小说创作

库珀出生于英格兰的克莱弗,1933 年毕业于剑桥大学基督学院,获得硕士学位。第二次世界大战前曾在一所中学任物理教师,其间对文学产生兴趣,并以 H. S. Hoff 的真实名字发表小说,但影响不大。第二次世界大战期间,他服役于英国皇家空军部队,战后进入政府部门担任行政管理工作,期间一直进行文学创作,成为斯诺的好友。库珀退休后在美国雪城大学任教,在伦敦则教授英国文学。虽然他从1934—1946年间用自己的真名写了四部小说，但都没有出名。1950年，他创作的《外省生活场景》问世，反响很大，好评如潮。

《外省生活场景》描写英国外省乡村城镇生活，作品中弥漫着浓郁的乡土气息，显示了对英国传统的价值观和战后社会问题的种种反思。其与后来的四部小说一起构成了“生活场景”五部曲系列小说。《外省生活场景》作为系列小说的第一部，主要描写的是20世纪50年代后英国外省的乡村城镇的生活情景。主人公是乔治·伦恩，是一名中学校长。他的人生经历与从事艺术创作的姑娘默特尔的情爱生活为小说线索，连贯了外省不同人物和不同内容的生活场景。作者选取了外省生活中具有浓郁乡土风情的浓荫绿地、广场钟楼、饭店酒楼、乡间小屋等场景，其间生活着青年教师、艺术家、金融人士、文艺爱好者等。他们都对社会有一种叛逆心态，充满一种忿忿然的情绪，过着放荡不羁的生活。他们经常聚在一起，谈天说地，也肆意地发表着对社会的不满与怨愤。乔治是其中比较典型的一员。他对异化而陌生的社会所产生的反叛厌恶情绪非常明显，他厌烦与社会中的人交往，与社会环境产生了非常大的冲突，成了社会的陌生人和局外人。他也找寻之所以会这样的原因，但一直找不到合理的答案。于是，他断绝了所有社会交往，要不就独自待着，要不就进行小说创作。除此之外，没有什么事能让他感兴趣。对于乔治来说，与他的情人默特尔在乡间小屋里共度周末良宵是他最大的乐事，也是最大的自由。那间乡间小屋是他逃避社会、逃避琐碎而烦杂的日常生活最好的世外桃源，他不愿意别人干扰他宁静而自在的乡村生活。

由于乔治这一主人公是对抗传统习俗的典型代表，所以他被称为20世纪50年代“反英雄”和“非英雄”的雏形。库珀也因此被评论家称为“愤怒青年小说之父”。当然，“愤怒青年”总是以激烈的反社会行为处世，而库珀笔下的主人公的反抗和叛逆更多表现为不满和逃避。

《婚姻生活场景》是《外省生活场景》的续篇，在这部小说中，乔治经过个人的努力奋斗,终于获取了一份令人羡慕的公职工作,也成了颇有声望的小说家。当年的叛逆和放浪已不复存在,开始思考的是如何做一个好丈夫、好父亲,过好温馨而安逸的家庭生活。乔治像当时英国小说中其他年轻“反叛者”一样,他们的反叛不过是在成家立业安顿下来之前的一场恣意放浪而已。

第三部是《都市生活场景》,在这部作品中,故事发生时间在前两部中间,塑造了一群都市生活中与社会格格不入的愤世嫉俗的青年人形象,面对冷漠的世界和异化的社会,他们在迷惘中苦苦挣扎,在放浪中寻找精神安慰。之后,库珀又写了《后期生活场景》《死亡生活场景》。当然,后面的几部小说都没有第一部那样出色。

总的来说,库珀在小说创作中无论是对英国现代生活的描写、对社会心态的刻画还是对人物形象的塑造,都具有开创性,对英国现代小说的创作及其文学风格形成具有不可低估的推动作用。库珀反对当时法国盛行的所谓的“实验小说”和“反传统小说”,认为二者所关注的是人物的个人感受,表现的是远离社会的孤独的人,而真正的小说创作旨在描述生活在现实社会中的人。他在《对实验小说若干方面的反思》中明确提出,对实验小说必须给予彻底的清算,不能让其扰乱文学创作尤其是小说创作阵营,为使文学健康地发展,为使后来的新作家有更好的创作前导与借鉴,必须清除实验小说。所以,库珀的小说表现出传统现实主义的风格特征。

第四节　对社会现实和精英文化的愤怒:金斯利·艾米斯的小说创作

艾米斯出身于伦敦一个中产阶级家庭,曾就读于诺贝利学院。1941年以优异的成绩获得牛津大学圣约翰学院奖学金。1942年在皇家通信部队服役,曾到过法国、比利时和德国。1945

年战争结束后重返牛津圣约翰学院，1949年毕业。毕业后的艾米斯供职于斯旺西大学，任英语讲师。1961年离开斯旺西大学赴剑桥，在彼得豪斯学院任教两年。1967年至1968年任范德比尔特大学英语教授。1954年，艾米斯发表长篇小说《幸运儿吉姆》，一举成名。1990年，艾米斯被授予爵位。1995年，艾米斯在伦敦去世。

艾米斯是“愤怒青年”文学流派中的代表性人物。“愤怒青年”是第二次世界大战后英国特定社会条件的产物。这一流派并没有一个固定的文学团体，作家之间也没有什么实质性的联系，但他们在文学创作上都采用现实主义的手法再现了20世纪50年代的英国社会生活，不同程度地表达对社会现状的不满情绪。他们作品中的主人公大多是心怀不满和愤怒、满腹牢骚的青年。艾米斯的文学创作是从诗歌开始的，他在牛津学习期间，就非常热衷于诗歌创作，主要模仿诗人奥顿、燕卜荪。1947年的时候，出版了首部诗集《灿烂的11月》。随后的两部诗集《思想框架》和《诗：奇妙的画像》分别于1953和1954年出版。然而，他的文学成就并不在诗歌上，而在小说上。他在自己的成名作《幸运儿吉姆》中塑造了愤怒青年的典型形象。这部小说和1968年出版的长篇小说《老家伙们》都获得了布克文学奖。

《幸运儿吉姆》一问世，便得到了社会的广泛关注和好评，由此奠定了艾米斯在英国文坛的地位。这是一部喜剧式作品，写的是一个社会地位卑微的青年如何不择手段跻身于上层社会的经历，而这个上层社会又恰恰是他所鄙夷的。主人公吉姆·狄克逊是外省一所大学的历史系临时聘任的教师，但是他对自己所讲授的历史学课程并不感兴趣，更是厌恶周围的教师们，尤其是系主任威尔奇教授。威尔奇趾高气扬，十分自负。然而，为了能够签续聘合同，吉姆即使再鄙视威尔奇，也不得不低三下四地奉迎讨好他，设法跻身于威尔奇的行列。威尔奇的儿子贝尔特朗自称是个画家，其实是个花花公子和势利小人。他的女友克莉斯廷对吉姆表示理解和同情。吉姆奉威尔奇教授指令，准备作一个关于

“可爱的英格兰”的公开讲演。讲演之前,吉姆受到系主任儿子的威胁,情绪低落,喝了许多酒。他在酩酊大醉中走上讲台,模仿起威尔奇和校长的讲话方式,在自己的话音中加进讽刺、伤感和辛酸的成分,趁着酒兴发泄自己的愤怒,结果为自己招来一纸解聘通知。不过,在一场闹剧之后,吉姆倒是意外地获得了克莉斯廷的爱恋和一个高级职位,过上了舒适优裕的日子,可谓爱情和事业双丰收。面对这样的结局,吉姆的不平衡心理似乎应该得到了补偿,然而,他对于所背弃的、他自己出身的下层社会有些许负疚感,而他最后所拥有的生活方式又是他曾经鄙夷的,这时,他对威尔奇厌恶的真实性就变得模糊了,并附上了个人主义的因素。艾米斯为这部小说营造了浓郁的喜剧气氛,而他对吉姆的态度显然是同情有余而批判不足。

小说一开始就展示了两个阶层的人的不同,对威尔奇所代表的知识分子的虚伪高雅进行了讽刺。那是一段吉姆与威尔奇的对话,威尔奇正在谈论一场音乐会,他用了许多深奥复杂的语言来表达一件很简单的事和很贫乏的思想,以显示他自己丰富的音乐知识。而吉姆的语言粗俗,夹杂着可笑的方言,思想也完全出自一个下层人物,朴实无华,与威尔奇形成了鲜明对比。在这部小说中,艾米斯出色地继承了现实主义叙述手法和成功地运用了讽刺喜剧手法,表达了一种冷峻的幽默格调,而且还塑造了一个在战后英国具有一定典型意义的“小人物”,表达了这些平凡的、生活在下层的“小人物”对社会现实和现代文明的强烈不满。

《捉摸不定的感情》是艾米斯的第二部小说。主人公约翰·刘易斯是一位与吉姆很相似的青年。他出身于煤矿工人家庭,大学毕业后在图书馆工作,结识了有钱有势人家的阔太太伊丽莎白。他正申请图书馆副馆长职位,而伊丽莎白的丈夫是图书馆委员会成员。最终,他得到了自己想要的地位,但又发现自己刻意营造的所谓上层生活氛围与自己是那么不相符合。当他得知自己是由于上层人物的人事倾轧而得到职位时,决心不再受人摆布,辞去图书馆工作,携妻子回到家乡,同矿工们生活在一起。

作为一名小小的图书馆管理员，约翰对自己的生存状况不满，在遐想中他想象自己是个巨人，把图书馆捣毁，将借书人往石头地上摔打，试图敲出煤来，却不成功，“常气得嗷嗷直叫”。这部小说中的滑稽场面虽然没有前一部小说多，但对上层社会的抨击更为强烈。

在艾米斯的小说中，经常会有描写“愤怒青年”题材的。这些青年与所谓的文明社会格格不入，但又不满于自己原来的处境，因而感到困惑和迷惘，无所适从。20世纪60年代以后，艾米斯创作的小说主要有《带上像你这样的姑娘》、短篇小说集《我的敌人的敌人》《一个肥胖的英国佬》《埃及学专家》《反死亡联盟》《我现在就要》及《绿人》等。这些作品表现出艾米斯创作主题的多样性，其中有学院小说，还有间谍小说，而“愤怒青年”的主题则开始被更广泛的社会关怀所代替。

《带上像你这样的姑娘》写的是一对青年男女之间的感情和道德观念的冲突。女主人公詹妮·邦恩是一位工人家庭出身的青年女教师，她非常精心地修饰自己的外表和装束，并在待人接物中始终保持着一种属于上层人士的彬彬有礼的优雅风度。男主人公帕特利克·斯坦迪什是一所大学的古典文学讲师，他绅士风度十足，充满魅力，但在道德观念方面表现出明显的反传统倾向。这部小说将触角深入到了道德伦理观念讨论的范畴。詹妮可以被看作传统道德观念的化身，她顽固地守护着自己的贞洁，而帕特利克则通过种种狡猾的手段诱惑詹妮，最终在詹妮酒后失去知觉毫无防备的情况下占有了她。艾米斯在这部小说中显然把同情和赞许给了詹妮，而把帕特利克描述为一个卑鄙的恶棍。

《一个肥胖的英国佬》中的主人公罗杰·米歇尔迪恩也是一个十足的恶棍。他好吃懒做，又贪淫好色，并且总是对什么都看不惯，都表示愤怒。他讨厌犹太人、黑人、美国人、耶稣教徒，也讨厌自己的父母甚至讨厌上帝。这一人物与艾米斯初期小说中的人物不同，吉姆等人都对社会有种不安定感，对上层社会和现代文明也抱有既爱又恨的矛盾心理，而米歇尔迪恩却全然不同，他自负且傲慢,说的是纯正的牛津英语,对食物、雪茄及鼻烟壶等似乎也很在行,是个典型的势利小人。这部小说的场景设在美国宾夕法尼亚州一所大学里,很多素材都与艾米斯 1958—1959 年在美访问期间的经历有关。米歇尔迪恩去美国宾州一所大学作短暂访问,名义上是为他的出版社找一部好的书稿,但实际上是与一位女教师重叙旧情。然而,一位很有才气的学生作家不仅窃取了他的书稿,而且还夺走了他的情人。小说叙述具有极强的趣味性,艾米斯更是在这部小说中充分运用了他所擅长的讽刺喜剧手法,所以整部小说还是比较出色的。

《反死亡联盟》是一部间谍小说,在艾米斯 60 年代创作的小说中最为出色,作者自己也很满意。这部小说叙述了一位间谍令人震撼的、缠绵悱恻的爱情故事。曾受到丈夫极度虐待,度过一段噩梦般生活的凯瑟琳得到了年轻军官詹姆斯·丘吉尔的爱情,摆脱了神病,两人真诚相爱,可是没能逃脱上帝的袭击:她得了乳腺癌,时刻面临死亡的威胁。小说围绕一项被称作"阿波罗行动"的阴谋而展开。"阿波罗行动"是一项秘密组织的军事行动,它的目的是策划死亡和灾难。詹姆斯是一位邦德式的英雄人物,他被安排去实施这一计划。但是爱情唤醒了他的理性,当意识到这是一种罪行时,他反叛了。小说塑造了许多生存于社会边缘、被传统道德视为"堕落"的人物,如同性恋者、精神变态的心理学家、慕男狂等形形色色的人物,揭示了英国社会一系列社会问题。这部作品也提出了一些令人深思的有关人类与宇宙、文明与堕落的问题,但对主人公的塑造缺乏深度,形象显得单薄而无力,不足以支撑如此厚重的主题。

从这部小说也可以看出,艾米斯作品关注的重心已从最初"吉姆"所关心的个人命运转向了政治、社会、文化、道德,人物也由原来对上层社会怀有不满发展到对政党或对整个人类甚至上帝的不满。艾米斯的这一转变可能与他本人政治倾向的变化有关,他在创作《幸运儿吉姆》时还对英国工党抱有幻想,但到了 20 世纪 60 年代中期,他已经站到了英国工党的对立面,开始谴责工党在改革中的种种失败。

虽然20世纪60年代是艾米斯小说作品频繁产出的时代，不过，不管是在创作水平上还是在社会影响上，这一时代的作品都没有超过他的第一部作品《幸运儿吉姆》。

第五节　第二次世界大战后的社会生存与信仰危机：威廉·戈登的小说创作

戈登出生于英格兰康沃尔郡。他的父亲是一位中学教师，思想激进，信仰科学，反对宗教。他的母亲是女权主义者。小的时候，戈登生活闭塞，喜欢读书，不喜欢与他人交往。在数学课上，他常常心不在焉，却总是沉迷于文字组合的神奇世界。所以，他对文学的热爱很早就显现出来了。12岁时，他便萌发了小说创作的冲动。1930年中学毕业后，他进入牛津大学攻读理科学位，两年后改学英国文学，五年后获教育学学士学位。离开牛津后，戈登曾在伦敦一家街坊文教馆工作，司职编导兼表演。1939年，他在一所中学教授英国文学。第二次世界大战爆发后，戈登应征入伍，在皇家海军服役五年，获得了中尉军衔。他后来作品中出现的船舰、海员、大海等描写与他这段时间的生活紧密相关。战后，戈登重新回到原来的中学一边教书，一边从事文学创作。他创作的《蝇王》虽然被退稿了多次，但发表后好评如潮，获得了巨大成功。戈登也因此一举成名。1961年，他辞去教师职务，专心创作，一生创作有10多部长篇小说。1983年，瑞典文学院授予戈登诺贝尔文学奖。1993年，戈登去世，享年82岁。

成名作《蝇王》中故事发生的时间是某次战争期间，地点是太平洋上的一座荒岛，人物是一群在疏散中因飞机遭到袭击而不幸流落荒岛的孩子。这群孩子选出冷静沉着的拉尔夫当领头，派杰克和“唱诗班”的孩子照管作为求救信号的篝火并负责狩猎，众人喜欢的螺号成了权力的象征。刚开始的时候，孩子们还能团结合作,遇到困难也能竭力克服,但不久后,杰克的权力欲开始膨胀,他带领"唱诗班"的孩子们去狩猎,完全不管作为求救信号的篝火,最后使得篝火熄灭。在这之后,孩子们分成了两派,拉尔夫、理性的猪仔、具有先知先觉特征的西蒙以及一些孩子是一派;杰克、"唱诗班"的孩子以及另外一些人是一派。两派冲突导致了猪仔和西蒙的先后身亡,拉尔夫也几次陷入危险之中。幸运的是,最终一位英国海军军官像天神般降临,上岸制止了一切,将孩子们救离了荒岛。

在这部小说里,戈登着重探讨了人性恶的问题。他的人性恶思想其实是小时候形成的。他的父亲是一个笃信科学和理性的中学校长。戈登小时候极其崇拜父亲,但不久就发现科学和理性解释不了全部人性现象。他应征入伍后,参加过不少战斗,战争经历使他体会到非理性可能带来的最坏结果,并导致他最终形成人性恶的思想。第二次世界大战结束后,戈登曾在一个中学里任教十年,其间他悉心攻读文学、哲学、史学书籍,确立起了他的人性观。《蝇王》将他人性恶的观点进行了充分的展现。主人公拉尔夫和杰克所代表的是"文明"和"专制"这两种势力,而在两者的较量中,后者却占了上风。佩戴海螺的金发少年拉尔夫本是一位心地善良、很有主见的少年。落入荒岛后,他坚持要求大家点燃篝火,以图获得营救,他所关心的是众人的生命。为了赢得充足的时间,他让大家察看地形、搭建房子以躲避风雨,并要求按地如厕,讲究卫生。他身佩的海螺象征着理智的权威,而点燃篝火的举动则象征着他信奉科学的力量。不过,即使是他这样一位象征文明与理智的人物,也照样难以彻底地摆脱罪恶,他本人也参与了杀害西蒙的计划。值得欣慰的是,他能够认识到"人性的黑暗"而修正自己的行为,坚持不向邪恶跨出最后一步。与拉尔夫形成鲜明对比的是一头红头发的瘦高个子杰克。他是戈登人性恶思想的主要承载者,他权力欲强,所津津乐道的是打野猪,滥施捕杀,以供奉"怪兽"。所谓的"蝇王"实际上是一只祭祀怪兽、四周云集着绿色苍蝇的猪头。孩子们惧怕莫须有的怪兽,殊不知真正的“怪兽”其实存在于自身的意识中。杰克先是利用孩子们对“怪兽”的恐惧心理制造混乱，而后又将赶回来报信的西蒙误作“怪兽”活活打死。

在小说接近尾声时，劫后余生的拉尔夫最终参悟到西蒙未及传递的真相——“怪兽”实乃源自人心的黑暗：

> 拉尔夫木然地看着他[海军军官]。一时他脑海里闪过一幅图画，一幅那曾经给海滩蒙上过神奇魅力的图画。然而现在这岛像枯树一样被烧焦了——西蒙死了——杰克已经……拉尔夫止不住热泪滚滚，全身抽搐地呜咽起来。这是他上岛以来第一次尽情地哭，巨大的悲痛使他一阵阵地抽搐，似乎把他整个身子扭成一团。头上黑烟翻滚，拉尔夫面对着正被烧毁的岛屿，越哭越响；别的小孩受到这种情感的影响，也颤抖着抽泣起来。拉尔夫在这伙孩子当中，肮脏不堪，蓬头散发，连鼻涕都未擦干；他失声痛哭：为童心的泯灭和人性的黑暗而悲泣，为忠实而有头脑的朋友皮基坠落惨死而悲泣。

显然，《蝇王》在写作技巧方面最明显的特点是其复杂、多样、有多种含义的象征主义。除主要人物各具象征意义，小说的一些情节和细节也具有象征意义。戈登曾指出，这部小说主要是想通过象征来表明社会的弊病可以直接归因于人性的缺陷。关于这一点，他以后的小说中也力图证明。

《继承者》是戈登的第二部小说。这部小说以史前初民时代为背景。尼安德特人是旧石器时代原始人种，他们天真、纯朴，缺乏思维和逻辑能力，过着最原始的生活，他们与大自然友好相处，彼此保持着天然和谐。现代智人的到来彻底打破了尼安德特人平静安宁的生活。现代智人是比较高级的人种，有着更高的文明。但就是这样的人，摧毁了尼安德特人的传统生活方式。他们杀死了很多尼安德特人，虐待俘虏过来的尼安德特人；他们酗酒闹事，彼此算计，热衷于物质。到最后，整个尼安德特部落只剩下一个名叫洛克的人。作者的人性恶思想在这部小说中再一次得到了充分体现。原来,作为现代人祖先的现代智人早已堕落,而其邪恶本质在他们身上继续存在着。

这部小说在语言的运用上做了一个大的创新,其中心在于动词的选择:当作者写原始人的时候,他的多数句子包含不及物动词;而写现代人的时候,多数句子包含及物动词,而且是描述强有力的动作的及物动词。前者表示处于即将灭亡的境地的人们,因而是无力的,被动的;后者表示新来者,即将取代原始人,所以是充满精力、咄咄逼人的。这样大规模地通过动词的及物与不及物来区别两种人的精神状态是过去作家所不曾尝试过的。

《平切尔·马丁》是戈登又一部探讨人性恶主题的小说。它描写了一个英国皇家海军军官在其舰艇被鱼雷击沉后独自漂泊到大西洋的一块孤石上的遭遇。这位海军军官的名字叫"平切尔",意思为螯钳。这个名字实际上是一个形象的比喻,暗示了他的为人像龙虾的螯一般,总想占有本属于他人的东西。当战舰被鱼雷击中沉没后,平切尔失去了同伴,漂泊在在冰冷的北大西洋上,只有黑暗、波涛以及后来出现的一块突兀在浩瀚大海中的岩石。读者大多以为作者要向人们讲述一段求生记,实则不然。小说最后,当读到平切尔的尸体被冲上海岸时,大家便豁然开朗了。原来平切尔爬上那块岩石逃命时,竟没能踢开那双碍事的靴子。在岩石上挣扎的只是他那贪婪无度、以自我为中心的灵魂。平切尔最终走向了地狱,因为他的本性之恶注定他必须承担这样的后果。

在这部小说中,戈登主要分三个阶段来揭示主人公的人性。

第一阶段:作者集中描写了平切尔落水后在海中漂泊时的感官痛苦。冰冷的海水和汹涌的波涛使他呼吸困难。他的身体已经不再听从使唤,思绪渐渐地与肉体分离,但求生的欲望促使他坚持在不断扑打过来的海水淹没的间隙大口地吸气。可以说,主人公在海水中的沉与浮,就像他的人生一样始终都在无尽的欲望和无奈的失望中颠簸,在灵与肉之间摇摆。

第二阶段:作者描写的是一块岩石出现在平切尔面前时的一幕。这块岩石是他的希望,但又何尝不是对他的折磨。这块石头是从幽远深邃的水底冒出海面的,其不断地被海浪无情地冲刷着。平切尔虽然身处非常危险的境地,但他坚信他能获救。他把石头的各个部分以城市的街区命名,似乎这样可以使自己控制石头,并最终使他自己得救;为求获救,他收集海草,并将它们摆成一个个或垂直或水平的十字架,一个个与自然造化形成强烈反差的图形,并很是得意这种做法。这里其实在暗喻,他居然把世俗的解救和基督教的拯救等同了起来。很显然,平切尔表现出了绝对的自负与傲慢。戈登在此其实也体现了第二次世界大战后人们的信仰危机。

第三阶段:作者让平切尔的本性暴露之后,又以主人公脑际中的"回闪"手法将他放回到了社会中。在生活中,平切尔就像龙虾的大螯一般攫取他人的所有,且用人人都有追求最幸福生活的权利和渴望为由为自己开脱。为了事业上的成功,他居然与制片人的妻子上床;在参加完了最要好的朋友纳撒尼尔的婚礼之后,他居然奸污了新娘。他的所作所为将人世间的"七宗罪"演绎得淋漓尽致。在这里,戈登通过平切尔这个人物,喻指了那些现实生活中对自己缺乏了解的各类人物。戈登用微妙的笔调揭示了主人公的贪婪,同时也暗示人类的"贪婪"是一切罪恶的本源。

《自由坠落》通过时间顺序展开故事情节,让主人公萨姆以第一人称叙事。中学时代,萨姆曾出乎意外地完成了一张极佳的贝特斯画像。他的一位不会画画的朋友请求萨姆谎称这张画出自他之手,萨姆言听计从。但之后,萨姆非常苦恼,因为他不能再画出一张同样完美的画。这件事本身并不重要,而作者想要揭示的是这件事以后所发生的一系列事情。萨姆为赢得贝特斯的芳心而使出种种把戏,使得贝特斯和他上床,还与另一个女人发生不道德关系。即便如此,这一切都还不足以使萨姆意识到自己的堕落。

《教堂尖塔》是戈登通过空间的发展来揭示人性的罪恶的一

部作品。主人公乔斯林教长在幻觉中感到主在召唤他,让他为了主的荣光去建造一座四百英尺高的教堂尖塔。他并不懂如何建造,却不顾他人的反对,在没有地基的情况下硬逼着工人往上造尖塔。结果还未建成,四根石柱就不堪重负发出危险的信号。工人们于是采用八角木架、钢条箍紧等方法,勉强把尖塔建造起来。由于尖塔严重影响了教堂的安全,虔诚的人们不敢再上教堂做弥撒,而施工人员又都是些不敬神的杀人犯、凶手、无赖、强奸犯和私通者,乔斯林因此受到委员会的调查。在小说的结尾处,塔的石柱弯曲,整个尖塔倾斜,遍地都掉落着碎石,乔斯林也在病榻上走完了自己生命的历程。乔斯林表面上是为了实现上帝的意愿而建造尖塔,其实内心中并不是真的如此,戈登一步步将其内心深处不为人知的黑暗、丑恶的一面表达了出来。

总的来说,戈登所着力描绘的不是社会、阶级、个人生活经验等具体问题,而是人的本质,即人性。他善于用小说形式来探讨人类经验和人生根本问题,因而他的小说被评论家们称为"寓言"或"神话",而他本人倾向于"神话"之说。1983 年,戈登就因"以现实主义的直观手法,叙述了一个当代普遍存在的荒诞神话,以阐明人类生活的本质"而获得诺贝尔奖。由于戈登的小说写得非常有趣味并富有刺激性,引人入胜,所以虽然探讨的是极其艰深的人性问题,但还是得到了人们的普遍喜欢。首先,他的小说语言没有打破常规,整体结构比较完整,人物刻画比较生动。其次,在处理寓言故事的时候,他主要借助一种特殊的形式来"再现"经验中的现实。最后,他的小说还具有惊险故事的味道。他常常将小说人物置身于一种特殊的境地,《蝇王》的故事发生在一个荒凉的小岛上,《继承者》将读者带到原始年代,《平切尔·马丁》中的主人公独自待在大西洋的一块石头上。这就给普通读者和批评家都带来了一种距离的美感。

第六节　人物心灵的独特展示：劳伦斯·杜雷尔的小说创作

杜雷尔出生于印度北部地区，母亲是爱尔兰人，父亲是英国土木工程师。他早年在印度接受教育，11岁的时候返回英国。不过，由于他一直不太适应英国单调而沉闷的生活方式，所以学习成绩并不好。20世纪30年代，杜雷尔去了法国巴黎，并开始进行文学创作。在此期间他受到美国作家亨利·米勒的鼓励，并与他成为要好的朋友。他们经常一起探讨文学与人生，促使杜雷尔的文学创作有了很大的突破。1935年，他与家人一起移居到希腊的科孚岛，并正式开始了他的创作生涯。那一年，他发表了第一部小说《情人的诱骗者》，1937年又发表了《慌恐的春天》。这两部作品的水平虽然不高，却为他日后的写作打下了良好的基础。在1937年到1938年间，他在法国与米勒和阿尔弗雷德·波利斯一起创立了一个非常前卫的文学杂志——《援助者》，1938年改名为《戴尔塔》。第二次世界大战期间，他担任开罗和亚力山大港英国大使馆的新闻专员。战后，他曾居住在南斯拉夫、罗德岛、塞浦路斯与法国南部等地，主要从事外交和教育工作。1990年，他在法国去世。

杜雷尔在诗歌、小说、戏剧、游记、文学评论等方面都有一定的成绩，不过，小说的创作数量最多，成就也最高。除早期的两部作品，代外表性的小说还有《黑皮书》《黑暗的迷宫》《塞尔维亚上空的白鹰》《亚历山大四重奏》《阿芙罗狄蒂的反叛》《阿维尼翁五重奏》等。

《黑皮书》与《情人的诱骗者》一样，都带有自传色彩。它从不同侧面展示了英国艺术家的生活。小说通过明暗两条主线展开情节：一条主要描写主人公卢息弗的情感经历，另一条主线讲卢息弗阅读已死的格里高利日记中所记叙的生活经历。这部小说受亨利·米勒的小说《北回归线》的影响,形式自由散漫,有着较多的色情描写,整个故事中充满着道德颓废的气氛。

在文本叙事层面上,这部小说设置了两个叙述者卢息弗和格里高利,打破了传统小说时间和空间上的束缚,两个人的叙事相互交叉,你中有我,我中有你,互为自我和他者,成功构建了一个自我与他者共存、共生的双声部世界。在人物的心理层面上,杜雷尔用不同的形式来表现卢息弗和格里高利身上自我与他者的生死变奏。格里高利的自我被他者化的本我所压制,甚至扼杀,因而他无法实现独立自我。相比之下,原本被卢息弗视为他者而几近扼杀了的本我重又浮出水面,被自我所接纳,因而他实现了独立自我,并与本我融合,塑造出了健全的人格。

《亚历山大四重奏》是杜雷尔最具代表性,也是反响最大的小说。所谓四重奏是指《贾斯廷》《巴尔萨泽》《蒙托利夫》和《克莉亚》四部小说。前三部所涉及的时间和事件大致相同,讲述第二次世界大战之前发生在亚历山大港的故事。最后一部作品所涉及的时间稍晚,主要说第二次世界大战期间的事。这几部小说都以探讨艺术、爱情和死亡问题为主题。小说涉及男女同性恋、乱伦、窥阴癖者以及淫秽堕落等内容,让读者了解到了当时社会生活中的一些颓废、混乱现象。

《亚历山大四重奏》其实是杜雷尔在自己亲身经历的基础上,融入他的女友所讲述的故事,通过想象加工而成的。小说成功地塑造了几个人物形象,包括讲述者达雷及他的希腊情人梅丽莎、英国大使蒙托利夫、波斯华顿、艺术家克莉亚、贾斯廷和她的丈夫奈希姆等。他们之间有着错综复杂的关系。故事的讲述者达雷和作家本人年轻时的性情非常相似,他喜欢冒险,一直在探索爱情和艺术的真谛。他和几个女人的关系都不一般。他和希腊人梅丽莎虽然是情人,但他们之间并不存在真正的爱情,只是因为他曾经救过梅丽莎,梅丽莎出于感激和他在一起了。后来,达雷结识了富商奈希姆的妻子贾斯廷并成为她的情人。与此同时,一位冷静的金发女艺术家克莉亚也对他抱有好感,不过他们之间是兄妹般的纯真感情。贾斯廷是一个具有多面性格的女人，她以前曾被奸污过，因此有女色情狂倾向，达雷对此一直很担心。随着情节的推进，贾斯廷变得越来越神经质，达雷也害怕她的丈夫会设计杀害他们。后来，他们还是分开了。贾斯廷离开她的丈夫，到巴勒斯坦一个合作农庄做工。达雷到埃及一所罗马天主教会学校教书。梅丽莎病重时，达雷回到亚历山大去探望，但在他到达之前梅丽莎就去世了，留下她跟奈希姆所生的孩子。达雷收养了这个孩子，并搬到希腊的一个小岛上生活。《克莉亚》是整个复杂故事的结尾。之前所描述的男女之间虽有复杂关系，但并没有出现真爱，而这部小说的最后，达雷和克莉亚两人虽然相距甚远，却是真心相爱。所以，这本书被作者认为是对现代爱情的探讨。

《亚历山大四重奏》沿袭了现代主义小说的创作传统，小说的讲述者达雷以初出茅庐、怀揣艺术家之梦的年轻人的身份出现，几经波折最终达成了心愿，完成了自己的艺术创作。他的存在具有双重性，一方面他是参与小说情节的人物；另一方面，他还跳出文本之外成为该文本的“造物主”。小说中另一位更成功、年纪较长的小说家波斯华顿仿佛是现代主义作家们的替身。杜雷尔意图用小说人物波斯华顿来映射小说家福斯特，因为在众多的英美作家中只有福斯特去过亚历山大；另外，杜雷尔将波斯华顿与劳伦斯联系在一起，小说中波斯华顿不仅是劳伦斯的朋友，而且还是劳伦斯思想的宣传者。更引人注意的是，波斯华顿的政治思想与美学评价与温德姆·刘易斯有惊人的相似之处。所以，波斯华顿这个人物的出现使小说中以达雷为代表的“作者在场”的叙述再次得到体现并复杂化。整部《亚历山大四重奏》可以说是充满了作家的身影。

《亚历山大四重奏》出版后极为热销，不仅受到了众多不同读者的喜爱，还引起了众多文学批评家的评论。该作品之所以获得了巨大的成功，主要得益于以下几个方面。

第一，虽然分为四部小说，讲述的却是一个故事，故事的完整性较高。更为难得的是，每一部小说都讲述了非常复杂的故事，事实的真相也都是从不同的侧面来揭露的。

第二,小说采用了不同的叙述方式和叙述视角,它不遵循通常的时间顺序和客观实际时限叙述故事,而是运用关于“心理时间”的概念,将人物生活中具有重要意义的短暂时刻做详尽细致的长篇描述,而对并无重大事件的漫长岁月轻描淡写,一笔带过。这样反而让故事情节变得起伏、跌宕。这部小说还打破了传统的主要人物和次要人物的划分、主要情节和次要情节的划分,众多人物都以不同形式重复出现,让人分不清谁是主要人物,谁是次要人物,都很有特色,都是情节发展的关键人物。这就开创了小说创作的新样式,对后现代小说的发展做出了一定的贡献。

第三,小说在人物刻画上非常出色。杜雷尔非常善于把握人物的内心,也将每个人物的性格都鲜明地表现了出来。尤其是小说中的几位女性形象:梅丽莎富有同情心;贾斯廷非常热情;克莉亚是理想主义的代表,不断追求真正的艺术和友谊。她们个个生动鲜活,代表了20世纪女性的不同侧面。

第四,小说语言丰富多彩,优美流畅,具有很强的观赏性。杜雷尔在小说中展示了一些非常具有挑战性观点,以及最具感召力的异国情调,同时穿插着爱情逸曲,文字精致,结构匀整。

正是上述几个方面的重要因素,《亚历山大四重奏》一出版就受到了大众的普遍欢迎。杜雷尔也因此获得了世界性的文学荣誉,许多批评家甚至称他为“独一无二的当代小说家”。

第七节　“理想的核心”的不懈追求:塞缪尔·贝克特的小说创作

贝克特出身于爱尔兰都柏林市郊外一个信仰清教的中产阶级家庭,14岁进私立寄宿学校,法文成绩优异。毕业后进入都柏林三一学院学习法文、意大利文、西班牙文,于1927年获学士学位。第二年,他到法国巴黎高等师范学院和巴黎大学教英语,成为爱尔兰意识流小说大师乔伊斯的亲密朋友。1930年,他回都柏林三一学院教法文,次年漫游欧洲,最后在巴黎定居。第二次世界大战时,他参加了地下抵抗运动,并且和一位战友结了婚。为了躲避德寇追捕,他逃到非占领区当农民,在业余时间写作。战后他回到巴黎,1951年,他的夫人为他的小说《马洛伊》找到了出版者。1953年,他的剧本《等待戈多》在巴黎上演,好评如潮。他于1969年获诺贝尔文学奖,成为举世闻名的大作家。

作为荒诞派戏剧大师,贝克特的戏剧成就自然是毋庸置疑的。但是,他的小说成就也很高,我们同样不能忽视。贝克特写过许多小说,其中有不少是用法文写的,由作者本人译成英文,其中比较著名的有《墨菲》《莫洛伊》《马洛纳之死》《无名者》《瓦特》《默西尔与卡米尔》《失去的人们》《初恋》,短篇小说集《刺多踢少》《虚无的故事》等。

贝克特的小说,人们经常称为"反小说"。什么是"反小说"?不同的人往往有不同的说法。J·A·卡登在他的《文学术语辞典》中指出:"反小说"倾向于实验性质,并且与传统小说的叙事方法和形式不同。读者们感到它和现实主义、自然主义小说不同。它建立了自己的各种常规程式。它缺乏明显的故事线索,只有一些散漫的情节;人物形象也不丰满;事物的表面往往被描述得十分详尽;有许多反复重叠之处;在词汇、标点和句法方面进行无穷无尽的实验探索;时间顺序变化多端。显然,它属于一种反传统的文学样式。

第二次世界大战之后,贝克特进入了多产的黄金时期,同时他的创作实验也发生了彻底的转变。《莫洛伊》《马洛纳之死》《无名者》被称为贝克特的小说三部曲,是代表他小说最高成就的作品。

《莫洛伊》是一部以第一人称的叙述视角去探究意识和无意识领域的作品。小说由两篇报道构成,它们分别记述了两个主人公莫洛伊和莫兰自我探索的意识流轨迹。莫洛伊在他母亲生前住过的小屋里回忆他寻找母亲、寻找故乡的经过,并试图把这一切用文字记录下来;莫兰作为一个侦探奉命去荒郊野外寻找失踪的莫洛伊,为的是写一篇有关他的报道。两篇报道好像是两个独立的文本,但它们又相互关联、相互对应,有时交叉叠合,错综复杂。至于两个主人公莫洛伊和莫兰究竟是什么关系,很多读者表示搞不清楚。很多评论家则认为莫洛伊和莫兰其实就是一个人,两篇报道是关于一个人的故事。当然也有学者认为,莫洛伊和莫兰既是两个不同的人物又代表两个人格面具和心理层面。这两个人物不同的心理状态暗示一个完整人格的两个不同侧面,也暗示了一个作家的双重自我,同时他们各自的报道揭示出两种构思故事的方法。贝克特笔下的莫洛伊寻找母亲的旅行其实是在寻找"本我",是探寻存在本质的精神旅行。虽然他最终没有找到母亲,但在寻找母亲的过程中,他自己似乎回到了最初的生存状态,他越来越接近他最本真的自我。在这里,贝克特实际上讲述了一个现代的俄狄浦斯寓言,主要对第二次世界大战以后西方社会一些知识分子失去信仰和精神支柱后的内心孤独、迷惘和绝望进行了揭示。

莫兰寻找失踪的莫洛伊的旅行是小说的第二部分。他的旅行并不是一个简单的寻找失踪者的旅行,而是一个作家寻找真实自我的旅行。莫兰体格健壮、精力充沛、办事果断而又自信。他有家产、儿子、女仆,过着舒适安定的生活。他的职业是侦探,为一个神秘的组织做事,这个组织的头目叫尤蒂。尤蒂派他去寻找莫洛伊并写一篇关于莫洛伊的报道。于是,莫兰在儿子的陪伴下踏上了寻找莫洛伊的旅程。有趣的是,在旅途中他遭遇了与莫洛伊相同的磨难,像莫洛伊一样,他的腿也变得越来越僵硬,无法行走,他的儿子后来也抛弃了他。莫兰在筋疲力尽之时,又接到尤蒂让他回家的命令。然而,他千辛万苦地回家后发现,之前的一切都变了。他整理了破乱的房间,然后开始写报道。就在这时,他似乎意识到自己已经不再按照尤蒂的指令行事,而是被一个内在的声音操纵着。这个内在的声音就是他内在的、无意识的自我。对于莫兰来说,本来莫洛伊的形象是神秘的、陌生的,但他后来逐渐被这个神秘人物所吸引，他的头脑也被这个人物所占据。后来他真的逐渐捕捉到了自己心目中的莫洛伊。

贝克特在这部小说中较为深刻地演绎了理性与非理性、主体与客体之间的二元对立，尤其是他从叙事学角度对作家与文本、叙述者与被叙述者之间的对应和互动关系进行了探讨。

《马洛纳之死》是一部关于死亡主题的小说，它描写了一个老作家的死亡过程。这个所谓的死亡过程既是写作和游戏的过程，也是一个漫长的沉思和等待的过程，而这种等待是无望的、无奈的。这位老作家就是马洛纳。小说开始时，他已经是一个病入膏肓的老人，孤独地在死亡的边缘徘徊。然而，他却以极其坦然、平和、冷静的心态面对死亡，并把死亡视为生命的一个组成部分，是人生的一个自然阶段。为了轻松愉快地度过这段时光，马洛纳决定给自己讲几个故事，写些东西，以便把他一生的体验尽可能地记述下来，留给世人。此时，他虽然已经丧失了活动能力，但思想和想象是自由的，他的意识还在流动，他的一只手的手指和手臂还能活动，更重要的是他还有表达的愿望。不过，他已无法再像从前那样以清晰的理性去审视自我，于是他决定改变自己的写作风格，即由严肃的自我思考转向游戏和消遣。他给自己制定了一个写作计划：

> 我必须在夜晚考虑我的时间表。我想我会给自己讲四个故事，每一个故事涉及一个主题。第一个是关于一个男人的故事，第二个是关于一个女人的，第三个是关于一件事，最后一个故事是关于一个动物，或许是一只鸟。我想就这些吧。或许我将把男人和女人放到同一个故事里写；男人与女人没多少区别，与我也没什么区别。可能我没有时间完成我的故事，我也许会很快就写完。

马洛纳制定的写作计划实际上就是这部小说的叙述策略，它恰好勾勒出一个完整故事的开始、中间和结局。然而，他实际的叙述程序与他的计划大相径庭。他本没有计划在故事中讲述自己,但在叙述的过程中,他不断插入他自己的思绪,使讲故事与自我思考交错出现。马洛纳试图回避写他自己,但又总是情不自禁地讲述他自己。

马洛纳的写作在不久之后就因为自己的病痛中断了。于是,他现将自己的遗产清单列出,再继续讲述之前没写完的麦克曼的故事。然而,马洛纳又一次病痛发作,中断了故事,接着又是一个关于他个人经历的插曲。马洛纳最终走到了生命的尽头,他的叙述也彻底结束了。

很显然,马洛纳的叙述是内心独白、意识流、自传和故事片段的组合,也是多种小说形式和多种叙述技巧和叙事角度并存的复合体。因此,在他的叙述中,没有固定的人称和时态,第一人称和第三人称的叙事角度、作者的意识流动和他笔下人物的独白、现在时和过去时交替出现,真实表现了一个作家的自我思考与有意识的创作之间的互动。由于马洛纳把写作当成一种游戏,并想通过讲故事的方式来消遣,所以他很难去严格地遵循一个理性的、清晰的计划。即使理智容许,他的潜意识也不容许。所以,他根本不可能完成自己的写作计划。从马洛纳的叙述中,我们可以辨认出他心灵深处那个痛苦灵魂的独白。他想在死亡来临前,找到一种真实的永恒的自我。这永恒的自我其实就是一种非物质的、自我的"理想核心",是一种虚空的存在。

《无名者》是贝克特对小说形式最大胆、最彻底的革新与实验。这部小说没有真正的情节,没有真正的人物;小说的叙述者也没有名字,没有个性,没有性别,没有身世,甚至连形体都没有,虚无缥缈;段落划分、标点符号也几乎没有。所以很难想象这到底是怎样的一部小说。

在叙事话语方面,这部小说采用的是矛盾修辞法,小说一开始就提出了一个修辞学的术语"aporia",其实,它是解构主义理论的关键词。在解构主义批评中,这个词常被用来指"难解之谜""不可解结"或"意义死角""僵局"等。几乎所有关于解构主义理论的著作都要提到“aporia”这个词。不过,《无名者》把这个词的真实含义演绎到了淋漓尽致的地步。小说先以一系列的疑问句开始,接着便是一段不连贯的陈述,似乎同前面的疑问句相对应。这样的陈述持续了十几行后,叙述者又开始反驳,接着又是一系列的疑问。之后,他又说自己什么都不相信。几乎整部小说中都充斥着这样变幻不定、自相矛盾的话语。“aporia”既是指一种修辞手段,也是小说所要表现的内容,或许这正是贝克特当时的心理状态。然而,具有反讽意味的是,叙述者声称他不知道这个词的意思。其实他的自相矛盾的叙述话语本身就是对这个词的精彩诠释。它恰好暗示了在某些场合作家的言语与其真实思想之间的矛盾,反映了文本所要表达的与它无法表达之间的差异。这部小说的叙述也是“否定式前进”的。这种叙述方式被后结构主义叙事学家定义为“消解叙事”(denarration),即“先报道一些信息,然后又对之进行否定”[①]。《无名者》生动而具体地演示了“消解叙事”的过程。小说开始的一系列疑问和不断否定与肯定的陈述真实地反映了叙述者“我”也是现代作家,试图解释他当前境遇而又无法解释的一种情绪。小说的叙事就是在不断否定和质疑中展开。叙述者给出的每一个有关他个人的信息,都会被立即否定,因此,叙述也就没有真正意义地前进。整部小说的叙述基本上都是对叙述自身的阐释,而叙述本身又是对意义不断追问和反思的过程,也是试图破解意义之难解谜团的过程。最为精彩的难解之结是在小说的中间部分。叙述者“我”通过沃尔姆的故事对自己的身份提出了大胆的质疑和否定:

> 我像沃尔姆,没有声音或理智,我是沃尔姆,不,假如我是沃尔姆,我就不会知道此事,不会说此事……但是我什么都没说,我什么都不知道,这些声音不是我的,这些思想也不是我的。

---

① 申丹.“故事与话语”解构之“解构”[J].外国文学评论,2002(2).

这种自相矛盾的文字不仅将叙述者“我”的焦虑心态充分体现了出来,而且也进一步揭示了叙述的本质。叙述者想搞清楚自己的身份,然而,他越讲述越无法确定自己的身份,因为没有语言能够定义他本真的存在,没有语言能呈现绝对的意义。

在认识论方面,这部小说生动地展示了一个新的哲学维度,一个没有中心,没有主体,没有二元对立界限的破坏者。它通过“tympanum”(鼓膜)形象地暗示一种独特的位置,即一种中性的存在,它恰好揭示了无名者的本质。正如叙述者“我”所说的:

> ……一个外面一个里面而我在中间,或许那就是我的本质,将世界一分为二的东西,一边是外面,一边是里面……我既不是一边也不是另一边,我在中间,我是间隔物,我有两个外表而没有厚度,也许那就是我感觉到的,我自己在来回摆动,我是鼓膜(tympanum),一面是头脑,一面是世界,我不属于任何一边……

很显然,模糊的二元对立就是无名者的本质。所以,小说就没有所谓清晰的内容与形式、主体与客体、叙述者与被叙述者、内部与外部、生与死的界限。

在语言方面,《无名者》可以说是一部关于词语的现代神话。贝克特向来被人们认为是爱玩弄文字游戏的作家,但在这部小说中,人们感觉到并不是作者在玩文字游戏,而是语言文字自己在游戏。小说起初还有比较完整的句子,也有段落划分,但是很快就不再有段落划分,可以说只剩下一段很长的文字,其中充斥着许多疑问句;句子开始时很短,后来逐渐变长,小说的最后一个句子长达数十页,中间由逗号断开。叙述者“我”的唯一任务就是通过不停的述说将叙述进行到底。而不停述说又是为了达到最终的沉默。然而,叙述似乎没有开始,也没有结束,因为话语滔滔不绝,叙事似乎永远不会终结,所以,真正的沉默是不会出现的。叙述者就像符号一般,在语言的海洋中漂浮游荡,其存在的意义就是述说与被述说。

小说最后以一段极其荒谬的自相矛盾的文字结束：

> 你必须继续下去，我所知道的一切就是他们要阻止我，我很明白，我可以感觉到，他们打算抛弃我，将要达到沉默，片刻，好一会儿，或者将成为我的，持久的那一个，那个没有持续下去的，那仍然持续的，这将是我，你必须继续下去，我不能继续下去，你必须继续下去，我将继续下去，你必须说话，只要有词语存在，直到他们找到我，直到他们说我，奇特的痛苦，奇特的罪过，你必须继续下去，或许已经做了，或许他们已经谈论我了，也许他们把我带到了我的故事的起始点，在通往我故事的入口处，那会使我惊讶，如果门被打开，那将会是我，将会是沉默，我在哪儿，我不知道我永远不会知道，在沉默中你不知道，你必须继续下去，我不能继续下去，我将要继续下去。

这个结尾充分表现了叙述者内心的矛盾与焦虑，其渴望继续，又无话可说，想保持沉默，又欲罢不能。叙述者似乎穷尽了所有的表达方式与手段，结果最后在叙述中被彻底消解。

第八节　其他小说家的小说创作

一、约翰·布莱恩的小说创作

约翰·布莱恩（John Braine，1922—1986），出身于约克郡一个殷实的中产阶级家庭，父亲在地方议会任职，母亲是天主教徒。1933—1938年，布莱恩就读于圣贝茨语言学校，离开学校后在家具店、旧书店和药厂等许多不同的地方打过工，直至1940年成为宾莱公共图书馆助理馆员，才算有一个较为稳定的职业。1951

年,他放弃了图书馆员的职位,只身携带150英镑来到伦敦,打算以写作谋生。而严酷的现实使他的梦想破灭了,在外省长大的他首先感觉到了外省文化与都市文化的格格不入。他那带有外省气息的谈吐举止在大都市中显得极其可笑,而他既无大学文凭,又无爵位等级的背景,这使他感到十分自卑。于是,他又回到了约克郡。后来,他染上肺结核,不得不入院治疗。在长达一年半的休养期间,他并未间断小说《向上爬》的创作。1957年,小说一出版就大获成功,第一年的销量就达到惊人的35 000册,直至与荷马的史诗《奥德赛》、劳伦斯的《查特莱夫人的情人》一起,成为销量过百万的图书。在此之后,布莱恩专事写作,并搬到英国南部的沃金城定居。遗憾的是,他再也无法创作出能够超越《向上爬》的作品。

布莱恩是"愤怒青年"派的代表作家。他创作的小说作品也不少,如《沃迪》《上层生活》《嫉妒的上帝》《引人注意的游戏》《陪我到天亮》《遥远国度的女王》《虔诚的代理人》《等待希拉》《我们俩》《这些黄金岁月》等。不过,《向上爬》是布莱恩最成功的作品,以下对这部作品进行一定的分析。

《向上爬》的主人公是乔·兰普登。他出身寒微,父母亲在第二次世界大战空袭时被炸弹炸死。他不喜欢待在他的家乡达夫顿,便来到沃莱市,在市财政局当职员。在有钱人奢侈生活方式的刺激下,他决心向上爬,想方设法改变自己的地位和命运。在沃莱,他与汤普森一家住在一起,结识了他们的朋友鲍勃和伊娃夫妇。在伊娃的劝说下,乔加入了一个业余剧团,认识了单纯美丽的富家女苏珊,对她一见钟情。然而,苏珊与大企业家之子杰克·威尔斯是青梅竹马。乔后来又在剧团认识了比他大10岁的爱丽丝,但她是有夫之妇。尽管如此,在共事的过程中,他还是被她自由开放的性情吸引了。爱丽丝也从与乔的相处中得到了感情上的慰藉。于是,两人常在爱丽丝的朋友艾尔斯佩斯的公寓中幽会。然而,乔并没有忘记苏珊,在朋友查尔斯的劝说与支招下,乔采用欲擒故纵的手段,俘获了苏珊的芳心。与此同时,他也冷淡疏远了爱丽丝。当然,他没有忘记爱丽丝的好,但在感受到苏珊父母对他的轻蔑、情敌杰克对他的不屑一顾之后,他又与爱丽丝在一起了。苏珊得知后,与乔一刀两断,并离开沃莱,但心里仍惦记乔。爱丽丝打算与冷漠的丈夫离婚,与乔一起生活,而乔又受到查尔斯的鼓惑,便与苏珊重修旧好,只是仍未与爱丽丝断绝关系。苏珊的父亲布朗答应乔,乔只要与爱丽丝一刀两断,与苏珊结婚,就会得到一份年薪1 000英镑的职位,令他一夜之间跻身上流社会。于是,乔向爱丽丝毅然提出分手。爱丽丝伤心不已,在深夜醉驾身亡了。乔虽跻身上流社会,却终日自责不已,借酒浇愁,与陌生女人调情,与人打架斗殴,满身血污地在街上闲逛。显然,他跌入了悔恨与自责的深渊,不能自拔。

这部小说是一部优秀的现实主义作品。主人公乔·兰普登不惜代价一心要向上爬的主题虽然在不少名著中已经出现过,在辛辣无情的揭露与批判方面也稍显逊色。只是,这部小说描述的生活场景却给人一种更加真实可信的印象。达夫顿那条黑不见底的朗登河,沃莱市一座座带车库的中产阶级洋房,高大英俊、野心勃勃的乔,天真烂漫、娇生惯养的苏珊,外表冷漠、内心狂热的爱丽丝,都是从活生生的现实中摘取来的。在人物形象的塑造上,布莱恩无疑是成功的。乔这个人物善于观察,对环境很敏感,对气味很有研究,尤其对女人有着不可抵挡的吸引力,很会和女人调情。性感的伊娃、青涩无知的琼、明艳的苏珊、狂野的爱丽丝都成了他猎取的对象。他胆大妄为,不知廉耻。为了满足自身的欲望,不断出尔反尔,不择手段。在表现出乔可恶的一面的同时,作者也让乔展示了其可悲的一面。他离开家乡达夫顿,一心要摆脱那里的一切痛苦,但在他践踏感情、出卖良知后,发现自己早已经开始向死亡走去。他既自负又自卑。他对杰克·威尔斯这样的富家子既蔑视又嫉恨。每当看到杰克的豪宅时,他就情绪低沉。他原本可以过比较平静的好日子,但是他内心的不满与怨气,促使他不择手段往上爬,最终做出自己后悔至极的事情。

就写作风格来看,这部小说虽然总体上比较传统,但可贵的是布莱恩能在适当的地方恰到好处地运用表现内心的闪回手法、内心独白、幻象描写等,跳出墨守成规的老套,使作品流动着一股清新的空气。在语言方面,这部小说运用口语化的语言,让人读起来非常舒服自然。小说以第一人称手法,从主人公乔的角度将整个故事娓娓道来,让读者感觉既真实又亲切。读者们往往在看似简单、平白的言词之后,能洞察作者隐藏在其中的深刻的人生哲理。

二、艾伦·西里托的小说创作

艾伦·西里托(Alan Sillitoe,1928—2010),出身于诺丁汉一个制革工人家庭。他出生不久,就爆发了一场世界性的经济危机。因此,他的童年过得比较艰辛。14岁时,他因无法支付学费而辍学,开始到工厂打工谋生。第二次世界大战期间,他到马来西亚服兵役,任英国皇家空军无线电报务员。1948年回到英国,因患肺结核病住医院治疗了半年之久。西里托虽然所受教育不多,但他勤奋刻苦,还非常喜欢阅读,读了不少文学名著,因而文学素养比较高。20世纪50年代初,他在英国著名诗人罗伯特·格雷夫斯的鼓励和指导下,开始从事以诺丁汉这个工业城市为背景的小说创作,1957年完成处女作《星期六晚上和星期天早上》。这部曾四次遭出版商拒绝的小说一经发表就获得好评,并获得当年作家协会最佳处女作奖,还很快就被搬上了银幕。

《星期六晚上和星期天早上》所描述的生活及人物经历与作者本人比较相似,因此被认为是一部自传体小说。这部小说对战后英国下层工人阶级的生活进行了真实的描写,当时所谓的"福利国家"的政治经济政策对劳工阶级的影响也得到了充分的展示,同时还反映了工人阶级对社会对自己的生存状态的强烈不满和反抗情绪。主人公亚瑟·西顿是诺丁汉一家自行车厂的车工,他对工厂里恶劣的劳动条件、繁重的体力劳动,以及那些自私傲慢的工头都充满了憎恶与仇恨,因而他的反叛情绪很强烈。为了表示反抗，他鄙弃传统的道德准则，对于任何形式的权威——无论是政客、警察、军曹，还是工厂经理和工会干部——他一概充满了敌视心理与对抗情绪。西顿认为在一个星期里，只有星期六晚上和星期天早上才属于自己，才可以摆脱枯燥乏味的工作和工头、工会干部的无理纠缠，过上无拘无束的自由生活。而他所谓的自由生活其实就是正常人眼中的堕落生活。他通常在星期六晚上要么泡酒吧，要么与女人鬼混，在星期天早上去钓鱼。小说中的故事情节主要围绕西顿与三个女人之间的关系展开。西顿刚开始与同事杰克的妻子布兰达私通，使她怀孕并流产同时又与布兰达的妹妹纠缠在一起，结果被其丈夫痛打一顿；后来又去追一位 19 岁的女工多琳，得到多琳后，又不想结婚，继续与别的女人鬼混。在遭到杰克和几个军人的痛打，鼻青脸肿、不省人事时被多琳救起后，西顿的恶习似乎得到了遏制，显得成熟起来。小说最后他不再沉湎于花天酒地，不再耽于女色，决定与多琳结婚。至于其婚后的生活如何，作者给读者们留下了一些想象的余地。不难看出，西顿也是“愤怒青年”之一，他身上体现了弥漫于战后英国中下层青年中的怨愤心理与对立情绪，但他个人的行为品质未必可以看作是他的阶级属性，他的反抗只是个人不满情绪的发泄，他对自己的处境并无深刻的认识，对他人与社会也毫无责任感。

这部小说描述的是“愤怒青年”，但批判现实主义色彩浓厚。它真实地再现了英国第二次世界大战之后的社会面貌，对政府所宣扬的“福利国家”进行了抨击。虽然机器文明高度发展，但人与社会、人与人之间的关系变得越来越冷漠，不要说社会的各个部门从来不关心工人的生活和苦闷，即便是同事熟人，也一个个自私自利，对他人冷漠无情，即使西顿醉酒倒地，摔在石阶上，也没有人伸手扶他一把。高大而压抑的自行车厂房，令人疲惫不堪的工作，肮脏嘈杂的环境，令人反感的社会制度、福利制度、社会机构、工人组织，等等。这一切都将工人束缚在其中，压抑得他们透不过气来。这种对工人疾苦生活的描述极大地震撼了读者，因此这部小说也获得了极大的成功。

在创作手法上,这部小说有两个突出的特点:一个是自然真实,西里托将人物放在真实而悲惨的环境中,不加主观情感地自然显示,去探究他们人生性格形成的原因和因素,使他们的行为不加修饰有血有肉地自然显示出来;另一个便是大量的心理描写,西里托非常注重显示人物的内在矛盾心理,他将现代社会工业文明给人的生存带来的压抑和异化,通过个人无力的抗争及与命运妥协的心路历程充分展现了出来。

《长跑运动员的孤独》是一部短篇小说集,共收有九个短篇。这些小说从各个不同的侧面反映了诺丁汉工人阶级的生活状况。这个集子中的主人公是史密斯。他是出身于工人家庭的"问题少年"。他因为去银行偷钱而被送进监狱。史密斯擅长长跑运动,只有在狱外越野奔跑时才感到自己正驰骋于自由之中,才能忘却贫寒的阶级归属和屈辱的囚犯身份。由于他跑得快,监狱长要他参加一场长跑比赛并且获胜。他的获胜对于监狱当局来说有着很大的益处,会获得奖章、荣誉等,对于史密斯本人来说也能够获得优厚的待遇和更好的未来。所以,史密斯开始时很感谢监狱长对自己的赏识,并刻苦锻炼,期望取得好成绩。然而,在比赛的过程中,史密斯突然醒悟到,秉承监狱长的意旨取得了好成绩,其实意味着屈服于当权者的淫威,也意味着放弃个人的反叛和独立,那样自己也不过是监狱长谋取个人荣誉的工具。结果,他不顾监狱长等人的催促,故意跑在了后面。他打定主意,宁可忍受严厉的惩罚也不放弃自己独立的意志和反抗的权利。

小说塑造的人物史密斯并不是什么英雄人物,但令人同情甚至令人尊重。他确实是一个不合规矩的犯了错孩子,但在那样一个环境下,他只要服从代表着整个社会权威的统治者哪怕一点点要求,就可以避免来自权威和社会对他的迫害。然而,他选择放弃服从,他选择自己独立的意志和反抗的权利。这又让读者觉得他诚实可敬。

三、安东尼·伯吉斯的小说创作

安东尼·伯吉斯(Anthony Burgess,1917—1993),出身于曼彻斯特郊区的一户天主教家庭。他虽然在16岁的时候宣布不信奉天主教,但天主教还是深深影响了他的思想。他本来酷爱音乐,想在曼彻斯特大学学习音乐,成为一名作曲家,然而他被安排在语言文学系。1940年他毕业,后服兵役。1946年战争结束后,他在伦敦一个不知名的爵士乐队任钢琴师,然后又在一所军队院校担任教职,并在业余时间组织一些剧团活动。在马来亚任教期间,伯吉斯才真正开始进行文学创作。马来亚浓烈的异国色彩深深吸引了他,并根据自己的所见所闻和切身感受,写出了著名的《马来亚三部曲》:《老虎时代》《毯中之敌》《东方之床》。1957年,马来亚独立后,伯吉斯又去文莱教书。在此期间,他被诊断出脑瘤,只能活一年。然而,伯吉斯并没有被病魔打倒,他反而更努力地创作小说。结果,他战胜了病魔,也获得了创作上的成就。《医生病了》《一只手鼓掌》《带发条的橙子》《缺少的种子》《给熊的蜂蜜》等都是在此期间创作的。其中,《带发条的橙子》奠定了他讽刺小说家的地位。伯吉斯一直笔耕不息,创作了40多部作品,直到1993年因肺癌于伦敦去世。

《马来亚三部曲》是伯吉斯最早的作品,也是非常出色的作品。《老虎时代》《毯中之敌》和《东方之床》三部小说分别于1956年、1958年和1959年出版,1964年时合并,被命名为《马来亚三部曲》。贯穿三部曲的主人公维克多·克拉布是一位年轻的英国男教师,他带着对妻子的负疚感和对自己国家文明的失望感来到遥远的东亚寻找新的生活。小说通过克拉布在马来亚的生活经历,向读者展示了这个东方国度的风土人情以及殖民主义、种族主义所产生的种种矛盾和冲突。

《老虎时代》叙述了克拉布与一位殖民地警官内比·亚当斯的故事。亚当斯酷爱"虎"牌啤酒,整日沉溺于酒中,但他已与当地人融为一体，同当地人保持着亲密的关系，是他引导克拉布进入了东方文化之门，他的境界为克拉布所向往，即为东方文化所接纳。但他们的行为引起大多数英国殖民者的不满，因为大多数英国人都同当地人保持着距离，而且有较深的隔阂。另外，在克拉布看来，是英国人的统治使马来亚人民免受游击队的不断骚扰，而且也协调了当地居民包括华人、印度人和马来人之间的关系，但一旦离开了英国人的监督，种族矛盾就会十分尖锐。小说以克拉布的学校为背景，揭示了英国殖民者为何难以维持其殖民地的原因，并预示了种族纠纷将给马来亚带来不容乐观的前景。

《毯中之敌》的主要人物是一位白人律师罗伯特·哈德曼，出于生活所迫，他娶了一位富有的马来寡妇为妻。这位富孀看中的是哈德曼受人尊敬的职业以及他那"特别的皮肤"，而哈德曼则除了保留这两项属于他自己的东西，必须融入伊斯兰教文化。作品通过哈德曼在接受伊斯兰文化时的被动、勉强和无奈，生动地表现了两种不同宗教文化之间的冲突。最终，哈德曼在逃离这场婚姻时，其乘坐的飞机不幸坠毁。在这部小说中，克拉布任一所学院的校长，作品描述了他如何协调属下的华人、印度人、马来人、泰米尔人之间的种族纠纷，以及协调游击队与英国殖民者之间的纠纷。然而从总体看来，克拉布对马来亚的独立运动基本上持观望态度，充其量也只不过对当地人民抱有一定的同情心而已。

《东方之床》着重描写了马来亚人民在英殖民者统治的最后日子里的生活。前两部小说中出现过的马来亚人都集中到第三部小说里，他们期待着自由的黎明的到来。克拉布制定了一系列慈善计划，希望借此能改善种族间剑拔弩张的紧张关系。然而，他的计划并没有成功，他自己也在一次种族间的暴力冲突中悲惨死去。这部小说暗示独立后的马来亚面临最严峻的问题将是种族之间的敌对关系。

伯吉斯在《马来亚三部曲》中把东、西方语言巧妙地结合在一起，并创造出很多新的语言，使作品洋溢着浓郁的异国色彩。这种语言上的独特性使《马来亚三部曲》具有了更高的艺术魅力。

《带发条的橙子》是伯吉斯最为畅销的小说作品。小说讲的是有关人性的问题。故事发生在一个既有点像西欧又有点像美国的城市中，这个城市的文化是一种复杂的混合体，它是从苏联、东欧等“铁幕”国家的文化中演化而来，因而小说中的城市文化及人物都明显地带有苏联的影子。当时苏联社会中存在一些青年组成暴力团伙，给治安带来极大的困扰，成为棘手的社会问题。而在这部小说中，伯吉斯也塑造了一个这样的团伙，它表面上看是当时英国社会上“无聊青年”的写照，但也带有苏联暴力团伙的影子。这个团伙的成员有亚历克斯、蒂姆、皮特和乔治亚。亚历克斯和他的狐朋狗友们整天无所事事，到处惹是生非。他因强奸和杀人罪，被投进监狱。在监狱里，他再次行凶，杀死同室的囚犯。于是，他被选中参加一个叫“路德维克疗法”的实验性治疗，即被绑在椅子上观看暴力电影，直到他对以往带给他快感的暴力感到厌恶为止。经过两个星期的痛苦治疗，亚历克斯对以前所沉迷的暴力产生极度反感，并被释放出狱。然而，他回到社会后并没有享受到自由生活，而是不停地被卷入暴力冲突，还不能通过暴力来自保。他像羔羊般任人欺凌，直到被赶来的警察解围。这促使政府医生解除了对他的“路德维克疗法”，于是他的暴力本性重新恢复。不久之后，亚历克斯自己开始厌倦这种暴力生活，他希望自己的儿子能够过上正常人安静、祥和的日子，于是选择了做好人的生活方式。

小说塑造了以作家亚历山大为代表的自由主义论者形象，他们认为人完全有可能在自由行动上向善，而不必把人调教成一只上了发条的钟那样。在他们看来，亚历克斯是自由主义事业的牺牲品。这无疑是一部哲理性较强的小说，它反映了人性中某些普遍存在的矛盾和两难境地。尽管亚历克斯因为暴力行为而对他人造成伤害，但是政府因此而滥用治疗方法，剥夺亚历克斯的自由意志和选择权，这显然也是违反人性的。

从语言上来看，这部小说也因为其独特的语言增添了许多魅力。伯吉斯糅合了东欧、苏联及英国俚语，创造了一种被称为“纳查特”的语言。作为团伙的黑话,它有点像儿童口中说的那种语言,含混不清,语义模糊,句法不规则。这种语言的运用,对于塑造亚历克斯等无赖青年的极端自由主义形象起到了较好的辅助作用,产生了突出的语言效果。

《MF》是把现代文明中存在的问题嫁接到古代传奇或神话故事中予以展开的小说作品。MF在小说中既是主人公的名字Miles Faber的缩写,也分别指代男性(Male)和女性(Female)。小说通过主人公对古代神话中的谜语和乱伦关系的思索,探讨了艺术的本质问题,并把乱伦的观念延伸到现代社会文明中,从乱伦的视角来考察现代文明的种种弊端。当然,古代神话和乱伦并不是伯吉斯在《MF》中的终极关怀,这部小说更关心的是现代文明中伦理道德的沦丧。在这部小说中,主人公费伯对艺术的看法带有较极端的自由主义倾向,他希望艺术能够反映出一种自由,一种超脱于文字、结构的自由,这种自由的终极便是作品完全没有意蕴和所指,只是作家自由的表白。伯吉斯在小说中写到的谜语与乱伦只是个引子,他主要是想探讨有序的社会与无序的极端自由主义之间的矛盾、冲突。

伯吉斯在小说中还善于把音乐融合进来。《马来亚三部曲》《带发条的橙子》等作品都很好地发挥了他在音乐知识方面的特长,音乐确实对人物形象的塑造及情节的发展起到了很好的作用。《拿破仑交响曲》是伯吉斯把音乐知识和小说融为一体的较为典型的代表作。这是一部传记体小说,它叙述了拿破仑·波拿巴与约瑟芬结婚以后的生活。小说里的拿破仑不是以英雄的面目出现,而是以一个有感情的平凡人物的面目出现,弥漫着强烈的悲剧气氛。从结构上来看,这部小说与贝多芬的《英雄交响曲》有着相辅相成的呼应关系,不仅在乐章的分布排列上,而且在每一乐章的风格和气势上都遥相呼应。伯吉斯认为,贝多芬本人就是一位带有文学气质的音乐家,他创作《英雄交响曲》就像创作文学作品一般赋予音乐以形象和个性,而他自己创作小说就像作曲一般赋予文学作品以音乐的韵味和品格。

四、约翰·福尔斯的小说创作

福尔斯出生于伦敦郊外的一个小镇。1939年，福尔斯在贝特福德中学就读。这是一所非常贵族化的寄宿学校，他因此受到了良好的正统教育，但也非常憎恶学校普遍实行高年级学生责罚低年级学生的野蛮管理办法。1944年毕业后，福尔斯担任皇家海军中尉，在戴文郡达特摩尔奥克汉哲顿营地训练新兵。1947年至1949年底，他就读于牛津大学，获文学学士学位。其间，他主要学习法语和法国文学，深受法国存在主义作家的影响。大学毕业后，福尔斯从教多年，后来成了职业作家。他发表过诗歌、评论、翻译、小说和哲学著作，但主要以小说闻名。1988年，福尔斯罹患中风，从此深居简出。2005年11月5日，福尔斯在莱姆里季斯家中因心脏衰竭逝世，享年79岁。

福尔斯的小说叙事方式往往是现实主义的，而且从一种特定角度看，他甚至比现实主义还"现实主义"，因为他不仅"再现"人物活动的历史空间，而且常常自己跳将出来，向读者展示他虚构小说的过程，因此他的小说常被一些评论家称为后现代主义"元小说"。作为实验小说代表人物，福尔斯的小说却不像其他实验小说家的小说那样，让人难以理解，因为他会扔掉全知全能叙述人的面具，让读者进入小说之中，使小说亲切可读，同时还会给小说戴上一个浪漫故事的外壳，吸引读者。

《捕蝶者》是福尔斯的第一部小说。小说故事分两部分来写，第一部分主要写出身低微的弗雷德里克·克莱格爱上了出身富裕家庭、美貌可爱的艺术学院学生米兰达·格雷，但他当时没有机会接近她。后来，他意外地中了彩票大奖，便用巨额奖金购买了郊外带地下室的房子，然后将米兰达诱骗来，像对待蝴蝶标本那样将她囚禁起来。这部分内容主要是克莱格的自述。第二部分主要是米兰达的日记。囚禁中的米兰达收到了克莱格带来的香水、巧克力等各种各样的礼物，但这不能使她摆脱失去自由的痛苦,她想要新鲜的空气、阳光和无拘无束的生活。她想了各种办法逃离克莱格的控制,甚至对他进行性诱惑,但都失败了。米兰达认识到,克莱格更可悲,他是一个失去了灵魂自由的人。最后,受尽折磨的米兰达患肺炎死去了。

这部小说采用了双重叙述的写作手法,不仅全面地展示了故事发生、发展的过程,而且也将两位主人公之间的矛盾冲突暴露得一览无余,并且能引发读者从不同角度思考故事本身蕴涵的意义。小说中的主题是生存与自由。这也是福尔斯之后小说创作的一个重要主题。所以,这部小说具有开创性。

《法国中尉的女人》是福尔斯最出名的小说,也是他在技巧革新和观念表达方面最成功的小说。男主人公查尔斯·史密斯是中产阶级的一员,是富有的叔父的唯一继承人。他的未婚妻欧里丝蒂娜是一个大布商的女儿。但是,他们遇见被称为"法国中尉的女人"的萨拉后,一切都变了。查尔斯陪欧里丝蒂娜到莱姆·里吉斯海边小镇的姨妈家做客,认识了被一个法国中尉抛弃的女人萨拉,并被她热情奔放的个性、热烈追求自由的思想所深深吸引,而萨拉也爱上了查尔斯。在接下来的叙述中,福尔斯设置了三种不同结局:一是查尔斯抑制住自己心中对萨拉的迷恋之情,未赴萨拉之约,而是按照原来的生活轨迹前行,顺利与欧里丝蒂娜结婚。二是查尔斯热烈追求萨拉,并得知萨拉并未失身于那个法国中尉,只是因为不能容忍维多利亚时代的虚伪,才"自认堕落"。于是,查尔斯便与欧里丝蒂娜解除婚约,决定与萨拉结婚,但萨拉在此时失踪了。他不得不通过种种途径寻找萨拉。在历经波折之后,他终于找到萨拉,并与之顺利结婚。三是查尔斯在萨拉失踪之后找到了她,但他意识到萨拉一直在用她身上特有的魅力及思想"操纵"他,最后两人分手了。第三种结局可能最接近福尔斯的本意。之所以设计多种结局,主要是因为福尔斯认为,现实生活本身就充满了各种可能性,所以很多事可以有不同的发展趋势。另外,他也认为,读者才是最终的"判官",应当让读者自己选择结局。

这部小说自1969年问世以后，在西方广大读者和评论界中引起了强烈的反响。人们对其主题、人物、艺术技巧等方面进行了广泛、深入的探讨。小说被诺贝尔文学奖获得者、英国剧作家品特改写为剧本，拍成电影，由著名演员梅里尔·斯特里普和杰里米·艾恩斯主演。该片虽然备受争议，但仍然获得了1981年奥斯卡提名，这更让福尔斯名声大振。

这部小说模仿了19世纪小说的形式，结构、语言、对话、背景描写、故事内容都有着维多利亚时代的影子；细节处理很像传统现实主义，引用了众多的史料、数据、诗文。福尔斯似乎力图“再现”维多利亚时代的历史风貌。然而，他根本无心写作一部“真正的”传统小说，他只是想从模仿过程中揭示小说的本质，即它的虚构性，通过对比传统理念与当代精神，以突显维多利亚时代的虚伪性。

这部小说还涉及了元小说因素，即“关于小说的小说”。在小说中，福尔斯经常公开亮相，谈论小说创作中的问题，揭示他虚构小说的过程与方法。第十三章几乎全部是福尔斯的现身说法，第五十五章中他突显身形，面对着火车上的查尔斯发问：“我可以利用你吗？我怎样来处理你这样一个人物？”这种元小说的形式让我们进一步看清了虚构小说和现实之间的关系，看清了“虚构”和“真实”之间的某种同质性。显然，这是一部实验性极强的小说。

尽管《法国中尉的女人》包含了种种实验性因素，但它的主题依然是存在与自由的问题。查尔斯面对的是两个不同的女人，一个漂亮文雅却渗透着维多利亚时代的虚伪习气；一个不够漂亮、出身低微、名声坏极却始终在追求自由和人性的解放。小说的三种结局实际上是萨拉这个人物形象不够明朗的必然结果。萨拉是否能超越她的时代局限性而永不放弃她获取人性解放和自由的目标，小说没有明确交代。不过，不管是对小说主题的探讨，还是对小说后现代主义风格的研究，这部小说都让读者在其意义的多重维度中开始思考偶然与必然、选择与命运等有哲学意味的问题。

第六章　20世纪70年代后英国小说发展研究

20世纪70年代以后，西方文坛普遍由现代主义转向后现代主义。以存在主义哲学为基础的各种后现代主义文学流派纷纷出现，形成了一股强大的潮流。随着后现代主义文学的兴起，西方文坛尤其是小说创作形成了解构主义和结构主义的高潮。英国小说作为西方文学的一个重要基地，也深受影响。英国小说作家们在“实验主义”的口号下纷纷加入后现代主义小说的创作队伍，他们通过对小说语言的革新、文本的创新等形式，创造了大量表现人类社会发展现状以及人们普遍关注的人类道德堕落等问题的小说作品。

第一节　西方社会景观中的颓废腐败：马丁·艾米斯的小说创作

马丁·艾米斯(Martin Amis，1949—)是“愤怒青年”金斯利·艾米斯的儿子，被称为“新生的福楼拜”“再世的乔伊斯”，也被称为“英国现代小说的领军人物。”[①]为与他的父亲区分，下面将其称为小艾米斯。

小艾米斯早年在英国、西班牙和美国的学校接受教育，父母

① 高新华，刘春芳，张丽华. 马丁·艾米斯小说研究[M]. 天津：天津大学出版社，2013：3.

离异后，他曾一度辍学，后来，在继母的指点下对文学产生兴趣，考入牛津大学学习英语，并作为优等生毕业。大学毕业后，小艾米斯曾担任《泰晤士报·文学副刊》和《新政治家》的编辑助理和编辑。在工作之余，他也开始进行文学创作，1973年他发表了小说《雷切尔的文稿》，这部作品为他赢得1974年的毛姆奖。随后，他发表《死婴》及《成功》，获得了较好的文学声誉。此后，小艾米斯辞职专职写作，出版了一系列重要作品，如《其他人：一个神秘的故事》《太空侵略者的入侵》《钞票：自杀者的绝命书》《伦敦旷野》《时光之箭》《信息》《夜行列车》和《黄狗》等，牢固确立了他在当代英国文坛的地位。

小艾米斯的创作与绝大多数同期作家不同，所以他有"顽童"之绰号。首先，他彻底抛弃了现实主义，尤其是心理现实主义的写作传统，在写作技巧、风格、主题和内容等方面更接近后现代主义的特点。对他创作产生深刻影响的作家往往来自美国而不是英国，如索尔·贝娄、弗拉基米尔·纳博科夫和约翰·厄普代克。他略带悲观色彩的世界观也使他显得与主流人群有些格格不入。

虽然其作品的真正价值还有待于时间来沉淀，但小艾米斯的创作技艺渐臻成熟，对大主题的关注也日益密切，已经形成了自己独特的叙事话语和叙事技巧；他的作品频频被提名布克奖也说明他在英国当代文坛的地位是不可撼动的。盛名之下的小艾米斯并未停止其实验与革新的步伐，但在实验之余他的小说不但让人看得懂，而且引人入胜。《伦敦矿野》中作者不断变换场景和叙述角度，深入挖掘作者和他笔下人物之间的关系，将梦幻、现实、荒诞融为一体，创造出一个可笑可悲、离奇怪诞的天地。小说中，新千年的前夕，死亡成为最普遍的现象，似乎一切都在死亡。妮科拉预知了自己的死亡，平静而有条不紊地为她的死亡做准备。死亡对她来说没有任何情感上的震动，她冷静地制订死亡计划，并将计划分为计划A、计划B。她的赴死过程细腻复杂，是深思熟虑后对抗机械的现在和可怖的未来的一种抗议，是对伦敦这样一个杀手出没、处在生态大屠杀边缘的地方的抗议。在这里，一切传统情感都在这个被谋杀者与谋杀者纠缠的故事中颠覆。被谋杀者妮科拉·西克斯自我设计谋杀方式,自己寻找谋杀者,自己设定谋杀日期,仿佛她是一个置身事外的观众,或者说是一个巧妙高深的导演。而她所找到的谋杀者——来自下层社会的卑劣而暴虐的基思和来自上层社会富足而空虚的克林奇,则分别向读者展示了20世纪末无处不在的混乱与不可救药。出乎意料的是,妮科拉没有被她所认定的谋杀者所杀,反而被一直跟踪事态发展,想从中谋利的作家所杀。整个小说像是一场错乱的游戏,而这种错乱游戏的本身恰恰是对20世纪末整个社会、整个时代情感倒错的绝妙讽刺。

另外,小说的标题意味深长。"旷野"象征叙述者一去不复返的天真童年;在物理学意义上,这个英文词的意思是"磁场"。女主人公尼古拉·希克斯在小说中是一个"引力场",能把其他人吸引到她这个"黑洞"中。尼古拉精心设计导演了一场自杀(谋杀)之剧。她的死亡愿望是20世纪末爱之死亡所导致的直接后果。叙述者是个将要书写她的命运的小说家。他以为尼古拉身边的两个男人是谋杀她的凶手,结尾却出人意料。他从旁观者变成当事人,自己反倒成了凶手。在故事的叙述中,小艾米斯交替使用第三人称和第一人称手法,构思独具匠心,语言风格多变,真实展示了当代英国社会的风貌。

在《时间之箭》中,小艾米斯采用了一种天真无邪的叙述口吻和倒叙的手法描述了一个纳粹战犯的生活经历。小说将"时光之箭"的方向颠倒过来,随着故事的进展,"时间之箭"飞速回射,"现在"像一盘倒转的录像带一样回到了"过去",就这样整个小说的故事情节是逆向进行的,因果律被完全打乱。故事的叙述者原来是奥斯维辛集中营的一名纳粹医生,现在隐姓埋名居住在美国。故事从他抵达纽约的最初三十六个小时开始,然后依次是他乘船离开欧洲、骑摩托车逃离奥斯维辛集中营、在集中营毒气实验室杀害犹太人、战前与犹太姑娘赫塔热恋,最后一直讲到他即将出生之际。呈现在读者眼前的,是一幅幅录像片回放般的画面:死去的人又活了过来，大屠杀从结尾到开始，有罪的人回归到原先清白的状态，吃进去的食物则倒流出来。正是通过这种倒叙，小艾米斯构建了一个虚构的世界，这个世界充满了苦难和黑色幽默：教堂里，人们从捐款箱里拿钱而不是捐钱；医生的任务是制造创伤而不是医治伤痛；清洁工往街道上倾倒垃圾；人们每天呕吐食物而不是消化食物；1945年至1939年的第二次世界大战时期成了一个甜蜜的回忆；集中营里的纳粹医生不是在谋杀犹太人，而是在治疗他们，最终囚犯们个个精神奕奕，身体健康。

小艾米斯继承了父亲金斯利·艾米斯的文学事业却没有继承他的现实主义创作手法，而是在叙事技巧上有很大的创新。他的作品想象奇特，文采飞扬，融喜剧、黑色幽默、讽刺批判于一体，在当代英国文坛享有无可争议的声誉。他的作品深刻探讨和揭露了当前这个时代的迷茫、丑恶、金钱至上、是非颠倒的扭曲现象。他笔下的人物往往沉溺于性爱、毒品、暴力和对物质无止境的追求。例如，他的作品《钞票：自杀者的绝命书》中，主人公约翰·塞尔夫经营广告代理公司，拍摄烟、酒、食品、色情刊物的电视广告。故事发生在1981年，塞尔夫在美国的朋友菲尔丁·古德尼邀请他去美国，两人找大腕明星签约拍一部涉及毒品和性的大片。值得一提的是小艾米斯本人作为小说人物也出现在书中，帮助他们修改电影脚本。菲尔丁拍电影是个骗局，他让塞尔夫大把花钱，实际上用的都是塞尔夫自己公司的钱。“塞尔夫”英文为Self，是“自我”的意思，这是一个被金钱欲望吞噬的自我。他的生活没有节制，酗酒、嫖妓，挥霍无度，最后破产，服安眠药自杀未遂。经过了挫折后，塞尔夫对自己的生活进行反思，意识到自己的生活是一个玩笑。小说批判了撒切尔时代对金钱的疯狂崇拜。“钞票是绝命书”，金钱在书中作为一种破坏性力量，作为一种颓废因素，受到猛烈的抨击。小说的故事用第一人称叙述，从头至尾都只有塞尔夫在那里自言自语，祈求别人的同情。

可以说，《钞票：自杀者的绝命书》是一部讽刺战后西方资本主义制度对人心智摧残的小说。小艾米斯曾经说过：“我认为钱毁灭了我们的生活。”小艾米斯对金钱在现代社会中的毁灭性作用由此可以清晰读出。归根结底,金钱本身并未有任何问题,有问题的是当代人对待金钱的态度。像塞尔夫,即自私的当代人的化身,为了无休无止的金钱攫取欲而放弃一切道德原则与伦理底线,使自己的生命扭曲成为金钱而不顾一切的一种机器,不但毁掉了自己生命的意义,也使社会因此失去了健全的道德支撑。

小艾米斯的大部分小说都采用了现实主义叙述和意识流、黑色幽默、魔幻现实主义相结合的手法。这种结合是英国小说近来最有特色的发展,它调和了现代主义形式实验和现实主义叙述方法之间的矛盾。在这方面,小艾米斯可以说是一位很有代表性的作家。小艾米斯的叙事手段时刻都在提醒着读者:英国的社会并不是人们所理想化的那样完整、理性、有条不紊。事实上,它是一个破碎、任性和混乱的社会。他运用的比喻风格的语言、实验性的叙述、扭曲的故事情节等在他手中完美地结合在一起,给读者展示出一个令人窒息却又必须面对的历史真实。

第二节　对人类心理创伤的伦理探询:伊恩·麦克尤恩的小说创作

麦克尤恩是英国 20 世纪七八十年代以来最重要小说家和剧作家之一,其创作重新唤醒了文学作品的道德责任感和历史使命感,也为他赢得了极高的荣誉。

麦克尤恩生于汉普郡的阿尔德肖特镇,童年时随父从军,辗转海外,在远东、德国和北非度过,之后回到英国,在萨塞克斯大学获得英语语言学士学位。1970 年,已经获得学士学位的他抓住了人生中一次重要的发展机遇。当时适逢东英吉利大学尝试开设研究生创意写作课程[①]，著名评论家马尔科姆·布雷德伯里(Malcolm Bradbury，1932—2000)和小说家安格斯·威尔逊(Angus Wilson，1913—1991)就执教于该课程。麦克尤恩幸运地成为他们第一批学生中的一员，并于1971年凭优秀的创作成果获得文学创作硕士学位。1975年，麦克尤恩发表了自己的处女作《最初的爱：最后的仪式》，并借此获得1976年毛姆奖。1978年他又推出第二本短篇小说集《床第之间》。这两本小说集被麦克尤恩本人看作试笔之作，主题涉及青春期经常出现的问题，如性、叛逆、怪诞以及童年和成年之间的裂痕。这些作品中充斥着恐怖和暴力等哥特式元素，发表初期曾遭到读者的质疑。此后，麦克尤恩转向长篇小说创作，先后发表了《水泥花园》《陌生人的慰藉》《无辜》《黑犬》《恒久的爱》《阿姆斯特丹》《时间中的孩子》《赎罪》等一系列作品，成为英国文坛上重要的小说作家。

麦克尤恩少年时期居无定所，第一次婚姻失败因孩子的抚养权问题而与前妻对簿公堂，花甲之年却因父母当年的私生子丑闻而陷入舆论漩涡。因此，麦克尤恩早期作品中的一个显著的文本叙事重心便是亲伦关系裂痕及其对个人成长的影响。20世纪90年代以后，麦克尤恩在创作中除了继续关注个人创伤的再现与平复，也将当代社会文化创伤之于个体的烙印写在了小说中。这种创伤主题的拓展和书写轨迹的改变导致了他笔下的创伤情景建构存在主题分类上的不同、叙事基调上的迥异以及叙事意图上的大相径庭，也意味着单一的批评视角无法穷尽其变幻的叙事技艺和深邃的文本内涵。因此，在当前以伦理批评与叙事学视阈为主导范式的麦克尤恩研究中，引入创伤视角来进行融合视阈下的系统考察更有利于探究麦克尤恩对当代西方社会历史的回顾反思和对人类生存困境的伦理思忖。

麦克尤恩早期的作品色调灰暗，具有哥特式的神秘，题材富有争议性，如暴力、乱伦、谋杀等。例如，《水泥花园》这部中篇小

① 截至目前，东英吉利大学创意写作课程培养了众多毕业生，其中最成功的当属麦克尤恩和日裔英国作家石黑一雄。

说就充满着令人厌恶、病态的意象,小说的主人公杰克的父亲突然去世,母亲随后卧床不起,不久也死去,丢下四个孩子。17岁的朱丽和15岁的杰克害怕弟妹被送到孤儿院,决定不去报告有关当局,而是把母亲的尸体用水泥埋在地窖里。此后,杰克成为一家之主,他强奸了妹妹,并且命令弟弟妹妹不能将母亲去世的事情告诉别人,小说最后以朱丽的男朋友德里克敲砸封尸的水泥收尾,当警察赶到现场,惊奇、恐惧和厌恶等情绪变化,都发生在读者身上。杰克似乎对于道德和一切传统习俗都无动于衷。在他头脑里,噩梦、死亡与家庭日常生活细节杂然并存,无意识本能冲动和普通日常感觉相互混合渗透,构成了第一人称叙述,相当接近于卡夫卡的方式。杰克的回忆、梦境和关于母亲的视觉幻影,混合在记录日常家庭生活的叙述之中,有一种不寻常的紧迫感,表明了他性意识的觉醒。这病态的故事,从一个青春期少年的特殊视角来叙述,增强了小说的艺术感染力。麦克尤恩承认:"对于我来说,青春期的叙述者是一种很有目的的意图的修辞手段。"然而,他接着又说:"我宁愿我下一步要写的作品更加宽阔、更加复杂,把成人的世界也考虑在内,并且用成人的眼光来观察。"

麦克尤恩的第二部长篇小说《陌生人的慰藉》也是一部"由成人的眼光来观察成人的世界"的一部作品,小说围绕一对英国恋人在意大利度假的经历,讲述了一个梦魇般的惊悚故事。科林和玛丽是一对彼此相恋的爱人,他们离开英国到意大利去度假。在威尼斯,两人离开旅馆寻找夜宵时迷了路,遇见陌生男子罗伯特,罗伯特给他们讲述了童年时与虐待狂父亲相处的怪异经历,并邀请他们到自己家。在一座豪华却散发着颓唐衰朽气息的公寓里,科林和玛丽认识了罗伯特的妻子卡罗琳,一开始他们感受到主人的热情,后来却渐渐觉察出这对夫妻之间存在着奇特而扭曲的关系。科林和玛丽既为之吸引,又感到不安。原来罗伯特如他父亲一样具有性变态心理与暴力倾向,他的妻子则既是受害者又是同谋。而科林和玛丽不仅被人偷偷拍照,还极有可能沦为变态人格的牺牲品。这个夜晚,一件件匪夷所思的事情迅速发生,人物命运逐渐滑向不可预料的深渊……小说不仅表现了疯狂变态的两性关系，还花了较大篇幅刻画了童年经历对人物心理的影响。人物扭曲的性爱关系和性别冲突造成了变态性心理。那种以自我满足为目的的性暴力行为，实际上是对童年时代的心理缺失的弥补。

麦克尤恩后来的作品虽不像先前那般令人毛骨悚然，但继续探讨普通人所面对的极端境况的题材，主题更为宽广，开始涉及社会、政治与个体生活之间的关系。例如，《无辜》和《黑犬》的故事背景是柏林，描写冷战对人们的影响，小说展现了作家创作谍战惊悚小说的独特手法。《阿姆斯特丹》的可读性强，甚至充满娱乐性，完全没有了先前作品中那种令人不安的气氛，作品获得了1998年的布克奖，是麦克尤恩最重要的一部作品。小说开始时，漂亮聪明的莫莉·莱恩因病突然去世，她生前的三位情人在她的葬礼上见面，他们是作曲家克莱夫·林利、报社主编弗农·哈利迪以及外交大臣朱利安·加莫尼。克莱夫和弗农是一对老朋友，有感于莫莉临死前所遭遇的疾病与屈辱，两人订下一项协定：当一方不再能有尊严地活下去时，对方有义务结束其生命。克莱夫正在创作一部千禧年交响乐，一直为写不出杰作而苦恼。弗农为了提高报纸的发行量，同时发泄私愤，刊登了披露外交大臣加莫尼隐私的照片，不料却弄巧成拙，遭到公众舆论的抨击。小说结束时，克莱夫前往阿姆斯特丹参加千禧年交响乐排练，在招待会上，他与弗农互相准备好放有毒药的酒，结束了对方的性命，而加莫尼则在内阁改组中下台。该小说对当代英国的道德、政治、传媒和生活方式进行了探讨，发人深省。

进入21世纪，麦克尤恩的小说更是硕果累累、获奖不断。2001年，他出版了小说《赎罪》，再次入围布克奖，并获得了全美书评人协会奖。此后出版的《星期六》进入曼布克奖初选，并获得2005年詹姆斯·泰特·布莱克纪念奖；《在切瑟尔海滩》又一次入围2007年的曼布克奖；麦克尤恩还在2005年和2007年两次获得曼布克国际奖的提名。他近几年出版的小说作品有以科学为背景、关注地球命运和科学家道德的《追日》以及以20世纪70年代女主人公的经历为线索探讨真实与虚构关系的小说《甜牙》。在这些作品中,《赎罪》格外引人注目。它除了进入布克奖的最后名单,还获得了美国国家书评奖和洛杉矶时报奖这两大奖项。它因独具一格的、充满张力的叙述特征、广阔的历史跨度、与传统以及现实的复杂关系、深刻的主题思想等而备受关注。

《赎罪》是一部家族传奇式的作品,讲述了英国一个上层社会家族成员之间的误解和为此而做出的毕生的赎罪和补偿。小说中,主人公布里奥妮误认为姐姐塞西莉娅受到家中洗衣工儿子罗比的胁迫,借机在表姐罗拉受到强暴一案中,一口咬定乃罗比所为,使后者锒铛入狱。这不仅硬生生地毁了罗比与姐姐塞西莉娅的爱情,也间接导致了他的死亡。小说叙述的一条明线似乎正是女主人公布里奥妮为自己的错误指控进行的赎罪之路:她放弃上大学的机会,选择到战地医院护理伤员;试图起草声明,公开承认自己作伪证的行为;通过写作还原事件真相,终老之际交出已创作59年的小说。布里奥妮的灵魂得以净化,安心地面对即将到来的失忆和死亡。

小说的情节架构十分有趣,在阅读之前的部分,我们被小说中细腻的心理现实主义描写所深深打动,为布里奥妮的严重过错扼腕,为罗比地狱般的战争之旅揪心,为布里奥妮苦行似的赎罪动容,为塞西莉娅与罗比的劫后团圆欢欣,为布里奥妮要公开更正关于罗比证词的当面许诺释然。可是,最后一部分的真相披露使得我们所有那些情感投入的信任基础突然坍塌,这一姗姗来迟的揭示如砰然关闭的迎客之门,粗暴残酷地拒绝了读者付出的所有善意的同情与期待。这无异于对读者情感的一种侵犯,读者感觉受了背后伸出的一记闷棍,付出的情感被强行退回,在心口堵得慌。所以,詹姆斯·费伦指出这样的结尾是"是一种充满暴力的揭示"①。这种阅读效果可从小说出版后受到的不少批评得到

① [美]詹姆斯·费伦.叙事判断与修辞性叙事理论:以伊恩麦克尤恩的《赎罪》为例[J].申丹,译.江西社会科学,2007(1).

验证。

《赎罪》既是一部关于谎言虚构的悲剧小说，也是一部通过再虚构达到赎罪目的的小说。在罗拉不愿意指证是谁强奸了她时，并不是太确定的布里奥妮却向警察作证说她在黑暗中看到了罗比的脸，罗比就是强奸犯。罗拉只需要说不确定，其他一切都由布里奥妮代劳了。没有任何人给她压力，她却从中获得了胜利的愉悦。然而布里奥妮错了，为了赎罪，她放弃了进入剑桥大学读书的机会，选择到塞西莉娅曾经接受培训的医院做一名护士，救治第二次世界大战中受伤的士兵。工作之余，她重新开始创作，重新书写罗比与塞西莉娅之间的爱情故事，通过虚构的方式使其达到真实和永恒。她几易其稿，要求这部小说在她去世后出版，从而使自己也成为小说中的人物和叙事的一部分，而故事的真假仍然让读者无法确定。

麦克尤恩的小说是可读性和艺术性完美结合的典范。他的小说艺术风格非常独特。冷静、精确、激发感官反应的笔触所产生的艺术效果近乎魔幻现实主义：这是日常普通事物的一种变形改观。与许多实验小说松弛单薄的超现实主义相比，它具有强大得多的视觉效应和内心冲击力。例如《星期六》这部作品中，麦克尤恩写了神经外科医生亨利·普拉尼一天之中的故事，他将亨利这一天的“幸福”和飞机失事的“惊恐”放在一起加以描写，使读者深切地感觉到亨利平静幸福生活表象下隐藏着的不安和恐惧。小说中，亨利有着一个幸福的家庭，妻子美丽迷人而且贤惠能干，他人到中年依然和妻子享有一份甜蜜的爱情，一双儿女都富有艺术细胞，女儿的诗集即将出版，儿子是一位蓝调音乐家。然而，这个美满而幸福的家庭却不可能生活在真空中，它无法逃避现实生活中的种种喧嚣和恐怖，尤其是进入21世纪以后。小说写的是发生在2003年2月5日这一天的事，这天清晨，当亨利准备迎接幸福生活中又一天的开始时，在晨曦中，他透过窗户目睹了飞机失事的恐怖场景。如果说亨利的“幸福”人生是前台的戏，那么类似“9·11”事件的恐怖场面就是这台戏的背景，读者时时会听到

“反战”“反恐”的声音在耳边回响。作品写出了亨利对世态的担忧和无奈,探讨了道德、爱情和艺术等英国小说所表现的传统主题。

第三节 消费时代工业现状的勾勒:朱利安·巴恩斯的小说创作

在英国当代文坛上,朱利安·巴恩斯(Julian Barnes,1946—)是以博学、机智著称的英国小说家、散文家。他在大学主修现代语言专业,热爱法国文化,这些使他的作品呈现出国际性。

巴恩斯出生在伦敦郊区,父母都是法语教师,他出生不久便跟随父母搬到伦敦郊区居住。1957—1964 年,他在著名的伦敦城市学校读中学,1968 年毕业于牛津大学后,他参与了《牛津辞典补编》的编撰工作,为他灵活运用丰富词汇进行写作打下了基础。1972 年巴恩斯成为自由作家,同时也为《泰晤士报·文学增刊》和《观察家报》撰写文学和艺术评论,并在《新政治家》和《星期日泰晤士报》兼职。1980 年,巴恩斯开始正式投身小说创作的队伍中,同年他出版了其酝酿了七八年的处女作《伦敦郊区》,并荣获毛姆首作奖。1982 年他发表了小说《她遇到我之前》,1984 年发表的《福楼拜的鹦鹉》完全是实验性的,发表时获得批评界和公众的普遍赞誉。该书列入布克奖最后入选名单并获得杰弗里·费伯纪念奖。此后,巴恩斯继续发表一系列小说:《凝视太阳》《10½卷的世界史》《有事好商量》《豪猪》《穿过海峡》《英格兰,英格兰》等。在这些小说创作中,巴恩斯尝试了多种完全不同的风格和主题,而且都获得成功,这使得他在 2005 年又一次获得布克奖提名。

巴恩斯才华横溢,犀利机智,富于创造性。他显然继承了伍尔夫和乔伊斯等现代主义经典作家所开创的实验主义传统。他的小说突破一切陈规,不落前人窠臼,与当代其他作家的小说相比,亦大异其趣。即使是他本人的几部小说,也是面目各异,决不雷同。从《地铁通达之处》的青春期幻想,《她遇到我之前》的幽默反讽,发展到《豪猪》的政治现实主义,显示出极大的风格差异。在《福楼拜的鹦鹉》《凝视太阳》和《10½卷世界史》这 3 部作品中,他的叙述视点在不同的历史阶段之间反复跳跃、转换,这种做法借鉴了电影的蒙太奇技法,好比摄影机镜头的角度不断摇转,连续不断地换景,再通过镜头的剪辑连缀成全景。但是,在《有事好商量》这部小说中,他却放弃了这种技巧,而是聚焦于个人关系的解剖分析。他的侦探警匪小说又换了另一个路子,以令人战栗的惊险情节和动作取胜。可以说,巴恩斯的小说风格迥异,他擅长运用不同的艺术技巧建构相异的叙事形式和文本主题。他的一些小说既不是线性叙事也不按照时间的先后顺序安排。虽然在主题上有一致性,但是形式看上去根本就不是一个统一的整体。这种叙事技巧的实验性创新让一部分评论家对他的作品是否是长篇小说产生置疑。巴恩斯对此给予"温和"的回应:如果作家自己认为是小说,那就是小说。

从创作发展历程来说,巴恩斯早期作品中故事发生的地方局限于他居住地区附近。他的处女作《伦敦郊区》就将目光投向自己早年生活过的伦敦郊区,并将自己早年的一些个人经历融入小说中,因而使小说具有自传成分。小说围绕居住在伦敦郊区的年轻的男主人公克里斯托弗的经历展开,探讨了理想主义和性忠诚的问题。作品共分三部分:第一部分讲述了克里斯托弗和托尼童年时的友谊以及他们对资产阶级的憎恶;第二部分讲述了克里斯托弗在 1968 年法国社会运动轰轰烈烈的时期在巴黎的生活,可惜他仅忙于纵欲而错过了一系列历史事件;第三部分概括了克里斯托弗回到伦敦郊区的生活——婚姻、家庭、孩子和一份稳定的工作。当托尼质疑他丧失了童年时候的理想和人生哲学时,克里斯托弗幡然醒悟,承认自己现在的生活正是他曾经一度厌恶的并陷入背弃妻儿的困境。这种由三部分组成的叙事结构成为巴恩斯后来小说作品常见的框架,形成了他自己的风格与特色。

此外,爱情,尤其是婚姻之爱也是巴恩斯早期小说创作的一大主题,他的《她遇到我之前》就是这样一部作品。小说的主人公格雷厄姆·亨德里克是一位中年历史学家。他面临着一个自我发现的过程,却得到了可怕的结果。他与结合15年之久的妻子分手,和曾经当过电视演员的安娜小姐结婚。他的前妻为了报复,设了一个圈套,诱他去看一部二流影片。他的新婚夫人安娜就在这部影片中扮演一个与人通奸的角色。于是亨德里克不得不重新构想安娜与他相遇之前的形象,因而被一种难以摆脱的嫉妒所困扰。人的理性应占上风,但实际情况并非如此。

《福楼拜的鹦鹉》既可以说是一部福楼拜传记,也可以说是一部包含着严肃批评理论的作品。小说的主人公是福楼拜的崇拜者杰弗里·布雷斯韦特,他是一位退休医师,他的妻子在离婚后自杀,这让他心烦意乱。为了平复心情,他投身福楼拜的作品研读中,意外发现了一桩尚待解决的学术公案:福楼拜在写作献给乔治·桑的中篇小说《一颗单纯的心》时,出于塑造人物的需要而使用过鲁昂博物馆的一只鹦鹉,这位研究者发现在福楼拜先人曾服务过的主宫医院内摆着一只鹦鹉标本,而在克鲁瓦塞的福楼拜故居同样摆着一只……究竟哪一只才是福楼拜笔下的鹦鹉"露露"的原型呢?

需要注意的是,《福楼拜的鹦鹉》并不是一个单纯的探寻和觉悟的故事,它包含了在这个探究和考证过程中布雷斯韦特对自己与妻子关系的反省,在对"福楼拜的鹦鹉"和对福楼拜本人的生活阅历和艺术创作的探究过程中,布雷斯韦特发现,《包法利夫人》里包法利夫人的丈夫查尔斯的生活经历与自己的生活经历之间有一种奇怪的吻合,觉得自己完全可能像查尔斯·包法利那样懵懵懂懂地被戴上了绿帽子。他妻子艾伦姓名的首字母与包法利夫人姓名的首字母相同,她也与人偷情,最后自杀。布雷斯韦特对自己与妻子的关系进行反省:"我们曾经很幸福;我们曾经很不幸福;我想念她。"

在文本样式方面,巴恩斯也作了相当大胆、也许是过分大胆的尝试。在这本书里,既有福楼拜的作品摘抄,也有他的年表,以及其他人对他的评论。而巴恩斯采用的解剖手段也是多种多样的,可谓“无所不用其极”。叙事、回忆、评论、对话、年表等多种形式都在这本书里出现,甚至包括词典,他也引用了不少。这些不同的手法犹如鹦鹉身上那些美丽的羽毛色彩缤纷,令人目眩神迷。在这部小说中,我们不仅可以看到传统的叙述性内容,也可以看到文学批评论文式的成分;不仅可以看到反映福楼拜生活的三个不同侧面的“大事记”,也可以看到从福楼拜的角度讲述的动物寓言;不仅可以看到以福楼拜为题的本科大学生考试试卷,也可以看到站在今人立场上对福楼拜时代所作的种种评论。叙事在过去和现在之间来回跳跃,虚构与史实巧妙地融为一体,使小说风格别具特色。

他者的故事是认知和发展自我身份的中介。在《福楼拜的鹦鹉》中,通过宣称“包法利夫人,这就是我”,福楼拜“将不是自我的任何他者命名为自我”,通过将自我想象成福楼拜的情人柯莱特,布雷斯韦特在“他者自我中认识了自我的意义”。在2005年发表的《亚瑟和乔治》中,巴恩斯同样通过对历史人物的传记故事的追寻,来探讨危机叙事在建构人物身份方面所起的中介作用。不同的是,《亚瑟和乔治》中追寻他者故事的主体不再是故事中的“我”,而是第三人称全知全能的叙述者。小说以19—20世纪之交的英国为背景,用虚构的方式讲述了当时非常出名的两个人物的不同人生。其中一个是侦探小说家亚瑟·柯南·道尔,另一个是英印混血律师乔治·艾达吉,他曾因伤害一匹小马而被判有罪,后来在亚瑟领导的抗议运动中获释。小说的情节可以归纳为三部分:一是跟乔治无辜被审判、定罪和监禁的经历有关的部分,二是跟亚瑟的人生和情爱故事有关的部分,三是两个人的交集,即亚瑟为了洗刷乔治的罪名、查出犯罪的真正元凶而做出的努力。在小说中,故事的叙述主体是故事外的第三人称叙述者。尽管如此,叙述者在聚焦乔治和亚瑟这两个不同的主人公的过程中,却站在被聚焦对象的立场上,审视被聚焦对象的自我以及其他非被聚焦对象。相对于被聚焦对象而言,未被聚焦的对象是被聚焦对象眼中的他者。在同时聚焦亚瑟和乔治这两个主要人物的过程中,叙事意识在相对于他者的自我和相对于自我的他者之间流动。

巴恩斯的艺术形式创新是独一无二的,他投身于重大问题的大无畏精神也是罕见的。他不惜突破小说的框框,颠倒历史,把精彩的现代笑话和出自于《圣经》的机智对答相混合,为的就是把不可解答的命运与责任问题呈现于读者面前,《10½章世界史》就是这样一部作品。小说的叙述者是一条蛀虫,它是混上诺亚方舟的偷渡者,按照基督教《圣经·旧约》记载,上帝创造亚当和夏娃这第一对男女之后,人类生儿育女,行恶于世。于是上帝决定降洪水消灭人类。他命令诺亚提前造好方舟,并允诺他们可以带各类品种的活物一起躲进方舟,待洪水退净之后,可以重新繁殖。这条混进方舟的蛀虫却告诉我们事实真相:有许多动物被拒绝登舟,还有许多动物未在开船之前赶到。大雨下了一年多,而不是《圣经》上所说的40天。诺亚也并非是善者而是暴君,他吃掉了船上大部分最珍贵的动物,包括那只独角兽,因为他妒忌它。那么究竟什么是真实的历史?是《圣经》所载,还是蛀虫所言?这条蛀虫的后代们在以后的章节中出现。它们蛀蚀了大主教宝座椅腿,为此它们在一个中世纪的法庭上被审判。按照历史记载,它们还蛀蚀了席里柯的名画《梅杜萨之筏》。但此画本身就是篡改历史的假货。这部10章半的历史,令读者在深思之时发笑,在发笑之时沉思。它使我们思索各种问题,包括自由意志、爱情、真理、神话、历史、现实以及怎样才算合乎人道。或许巴恩斯算不上了不起的历史学家,但是,作为讽刺作家和故事讲述者,他似乎尚未找到对手。

进入21世纪以后,巴恩斯依然笔耕不辍,他于2011年出版了《终结感》一书,该书先后获得曼布克奖和科斯塔图书奖最佳小说类提名奖,是巴恩斯最近一部小说在出版后不久获得的殊荣。这部仅有150页的中篇小说关注的仍然是历史及其对当前的影响,只不过是从一位退了休的老年人的视角,关注了时间、记忆与个人历史的关系。

小说共由两部分构成，主人公是年过六十、离婚后独自一人生活的第一人称叙事者托尼·韦伯斯特。第一部分字里行间表现的是一位不可靠的叙述者对人生经历的不确定性回忆，其中包含了很多记忆的碎片，如四十年前，托尼同科林和亚历克斯是好朋友。后来，新到的艾德里安加入了这个小团体，四人遂成为好朋友。年少却思维缜密的艾德里安在他们中表现得尤为出类拔萃，成为他们中的哲学家，经常提出一些富有哲理、令同龄人无法领悟的观点。后来，艾德里安与托尼的前女友维罗妮卡交往，但不久艾德里安突然无故自杀，托尼认为一定与维罗妮卡有关，于是无比憎恨自己的前女友。

正是因为第一部分不可靠叙事者和不确定的记忆，小说的第二部分开始对记忆和个人历史进行反讽式颠覆。在第二部分一开始，叙事者托尼就暗示生活并没有回报他所期望的退休后的平静。一封律师函打破了托尼的平静生活——刚刚去世的维罗妮卡的母亲遗赠给他五百英镑和两个文件，即一封信和艾德里安的一本日记。为拿到日记并揭开遗产背后的真相，托尼几经周折与维罗妮卡重新建立联系并约见了几次。事态的演变颠覆了第一部分中托尼对历史的错误记忆和理解，激起他道德良知上的不安。他对记忆中的人和事重新做了评价，反复凸显了记忆的不确定性和个人历史的可塑性。

巴恩斯认为，时间分客观时间和主观时间。“个人时间，也是真正的时间，是通过你跟记忆的关系来衡量的。”当新的记忆涌现时，时间就像逆流而上的河水一样翻转过来。借托尼之口，小说对时间与历史进行了深度的反思，指出了时间与历史的关系问题。为此，《终结感》分三次对托尼的记忆进行了颠覆，并引发他对时间、记忆、个人历史和人性道德弱点的深度反思。第一次颠覆是维罗妮卡给他，他当年写给艾德里安和维罗妮卡的联名信，信中自己表现得非常丑陋，这封信“颠倒了他平静的生活并动摇了他对自己及其记忆的信念”。第二次颠覆是在他发现维罗妮卡与一个外表与艾德里安极为相似的智障男人说话,并就此判断他是艾德里安与维罗妮卡的孩子,不由得想起自己当年对维罗妮卡的诅咒,因而心生后悔与愧疚。然而,巴恩斯并没有满足于这两种颠覆的力量。小说最大的一次颠覆出现在快要结尾的地方。似乎只是不经意间,托尼意外地得知一个惊人的消息——那个四十岁左右同样叫艾德里安的智障男人是艾德里安同维罗妮卡的母亲所生。小说用极其简单的语言描述了托尼在得知真相后机械的动作和反应。这一消息不仅颠覆了他的记忆与推测,而且颠覆了读者对小说结局的期待。

第四节 “互文性”的恐怖怪诞:彼得·阿克罗伊德的小说创作

彼得·阿克罗伊德(Peter Ackroyd,1949—)是当代传记作家中的一朵“奇葩”。在经典作家地位遭受质疑的后现代语境中,阿克罗伊德选择众多英国经典作家为传主,彰显出与众不同的审美诉求,成为当代英国小说作家中的重要一员。

阿克罗伊德出身于伦敦的一个天主教家庭,在东阿克顿的政府廉租房里由单亲母亲抚养成人。早年,他曾在伦敦西区伊灵的天主教学校圣本尼迪克中学读书,并于 1968 进入剑桥的克莱尔学院学习英国文学,大学毕业后,阿克罗伊德前往美国耶鲁大学做研究。在此期间,他完成了第一部评论专著《新文化札记:现代主义随笔》,并于 1976 年正式出版。1973 年,阿克罗伊德回到英国,开始在《旁观者》担任文学编辑,后来担任该杂志的联合总编。1986 年,他还曾担任《泰晤士报》首席书评家。此后不久,阿克罗伊德开始以传记家的身份登上英国文坛。勤勉不懈的研究和敏锐犀利的判断,使他为诗人 T. S. 艾略特、威廉·布莱克所写的传记脍炙人口,成为文学院研究生案头必不可少的权威性参考书。特别是他的《T. S. 艾略特传》深受读者欢迎,获 1984 年惠特布雷德传记文学奖，被评论界誉为“形象最丰满、最有说服力的艾略特传记”。他为小说家狄更斯写的传记，由于使用了较多的虚构手法，与传记文学的真实性要求有所抵触，引起了一部分读者的异议。然而，从本质上看，阿克罗伊德身上原来就具有更多的小说家成分，《狄更斯传》正是他由传记文学向小说创作过渡的转折点。

在小说创作上，阿克罗伊德的作品偏爱历史题材，总是与现实生活保持一段距离，而且从来不会使读者们怀疑他们正在阅读的著作是虚构作品，尽管其中有一些自然主义的写实段落，但他的创作灵感和生花妙笔却显得更富于文学艺术性而不是生活现实性，具有极强的感染力。他善于用独创的、探索性的历史小说形式，把现在和过去熔于一炉，创造出一种“与死者的对话”。阿克罗伊德的第一部小说《伦敦大火》就是这样一部作品，它通过历史与虚构的交替对狄更斯的《小杜丽》进行改写，其中的许多任务和场景都与之暗合，这实际上是一种让过去以互文性的形式在以现代生活为背景的小说中若隐若现的叙事模式。小说中，电影制片人斯宾塞因拍摄一个监狱的记录短片，萌发了将《小杜丽》改编成电影的念头。在狄更斯笔下，小杜丽出生在伦敦的马歇尔西监狱，该监狱已于1885年的大火中烧毁。为了拍电影，摄制人员在泰晤士河边搭起了19世纪伦敦的摄影棚。电话接线员欧蕊耽于幻想，梦见自己被关在监狱里。她去参加招魂会结果被小杜丽灵魂附身。欧蕊阅读狄更斯的小说，深信自己是小杜丽，对斯宾塞找别人扮演小杜丽极为不满，最后纵火将摄影棚全部烧毁，斯宾塞也葬身火海。这部小说的意义在于：首先，它在形式上为作者以后很多的小说建立起一种叙事模式，即把历史片段穿插进当前叙事中，为阿克罗伊德后来的小说定下了基调；其次，它为阿克罗伊德以后作品中反复探讨的主题元素建立起原型模式，即伦敦、英国文学以及文学、历史和当下事件的相互交错与缠绕。

纳博科夫要求小说家把这个世界看作“小说的素材”，阿克罗伊德的确达成了这个要求。他也可以当之无愧地被看作一位当代狄更斯式的作家。他和狄更斯一样感受到人生所蕴含的奇特诗意,对人类的各种行为具有浓厚的兴趣,并像狄更斯那样敏锐地意识到喜剧来自看待人生的特殊视角,也向狄更斯学会了如何使一部小说真实可靠而具有活力。那就是把一些普通的甚至黯淡无光的人物放在中心地位,然后再在他们周围设计构思一些怪诞的人物,他们若即若离地围绕着中心人物活动,喜气洋洋地庆贺人性的丰富多彩,《王尔德最后遗嘱》就是这样一部作品。小说是虚构的王尔德日记,起始时间为 1900 年 8 月 9 日至同年 11 月 30 日他离开人世。王尔德晚景十分凄凉,隐姓埋名,客居巴黎一家旅店。该小说虽然把时间限定在王尔德生命的最后阶段,但实际上是对他一生不同寻常的生活和文学创作经历的追述。小说中,阿克罗伊德根据他所掌握的有关资料,将历史与虚构融于一体,以王尔德的口吻,讲述自己的生平,其中既有文人墨客的趣闻轶事,又有对人情世态的观察与感叹。王尔德是英国文学史上的喜剧天才、唯美主义作家,临终前,他相信:"我将再次成为语言的主人,成为生活的主人。"阿克罗伊德成功地模仿王尔德的风格,书中不乏妙语警句,显示出他的英语语言功力。此外,这部小说还有一个显著特征,即它模糊了传记、自传、文学批评与小说之间的界限,拓展了小说的形态和功能。

另外,在小说创作中,阿克罗伊德非常自然地顺应了时代和文学发展的趋势,运用仿写、重写等后现代叙事技巧,写出一部部打破了历史与当前、真实与虚构界线的编史元小说,在带给读者艺术享受的同时,让人类从历史之中获得启迪,对文学、艺术与现实的主观性和客观性加以反思。《霍克斯默》就是这样一部作品。这部精心构思而又激动人心的哥特式小说,以惊人相似的叙事语言、情节安排和人物布局,分别建构起以 18 世纪初和 20 世纪 80 年代为背景的两个既穿越时空又相对独立的平行故事,它既展现了 17 世纪末、18 世纪初重建伦敦的宏伟画面,是对伦敦古老建筑物梦魇式的现代导游;也打破了真实与虚构之间的界限、融历史真相探索于文学娱乐的后现代叙事策略,为阿克罗伊德的艺术风格奠定了基础。

小说共分12章，两个平行的故事都以伦敦为背景，被均分且安排得非常工整。奇数章以18世纪初为背景，从建筑设计师尼古拉斯·戴尔的视角以第一人称讲述了他从出生到去世，经历瘟疫和大火，历尽苦难最后成为顶尖设计师的传奇人生。这部分故事中，作为叙述者的尼古拉斯用文采斐然的18世纪散文来讲述他的故事，他把一些密码深深地埋藏在他所建造的伦敦教堂之中，其中穿插了他对过去经历的回忆。小说的偶数章是以创作时间为背景的当代侦探故事，讲述的是侦探霍克斯默先生试图追踪一个杀人嫌疑犯的故事。该部分主要围绕发生在伦敦市区几个教堂的系列死亡案讲述了霍克斯默所做的调查。

小说的结构模仿伦敦建筑物的对比效果，光明与黑暗相互衬托，可靠的事实与抽象的隐喻交相辉映。其中，叙事重点是围绕尼古拉斯展现的18世纪初的历史人物和故事，而以20世纪80年代为背景的侦探故事则深受历史故事的影响，无论故事情节还是人物布局均始终以这个历史故事的“影子”(小说中的关键词)的形式出现。阿克罗伊德借助大胆想象，从历史人物身上衍生出两个虚构人物，前者是17世纪的教堂建筑师尼古拉斯·戴尔，后者是20世纪的探长霍克斯默，历史和现在两条线索交替发展。当年尼古拉斯负责修建七座教堂，他杀害无辜，用鲜血祭奠黑暗神灵，把教堂工地作为埋葬牺牲品的墓地。现代探长霍克斯默在侦破一桩系列谋杀案的过程中，沿着尼古拉斯的足迹展开调查。霍克斯默和尼古拉斯分别代表着正义和邪恶、光明和黑暗，两个人物之间有一种神秘联系。小说结尾时，为了阻止另一起谋杀，霍克斯默走进小圣休教堂，黑暗将他包围。小圣休教堂在尼古拉斯的七边型图案中处于地狱位置，历史和现实在此奇怪地重合。就这样，阿克罗伊德以高度的技巧把神秘谋杀案和重建伦敦这两条线索相互交织，使之相辅相成。小说的结构模仿伦敦建筑物的对比效果，光明与黑暗相互衬托，可靠的事实与抽象的隐喻交相辉映。二流作家们往往把历史故事和人物传记改头换面来冒充自己的创作,阿克罗伊德则避免了这种简单抄袭行为,他在另一种意义上深入别人的作品,以他自己的独创才能和新颖构思赋予它新的艺术生命。他有模仿戏拟其他作品的天分,而这正是后现代小说的特征之一。这部小说的逻辑推论是可信而有说服力的,对于书中人物的塑造是成功的,小说出版后便获得了当年《卫报》小说奖和惠特布雷德小说奖。

此外,《霍克斯默》呈现出多彩纷呈的叙事风格。在围绕两个世纪里发生在七个教堂的死亡事件展开叙事的同时,小说营造了一种恐怖、神秘、超自然的哥特式氛围。阿克罗伊德在该小说中运用了互文性、戏谑、元小说叙事、模仿拼凑、时间错乱等后现代叙事艺术,并且使用了重要的历史人物和事件,具有明显的编史元小说特征。小说运用相同的地点、相似的人名、相似的人物关系和相似的死亡事件来模糊真实与虚构、历史与当前之间的界线从而使历史问题化。小说中不但出现了真实的历史人物克里斯托弗·雷恩和约翰·范布勒,而且明确指出尼古拉斯·戴尔是雷恩的学生,并且把由建筑师尼古拉斯·霍克斯默独立设计的伦敦的六个教堂放在了尼古拉斯的名下,使读者马上联想到了小说人物与历史名人之间的关系。不同的是,在历史人物原型霍克斯默独立设计的那六座教堂之外,小说还特别虚构了尼古拉斯设计的七个教堂中的最后一座——小圣休。在18世纪初的叙事中,小说描述了尼古拉斯对神秘和魔鬼的迷恋,以及为了赋予他设计的教堂一种神秘的力量而绞尽脑汁杀害无辜的残忍行为;在20世纪的叙事中,小说通过描述警探霍克斯默到杀人现场所做的调查和现场感受,突出强调了尼古拉斯设计、至今仍在世的每座教堂呈现出的阴森可怖的外形和氛围。这就进一步唤起了读者的好奇心,质疑小说叙事的真实性,并试图探寻历史的真相:建筑师尼古拉斯·霍克斯默独立设计的那六座教堂真的如此吗?而且,小说在结构和人物布局上也有故意制造重复的嫌疑,如每一章开头的单词重复了上一章的结尾,建筑师原型尼古拉斯·霍克斯默的名字被分拆成设计师尼古拉斯和警探霍克斯默,他们两个都有一个叫“沃特”的助手，分别有一个独身的女房东，而且她们英文名字的拼写和发音非常相似……但是，这一切又恰好体现了元小说的戏谑性。

与《霍克斯默》相似，《查特顿》也把现在和过去相互交织，并运用了模仿戏拟手法，把18世纪诗人托马斯·查特顿的生平事迹编写成小说。小说中，查尔斯·维奇武德发现了一幅他自认为是查特顿中年时的画像，并为自己掌握这个秘密而欣喜若狂。他想方设法地弄到可以确定查特顿伪造自己的死亡并且以库珀、格雷、布莱克和其他早期浪漫主义诗人的名义继续写作的证据。查尔斯一直受病痛折磨，但拒绝死亡的念头，一心想揭开查特顿假死的秘密。小说从一开始就试图用一种秘密诱导读者，让查特顿的灵魂四处游荡。到了结尾，查尔斯患中风去世，一切都真相大白，原来根本就不存在什么秘密，有的只是一连串毫无疑义的造假行为。查特顿绝对没有结束自己生命的意图，他只是根据朋友的建议用鸦片和砒霜治疗自己在丧失童贞时染上的“性病”，因砒霜使用过量致死。在某种意义上说，这部小说使读者产生了疑问：阿克罗伊德是否已经使他的创作方法僵化，形成了一种特殊的习惯性框架？尽管有一些怪诞而缺乏说服力的讽刺漫画使此书白璧微瑕，它还是显示出阿克罗伊德的另一种天才，即他特别有能力唤起柔情的共鸣，并且达到一种新的感情深度。人们常说，要写好日常生活中的家庭感情，比描写令人毛骨悚然的谋杀案困难得多。阿克罗伊德却向我们表明，他有能力清晰而又动人地处理好家庭感情素材。在这方面，他显示出一种直觉的敏感性。《查特顿》获1987年布克奖提名。

在《第一道光》中，仍然可以听到作家传记的回响，但是阿克罗伊德已舍弃模仿戏拟手法，故事的背景也不在伦敦而在多塞特郡。小说的情节集中于两个场景：一个天文气象台和一片考古学家发掘文物的场地。天上的云霞随风舒卷而去，古老的尸体神秘地埋藏于地。而大地正是被埋葬的种族记忆的宝库。在天地之间，是芸芸众生在短促、紧迫的生命时间之内，扮演着他们各自的角色。此书的一个主要因素,是使人感觉到过去的岁月是持久永恒的,它一直延续到现在,并且减轻了农村不过是现代城市社会的粮食基地这种错觉。它告诉我们,农村实际上是另有一个天地,另有一种与传统关系更为密切的生活方式。这是一位诗人创作的小说,一本思索人生哲理的书,然而它又是喜剧性的。阿克罗伊德对于人类的怪癖行为独具慧眼、感觉灵敏。这些书中人物被他温柔敦厚、幽默风趣的笔触刻画得栩栩如生。

20世纪90年代以后,阿克罗伊德又出版了一系列小说,如《英国音乐》《迪医生之家》《弥尔顿在美洲》等。

《英国音乐》写父子关系,由此表现孤独与恐惧的主题。小说的结构很复杂,包括用各种文体叙述的形形色色的梦境和对众多作家的模仿,但故事本身非常简单。故事的叙述者蒂莫西的父亲克莱门特·哈克姆布在马戏团做魔术师,后来与塞西利娅相识并娶其为妻。塞西利娅在蒂莫西出生时死去。丧偶的父亲和无母的儿子拥有一种能为人治病的特殊能力,而这种能力(尤其是儿子的)好像来源于死去的塞西利娅。一开始,当蒂莫西还是个孩子时,他父亲就用儿子的特殊功力为人治病。不久,外祖父将蒂莫西带走。蒂莫西明白父亲与自己实际上共享了那份神秘的遗产,上完中学后他重新与父亲一起出去"工作"。在治好了蒂莫西最要好的朋友爱德华之后,父亲便死于中风。而儿子则继续在马戏团工作,直到他感到自己的功力丧失为止。随着岁月的流逝,蒂莫西日渐衰老,写下了这本名为《英国音乐》的书,最后一句话是:"我不再需要打开那些旧书。我已经听见了音乐。"所谓的"英国音乐",不光指音乐,还包括英国历史、文学和绘画。

《迪医生之家》以伦敦老城东部的克拉肯威尔为背景,淋漓尽致地展示了阿克罗伊德对伦敦角角落落潜藏的历史沧桑感的迷恋。小说当前文本的主人公是当代学者马修·帕尔默,历史文本中的主人公是伊丽莎白时代的炼金术士约翰·迪。虽然相隔数个世纪,但是因为两人都在克拉肯威尔的同一所房子里住过而产生了交集,逝去的历史也由当代人重新发现。两种叙事成功交织，演绎了复杂而又连贯的故事。作者用心地处理好每一个细节，把伊丽莎白时期和 20 世纪的伦敦同样刻画得惟妙惟肖、令人神往，把历史与当前、人物与地方之间的关系处理得恰到好处，令人叹为观止。

《弥尔顿在美洲》是一部虚构的历史小说。故事发生在 1660 年，随着斯图亚特王朝的复辟，克伦威尔的坚定支持者、诗人约翰·弥尔顿被判入狱，后来在其秘书的帮助下得以赦免。在《弥尔顿在美洲》中，弥尔顿的那位秘书帮助安排他前往美洲马萨诸塞殖民地，以避免英国王室的迫害。在登船赴美之际，弥尔顿认识了一个名叫古斯其尔的小伙子，后者成为他的新秘书并记录了他在新世界的冒险经历，两人的关系酷似堂吉诃德与桑丘·潘沙。弥尔顿试图在这片荒蛮的土地上建立一个清教徒的国家以反映上帝的意旨，希望每个人都按照他为自己规定的标准来生活，认为只有他才知道人应该如何生活。小说共分两个部分：第一部分的标题是“伊甸园”，该部分以新世界出现谋杀和罪恶而告终。第二部分题为“堕落”，讲述了天主教徒到来之后发生的一系列变化。与历史上的弥尔顿不同的是，小说中的弥尔顿在失明后很快得以康复。在与野蛮的土著印第安人的交往中，他和一位印第安姑娘发生了性关系并因此而再度失明。此后，他返回清教徒的聚居地并企图对附近的一个罗马天主教村落发动一场圣战。在这部作品中，弥尔顿毁掉了一个乐园，这与弥尔顿的长诗《失乐园》遥相呼应。

第七章 20世纪英国女性小说发展研究

英国文学从形成之日起便与女性有着特殊、紧密的联系，女性文学是“英国文学的伟大传统”之一。历代女性作家为之呕心沥血，功不可没。18世纪的英国小说创作几乎被女性所垄断，罗曼司和哥特式等小说体裁也始于女性作家之手。19世纪更是因为涌现了一批才华横溢、成绩斐然的女性小说家而被称为“女性小说家的时代”。然而，20世纪以前的英国女性小说家又面临着一个备受争议的问题，女性小说有着属于自己的文学传统抑或只是男性文学的模仿。女性文学从模仿男性书写模式、思考自身生存状况到创新地书写自身经验，创作脉络清晰可见。进入20世纪，在新的时代背景下，这一伟大传统又有新的发展，英国女性主义作家从新的视角检视女性，注重从女性的内心体验、价值观念、自身解放和人生理想等诸多方面去塑造新的女性形象。20世纪英国著名的女性小说家颇多，限于篇幅，本章主要对其中的几位代表性的女性小说家及其作品进行具体分析，以期通过对她们小说创作的研究，达到窥一斑而知全豹的效果。

第一节 现代社会女性心灵风貌的展现：凯瑟琳·曼斯菲尔德的小说创作

凯瑟琳·曼斯菲尔德（Katherine Mansfield，1888—1923）是20世纪英国女性文学中一颗璀璨的明星。她出生在新西兰的首都惠灵顿。她的祖父于19世纪40年代离开英国去澳大利亚淘金，未能实现“腰缠万贯”的淘金人的梦想，十余年后来到新西兰落户，开拍卖行，也干其他杂活。他对政治兴趣浓厚，并能将拜伦的诗断断续续“足足背诵一个半小时”。她的父亲哈罗德是新西兰土生土长的一代。他经商办银行，取得了稳固的经济地位，挤入了足以将女儿送进欧洲著名学府深造的富裕阶层。母亲也是有钱人家出身。曼斯菲尔德有两个姐姐、一个弟弟，童年很幸福。他们一家经历了新西兰历史中从殖民开拓到繁荣的重要发展阶段，也在新西兰重建了英国中产阶级的生活，这为曼斯菲尔德创作提供了典型的历史和社会背景。从惠灵顿女子中学和斯惠逊中学毕业后，曼斯菲尔德于1903年进入伦敦皇后大学学习，她学习了两年音乐，曾想以演奏大提琴为职业，然而在文学领域的徜徉最终改变了她的人生选择。这段时间里，曼斯菲尔德阅读广泛，接触到萧伯纳、易卜生的作品，她还对奥斯卡·王尔德、法国象征主义作家魏尔兰以及深受象征主义影响的亚瑟·西蒙斯兴趣浓厚。她开始在学校杂志上发表作品，并成为校刊编辑。三年后她回到新西兰，在惠灵顿的皇家音乐学院转攻音乐。她自知在音乐方面难有作为，也留恋新西兰难以比拟的伦敦的都市文化生活，希望去欧洲充分伸展想象的翅膀，终于在20岁那年说服父亲.每月由父亲提供少量资助，只身去伦敦生活和写作。曼斯菲尔德以流放者的身份远离家乡环境后，对自己的祖国予以重新审度，获得新的认识，并转向殖民地素材，进行挖掘开发，将新认识以文学形式再现于世。虽然在伦敦最初的15个月里，曼斯菲尔德只发表了一部小说和一首诗，但是她心怀文学青年的激情，很快融入当时艺术家中流行的动荡不羁的波希米亚生活方式中。此后，写作、旅行、情感纠葛与疾病构成了曼斯菲尔德生活中浪漫而又伤感的基调。1911年，曼斯菲尔德结识了《节奏》杂志的主编穆雷，二人开始同居，1918年结婚。凭借曼斯菲尔德的聪慧才气，又佐以穆雷的编辑职业之便，曼斯菲尔德与当时英国文坛和思想界的众多杰出人士有着频繁接触和交流。一方面，她孤傲敏感的性格与易怒善变、反复无常的行事方法经常引起友人的困惑甚至敌意，被讥为“变色龙”；另一方面，她高品质的创作实践与艺术思想又深得众人敬重仰慕。可惜，天妒英才，她于 1916 年感染严重肺病。时常卧床不起，每年冬季为了身体去温暖的法国南部或意大利疗养。她的许多优秀作品，都是在与病魔搏斗中写下的。1923 年元月，这位文坛才女溘然长逝，年仅 34 岁。

曼斯菲尔德的小说创作极具特色。她是一个反传统作家。从不把维多利亚文学传统奉作圣明。20 世纪初，现代主义小说正在形成，多角度透视、意识流等新手法冲击了传统模式，拓宽了创作天地。心理学被用来加深小说的象征结构，人物不仅可以从外部也可从潜意识进行揭示；生活可以从整体也可切成零块进行展示。突破原有表现现实的手法不仅可行，也是适时的。曼斯菲尔德与约瑟夫·康拉德、詹姆斯·乔伊斯、弗吉尼亚·伍尔夫等大师一起为小说新潮推波助澜，奠定了现代派小说的发展基础。曼斯菲尔德是短篇小说中内心独白、表现视角转移等创作新手法的拓路人，在短篇小说领域中取得了乔伊斯、伍尔夫在长篇小说中取得的相同成就。英年早逝的命运，缩短了曼斯菲尔德的创作生涯。然而，从 1908—1922 年曼斯菲尔德依然完成了 93 部短篇小说，还著有《诗集》《书信》《日记》和《札记》。曼斯菲尔德的短篇陆续收录在几部短篇小说集中，有生前出版的三部作品集《在德国公寓里》《幸福集》和《园会集》，还有去世后出版的两部作品集《鸽巢集》和《稚气集》。之后，穆雷又编辑出版了《曼斯菲尔德短篇小说》，伊丽莎白·鲍温等人编辑并撰写导读的作品集也陆续问世。

《布里尔小姐》是最具曼斯菲尔德风格的短篇小说之一。小说讲一位贫穷孤单的单身中年妇女布里尔小姐在一个星期天的辛酸经历。老姑娘布里尔小姐孑然一身，住在“像壁橱一样”的小黑屋中，她最大的乐趣就是在每个星期天穿上最体面的衣服，坐在公园长椅上观察周围形形色色的人和事，以旁观者的方式参与社会生活，获得可怜的快乐和满足。这个星期天，她戴上最心爱的毛皮围脖儿来到公园，又一次沉浸在自己精神上的奢侈享受中时，却突然听到了椅子另一端一对漂亮的恋人对自己的刻薄讥笑和咒骂："是因为旁边的老东西吗？她来这儿干吗？谁想要她来？她干吗不待在家里，干吗到处显摆她那丑八怪似的老脸？""她那个围脖儿，像一盘煎牙鳕。"布里尔小姐黯然回家，将遭到耻笑的毛领收进了盒子，觉得"她听到了什么东西在哭泣"。作者用与毛皮围领相关的情节贯穿作品，笔端饱蘸悲悯之情，语言精致优美，极具感人魅力。作品里充满阳光与阴暗的对照手笔，隐喻了对幸福的渴求与悲哀的现实之间巨大的反差。而布里尔小姐几乎成为那些被社会抛弃遗忘、轻视践踏的善良人们的代表，他们所经历的少得可怜的欢乐和享受、无处不在的轻慢和漠视以及尖酸刻薄的侮辱使读者深思社会和人生的严肃问题。

在主题方面，这个故事很有现代主义气息。它既反映出人性中的永恒性因素，即人需要人际间的链接、理解与同情，也表现出人性中的不尽人意之处：相互不满、批评与排斥，从而导致人心离散、疏远或敌视，乃至生活里的悲剧性事件。小说也表达出人在现代文明时代的孤独。布里尔小姐同她所辅导的孩子们之间缺乏成年人间的情感沟通，她和为之读报的老人之间亦无实质性交流。她渴望人间的温暖和友情。但极具讽刺意味的是，她真正可以与之说话的朋友却是她心爱的无知觉的、无感情的毛皮围脖儿。人心之孤苦由此可见一斑。布里尔小姐是平常人的代表，体现出人的善良的一面。至于故事表露出的人的自私、伤人或无意伤人，是人类生活中大小悲剧的根源，是人在心理和道义成长上处于低级阶段的标志。所以，在故事里，作者用两个只知利己、毫无同情心、令人讨厌的年轻人扮演这一"恶人"角色。

这个故事的现代主义技巧也极其引人注目。故事没有介绍主人公的生平，只截取了她生活中的一个片段，用第三人称的有限视角（即布里尔小姐的角度）和意识流手法，描写布里尔小姐在公园里的所见所闻所想，揭示主人公在日常生活中复杂的心理内涵，表述她的内心妙语。这种写作手法正是现代主义对小说艺术的贡献。

曼斯菲尔德的另一篇作品《花园茶会》被认为是她最好的短

篇小说。这篇作品的自传性很强,通过年轻姑娘劳拉的第三人称有限视角,讲述她家中举办花园宴会的经历。谢立丹家住在花园别墅中,这天风和日丽,谢立丹家是富贵人家,有一个儿子、三个女儿。大女儿梅格刚洗完头,二女儿乔思还穿着衬裙,于是谢立丹夫人就让三女儿劳拉负责照看茶会的准备事宜。宾客、乐队、服饰、食物、艺术表演、鲜花,一切都在快乐祥和的气氛中被有条不紊地安排妥当。但与中产阶级闲适安逸的美好生活相冲突的是,对面工人聚居的贫民区突然传来年轻人司各特因车祸去世,留下妻子和五个孩子,死者家属正沉浸在悲痛之中。善良的劳拉对她姐姐说,她想取消这次花园茶会,因为在邻居家悲伤时,自己家的乐队却在演奏欢快的曲子,这不合适。但她的想法遭到姐姐和母亲的反对和嘲笑。园会举办得成功而愉快。宴会结束后,劳拉携带剩下的食物去慰问遇难邻居的家人。劳拉拿着篮子和花沿着通往司各特家的小路走。路边的孩子、篱笆边的男人、戴披巾的女人都在看她,看她漂亮的裙子和帽子。她真希望她没有来。来到司各特家,劳拉被司各特夫人的妹妹引进一个小厨房,里边坐着司各特夫人。司各特夫人的双眼哭得红肿,呆呆地坐在那儿。她妹妹又领着劳拉进入卧室。司各特的尸体躺在床上,仿佛沉沉地睡着。劳拉不由得因震惊和内疚而哭泣,她发现了生活的多面,体会到它的无情阴暗之处。在回去的路上,她看到来接她的哥哥,哭着问哥哥一个她无法完整表达的问题:“生活难道不是……?”

小说的中心主题是阶级隔阂和贫富差距的社会问题。曼斯菲尔德在作品中借助劳拉的视角,展示了新西兰下层生活的苦难,对劳动阶层人民的美好品质予以肯定,同时谴责了中产阶级的冷酷自私,讥嘲了特权阶层充满狭隘偏见的社会优越感。故事的主题覆盖面广,其中包括阶级差别问题:《花园茶会》的主题之一显然是工人阶级和资产阶级之间的阶级差别问题。

但从另一种意义上说,这是一个成长的故事。女主人公劳拉年轻,阅历也浅,故事开始时她是一个对生活怀有憧憬的理想主义女孩,但在故事结尾,她失去了童稚的乐园,开始步入成年人的世界，从不成熟状态走出，达到了一定程度的成熟，开始认识到生活的多样性与复杂性。劳拉最后问了哥哥一个问题，但因她的思想尚未理清，所以问题也未能讲明白，只说出一个不完整的句子。这说明她在思考，困惑的头脑里开始出现一丝亮光，但尚未到彻悟的地步。她之所以说不清楚，是因为在她的脑际，可能同时出现了许多对生活的不同却相连的问题，如不同阶级、贫富悬殊、不同心性等。这也可能在暗示，劳拉在诘问上帝为何也把灾难带给人间。这是劳拉的思想和心理在成长的标志。

《已故上校的女儿》描写的是两个善良懦弱的老姑娘的可悲可笑的生活经历。两个女主人公的上校父亲突然去世，将两姐妹推入精神和生活秩序空虚无依的境地。她们虽然年龄已经不小，但是长期依赖着专横决断的父亲，已经丧失了自我，生活在极度的琐碎无聊中，内心虚弱而茫然。父亲死后，她们在悲伤中也感受到了从未有过的自由，然而，这种自立的身份却令她们困惑、惊慌并有犯罪感，更没有能力去面对生活中的问题。作品语气幽默而蕴含悲哀，人物刻画得生动传神。这篇短篇小说被哈代赞为“英国短篇小说史上的里程碑”，因为曼斯菲尔德在其中使用的带有现代主义小说特点的手法丰富了小说的背景，也使人物塑造更加丰满生动。这部小说只有篇幅短小的12章，前七章都是传统的第三人称全知叙事模式，但是在第八、九章穿插了回溯性的蒙太奇叙事，在作品的最后两章，曼斯菲尔德又运用了内心独白，分别展示两姐妹的内心活动，可谓别出心裁。

小说《稚气可掬，但出于天然》意境优美，情感饱满，似乎折射出爱情给女作家带来的灵感。小说采用了男主人公的第三人称有限视角叙事，用如诗如画的语言记叙了一段纯洁青涩的青春恋情，展现了青春时代爱情与幻灭的经历，人物情感波澜起伏，层次丰富，意境优美，具有出众的艺术品质。作者对青年人心理的展示可圈可点，那些青涩岁月里的孤独叛逆、憧憬梦想、忧郁迷惘、温柔单纯、脆弱与感伤、激扬与失落等无不被刻画得淋漓尽致。小说诗意的语言如行云流水一般，描写初恋的幸福、生活的浪漫、爱情的遐想以及青春的经历,使读者产生深切的情感共鸣。语体风格深富象征色彩,巧妙地嵌入了柯勒律治那首宛如“含有梦的微笑”般品质的爱情小诗《稚气却很自然》,既给整个作品蒙上一层如梦如幻的情调,又借此暗示出幻灭的情感主题,引导读者在主人公具有戏剧落差的心灵体验里猜测出叙事中的“空白部分”。

其实,曼斯菲尔德很早就注意到了一些实验性文学的新动向,并从中获得启示,决心跟上这一小说创作的新潮流。她并不愿意标新立异。但她认为这是表达内心,充分施展自己潜在艺术才能的合适途径。她把小说内容拆散打碎,使能揭示本质的东西处于更突出的部位。她不注重描写构成故事的行为,而转向揭示促成行为的精神方面。她善于创造典型环境和气氛,善于将生活视觉化,善于在普通事物中捕捉能激起强烈感情反应的东西。

总之,曼斯菲尔德是位不同凡响的作家。她的观察视角独特,叙述没有预先设计的图稿,脚下为径,体势自成;语言具有抒情色彩,具体而朦胧,质朴而谐美,充满灵气与神韵;作品构图截取生活全景中的几个细小场面,巧妙拼合,具有印象派风格。她从一个与众不同的角度揭示生活真理,使凡人琐事得以升华,产生深刻的艺术内涵,引出发人深省的哲理。她将自己完全融进了小说,她是为文学献身,永无止境地追求正直与完美的榜样。她是英国女性作家中的佼佼者,是现代短篇小说发展的里程碑,对整个英语文学做出了不可磨灭的贡献。

第二节　双性同体的矛盾叙事:弗吉尼亚·伍尔夫的小说创作

伍尔夫是英国著名的现代小说家、意识流小说最重要的代表之一。她出生于英国伦敦,她的父亲莱斯利·斯蒂芬爵士是当时英国有名的批评家和传记作家,他的第一个妻子是萨克雷的女儿,因此他和很多文学艺术家都有来往,伍尔夫是父亲和第二个妻子生的第三个孩子，这是个家庭关系复杂、人口庞大的中产阶级核心家庭，妻子是贤妻良母，丈夫是著名学者，靠学术养家糊口。她的父亲有一个庞大的书库，伍尔夫从小受家庭文化氛围的熏陶，热爱文学，在家里她可以自由阅读，无师自通。此外，父亲所结交的知识界名流常常是这个家庭的座上客，通过他们，伍尔夫接触了由男性知识精英们主导的知识领域。1895年母亲去世后她第一次精神失常。1904年5月父亲的去世使她的精神彻底崩溃，此后抑郁症伴随了她整个一生。1904年8月她们家搬到伦敦的布鲁姆斯伯里，在那里他们常常在星期四晚上邀请朋友到家里谈论哲学、文学、艺术等问题，这些人中有大文豪艾略特，小说家亨利·詹姆斯，画家弗赖伊、邓肯·葛兰特，哲学家罗素，经济学家凯恩斯，艺术批评家克莱夫·贝尔，较晚的还有小说家伊舍伍德等人，大多数人是剑桥大学的高才生，其主要特征是独树一帜，情趣高雅，审美力和鉴赏力颇为敏锐，学术气氛非常浓厚，在艺术创作上追求完美。这就是后来人们所说的布鲁姆斯伯里集团，这个小圈子可以说是英国早期的先锋派。伍尔夫是这个团体的重要成员，也是这个团体活动最主要的记录者。她对于人类文明、英国社会的历史与现实的思考、她的文学观念都与这个团体密不可分。从外部的物质的世界转向人的内在心灵，从理性的秩序转向感性的纷乱，她赋予日常生活的碎片和转瞬即逝的感觉以意义，她的感官极其敏锐细腻，她的感觉包罗万象，她发展出一种全新的小说形式展现人内在的意识世界，她把人对于纷乱复杂的世界的感觉凝固在纸上。

伍尔夫的文学创作始于英国社会急剧变化和转型期间。她的创作思想明显地体现了现代主义精神和实验主义倾向，显然她比同时代许多男性作家更早地意识到传统小说的局限性和小说革新的必然性。当时的英国工业化进程加速，同时世界大战的爆发以及西方哲学、美学和心理学理论的发展对她的创作产生了重要的影响。尽管她最初的两部长篇小说《出航》和《夜与日》在形式上依然保持着传统小说的特征，但她随后出版的短篇小说集

《星期一或星期二》以及长篇小说《雅各布的房间》体现了她在小说题材、形式和技巧上的实验精神。《达洛卫夫人》《到灯塔去》和《海浪》三部意识流小说的先后问世在英国文坛引起了强烈反响。后期的《奥兰多》和《岁月》体现了她对传统文学形式的考量与探索,而《弗拉希》和《幕间》则继续反映出她的革新精神。

伍尔夫重灵魂、轻物质,重主观感受、轻客观现实的创作原则不仅充分体现了现代主义精神,也导致了她在小说创作中的实验主义倾向。她进退自如和往复运动的创作节奏反映了她在文学道路上周期性的回荡与突破,也体现了她对各种艺术形式和表现风格的认真探索与追求。可惜的是,由于伍尔夫致力于小说的改革与创新,为文学事业的发展呕心沥血,耗尽了毕生的精力。对现实世界的悲观失望以及长期的紧张与劳累最终使她身心交瘁,精神崩溃,于 1941 年 3 月离开人世。伍尔夫的去世不仅使英国失去了一位卓越的女作家,也标志着英国现代主义鼎盛期的结束。

伍尔夫无疑是英国女性作家中最具颠覆性和创造性的杰出代表,其以多变的叙事角度和话语模式、超现实的意象和诗化特点及印象主义艺术手法的运用在现代主义文学中独树一帜。伍尔夫曾在《一间自己的屋子》中生动地描绘了一男一女走进同一辆汽车的场景,这件看似稀疏平常的小事对她却产生了极大的影响。她开始沉思:"是否脑子里也有两性,相当于身体里的两性,而且它们是否也需要联合起来去得到完美的满足和快乐呢?""双性同体"就是伍尔夫对这些问题的回答。作为对人类原初状态的一种想象和描述,柏拉图最早提出了"双性同体"这一概念。柯勒律治则认为所有伟大的创造家都或多或少是双性同体的。伍尔夫创造性地将这一概念应用到文学创作中,如她的《到灯塔去》就以意识流描写和线性叙事点面结合的手法象征隐喻了父权制社会中女性意识的自我消融。表面和谐的现代主义叙事结构使女性得以言说自我,成为融合两性意识的主导,然而小说的深层意义却质疑了这一"双性同体"的女性主义理想,揭示了作者在追求这一理想时所经历的情感和艺术的焦虑。

《到灯塔去》被评论界认为是伍尔夫最出色的作品。小说描写拉姆齐先生全家和朋友们到海滨别墅去度暑假。全书以“窗”“时光流逝”和“灯塔”三部分再现了作者双亲的形象和自己童年的生活情景。第一部分占全书一半以上的篇幅。它叙述9月的一个黄昏,在拉姆齐夫妇海滨的夏日别墅里,来了几个客人,其中有一位著名的植物学家威廉·班克斯,另一位是画家莉丽·布里斯科。拉姆齐一家计划到灯塔去。这部分以“窗”为题,采用内聚焦点的手法展示了窗内外两性意识的不同流向,并集中描绘了中心人物拉姆齐夫人的内心世界。拉姆齐夫人自我意识和社交艺术的两面性同画家莉丽创作《母子图》时情感与艺术的矛盾不无相似,成为女性在父权制社会中他者地位的自我表征。“窗”不仅标志着物理空间的分界线,也暗示了性别角色的二元对立。窗内,拉姆齐夫人织袜子,给幼子詹姆斯讲故事,充满了女性甘于奉献的精神;窗外,拉姆齐先生踱步吟诗,莉丽凝神作画,显露着男性表达自我的欲望。小说通过内聚焦点的叙事手法,“从一个人物的有限感知转换到另一人物的有限感知”,并汇集到中心人物拉姆齐夫人身上。

第二部分仅占小说的十分之一。它以抒情的笔调勾勒了十年的人世沧桑:拉姆齐夫人不幸去世;一个儿子捐躯疆场;一个女儿死于难产;作者将十年的不幸压缩在一夜之内加以表现。

第三部分描写十年之后的一个上午拉姆齐一家重返别墅。他们在拉姆齐先生的率领下,驾驶船前往灯塔。小说以拉姆齐一家到达灯塔和莉丽小姐挥笔完成了十年前开始创作的那幅油画而告终。灯塔之行是拉姆齐先生为悼念亡妻而举行的一次活动,但詹姆斯和凯姆对此反应冷淡甚至勉强,足以见得父亲与子女之间的隔阂之深。随着终点的临近,詹姆斯与父亲的认同感逐渐增强。父子认同在父亲称赞儿子“干得好”的声音中圆满结束,詹姆斯“心满意足”。

在这部小说中,伍尔夫探讨了父性和母性截然不同的世界观及其对于文明的真正价值,一方面通过哲学家拉姆齐先生的性格特征和他与家庭成员之间的关系,揭示了追求所谓的理性、真理和普遍原则本身所包含的冷酷无情和不近人情,以及由此而招致的分歧和冲突;另一方面通过拉姆齐夫人,发掘出一种与拉姆齐所代表的主导价值体系截然相反的世界观,一种富有感性、同情、浪漫的想象和人性的温暖,并努力化解纷争达成和解的母性的价值——一种非正统的价值。

《母子图》是小说的另一个象征隐喻,不仅宏观地跨越了物理时空的面,而且微观地展示了人物意识的点,并将二者动态地结合在一起。十年前,莉丽没有践行女性中心论的思想,也无法用双重视角主导连接两性意识,未能完成她的《母子图》。拉姆齐夫人的病逝和拉姆齐先生领导的灯塔之行为她作画提供了新的背景,她的内心也随之产生了变化。如果说第一部分的窗暗示着两性意识的二元对立,而女性无法通过艺术摆脱他者身份的话,那么十年后的灯塔之行则是一次穿越时空、超越性别的伟大尝试。从表面上看,灯塔之行意味着拉姆齐夫妇的精神团聚,为女性意识进入男性视角提供了一个合适的机会,莉丽的《母子图》正是主导两性交流的艺术再现。然而,代表心理时间的中心意识点在代表物理时间的现实背景面上发生置换,拉姆齐夫人的缺席促成了父子的和解,灯塔的象征意义也随之发生逆转。莉丽的《母子图》变为《父子图》,她的画作与灯塔的意象合二为一,共同象征着拉姆齐先生的男性权威,而莉丽也经历了类似詹姆斯那样寻找中心的过程,对拉姆齐先生的态度由排斥反抗转向认同顺从,在心里将"同情"给予了他。这位女性主义者也完全接受男性权威,由此解构了小说表层所体现的两性融合。

这部小说带有自传性质,女画家莉丽对拉姆齐夫人的复杂情感正是伍尔夫在母女关系中建构自我的原型再现,而《母子图》与"灯塔"则是她与父亲隐性认同的意象表达。伍尔夫无法像小说里的詹姆斯那样继承父亲权威,而必须通过抵抗父权传统获得自己的身份。父亲在母亲去世后要求伍尔夫的两位姐姐全心照顾他，伍尔夫忌恨他，称他为“暴君”。带着这种不满与愤怒，伍尔夫进入文学创作期后就提出要杀死“屋子里的天使”。由于情感矛盾引发了视角冲突。伍尔夫需要为复杂的自我寻求文学表达。站在女性立场上，伍尔夫将“双性同体”作为文学创作的思维机制和文学批评的一般标准，她将两性情感的交流视为创作基础，而其所拥有的完整性则完全符合现代主义美学标准，这无疑是她试图超越表达女性主义情感和遵循现代主义艺术之间的冲突的一次努力。

小说中作为一家之主的拉姆齐先生也是一位颇有影响和权威的知识分子，他是大学教授和哲学家，25岁时就已经在哲学领域做出了卓越贡献，在40岁以前已经达到了事业的高峰，他也是英国社会标准的成功男人，他靠着哲学研究养活自己八个孩子的家庭。但他的精神境界并不高。他追求真理但对人世的情感缺乏考虑，极端不谙世故，对于日常琐事也一窍不通，他不通情理，冷酷无情，而且心胸狭隘、脾气暴躁、喜怒无常，他是典型的自我中心主义者。对于子女而言，他“是个暴君”。拉姆齐先生典型地体现了英国社会所崇尚的价值体系，他“代表着善于思考的英雄，代表着理性主义者，他划出了主客体之间的界限”。伍尔夫对于这种价值体系表现出明显的否定，她把这看作挑起争吵、分歧和怨恨并最终导致毁灭性战争的根源。伍尔夫试图在母性那里寻求另一种价值，即与正统相反的价值。这一价值重建的努力贯穿于其所有的小说中。

但是，伍尔夫的“双性同体”概念是与女性主义立场相对立的妥协，这在她的小说里有着充分的体现，小说反复出现的“暴君”一词足以表达她对男权文化的强烈不满与抗议，她所借用的父子视角和意象化的视角重合一方面彰显了她行使男权的勃勃雄心，另一方面则暴露了她归顺男权的软弱无能，她的“双性同体”也因此带有浓厚的乌托邦色彩。

《达洛卫夫人》是伍尔夫的另一部重要作品。小说详尽记述了一位英国上层社会的太太达洛卫夫人和一位名叫史密斯的精神病患者从上午 9 点到午夜时分约 15 个小时的生活经历。小说首先描绘了女主人公达洛卫夫人在买花途中的意识活动。6 月的早晨,空气清新:主人公走在街上,心旷神怡,浮想联翩。小说通过直接呈现意识的流动过程,跨越了时空界限,展示了主人公丰富而漫长的人生经历。随后,女主人公从伦敦街头的所见所闻,联想到昔日的往事,又浮想未来。主人公的意识不断流动,不断跳跃。作家将主人公在瞬息之间有关现在、过去、未来的意识相互倒置、互相渗透、融为一体。同时,在第一次世界大战中因受炮弹惊吓而患有精神病的退伍军人史密斯则在伦敦街头神志恍惚、精神失控,最后自杀身亡。两条线索并行不悖,将它们交织在一起的就是意识流。

在乌托邦幻想小说《奥兰多》中,伍尔夫进一步阐述了两性共体的思想和写作与性别的关系。小说表现了男女性别的互换与融合,主人公奥兰多经历了从文艺复兴到 20 世纪 400 多年的历史,从仪表非凡的少年变成了美丽的少妇,最后完成了从 16 世纪就开始写作的长诗,还生了一个儿子。在奥兰多身上,融合了阴性与阳性、历史与现实、世俗与诗意的各种因素,其人格和性别决非由单一的因素恒定地构成,这使奥兰多具有了无限的丰富性和丰饶的创造性。

《海浪》也是典型的意识流小说。它"是关于几个人的生命的故事,这些故事按平行的轨迹发展,并在确定的点上汇合"。小说每章前面都有一段海景的描写,体裁是散文诗,写日出至日落,以此影射作品中的人物从童稚到暮年:小说的正文部分由六个人物在人生的不同阶段,即童年时代、学生时代、青春时代、中年时代、老年时代交替进行的瞬间内心独白构成。小说最后的正文部分是唯一活着的老迈的伯纳德面对一个就餐者进行独白,他总结了他们六个人的一生。小说没有什么故事情节,只有意识的波涛像汹涌的海浪一样此起彼伏。大海的潮涨潮落,暗示了人生和意识的起伏。作者在这部小说中进行了广泛的艺术尝试,几乎完全排斥描写外部活动,突出强调的是人物的内心生活;作者完全"退出”了小说，主人公生活在绝对自由的心理时间中；作品洋溢着浓郁的诗情画意，并借鉴了多种音乐手法。

总之，在伍尔夫的意识流小说中，人物的精神世界始终占有主导地位。她将外部客观事物和日常生活的细节弃置不顾，以透视的方式竭力表现人物变化无常、飘忽不定的感性生活。作为一名具有强烈革新意识的女性作家，伍尔夫始终在文学道路上探幽索隐、披荆斩棘，充分体现了自己独特的艺术风格和审美意识。

第三节　精神与艺术的突围：多丽丝·莱辛的小说创作

1919年，莱辛出生于伊朗。1925年，父母听说在英帝国殖民地南罗德西亚（津巴布韦）种玉米可以致富，于是举家迁往。动荡的迁徙生活对于莱辛的母亲来说简直就是一场灾难。父母世界观之间的巨大差异对实际家庭生活产生了不利影响，但也为莱辛的创作提供了灵感来源。随着经营失败，父亲逐渐萎靡下去，而她的母亲则在粗粝的环境中竭力维持英国的生活方式和价值观念，以求区别于“野蛮人”。母亲希望她成为南罗德西亚得体的英国淑女，她被送到一所修女学校，后进了首都索尔茨伯里的一所女子中学，不久因眼疾辍学。莱辛15岁时离开学校，18岁时离开家，做过保姆、速记员、电话接线员，投身于反种族隔离活动，两次结婚，两次离婚，生了3个孩子。1949年莱辛在经历了婚姻的失败和种种困境后离开南罗德西亚，带着两岁的儿子前往伦敦。时间在赋予莱辛智慧与思考的同时，也对她的努力与付出给予了肯定。面对不公正、不平等的生活现状，她毅然决然与之斗争，从加入共产主义小组，积极参与殖民地民族民主运动，到成为一名英国共产党员，左翼作家团体中的一员，以及后来的质疑乃至退出，莱辛始终坚守公平正义的理念并为之奋斗，坚决反对压抑与独裁式的恐怖。

1950 年,她的书稿《野草在歌唱》出版,反响很大,她终于实现了很久以来追寻的梦想。但真正给莱辛带来国际声誉的是 1962 出版的《金色笔记》。到今天为止,这本书依然以其思想的深度、内容的广度和形式的巧妙被公认为是她的最伟大作品。从《金色笔记》开始,莱辛显示出对个人精神和心理成长的关注,并在《暴力的孩子》五部曲的最后一部《四门城》中达到顶峰。随后的《简述下地狱》《天黑前的夏天》都延续了《四门城》结尾部分的空间化小说倾向。这些理探索小说为莱辛后来的空间小说铺平了道路。从 20 世纪 70 年代开始,莱辛的创作主题和风格发生了巨大变化,她的思想深受苏菲派禁欲神秘主义的影响,结合传奇故事、太空小说和启示录式的预言,创作了大量的科幻小说,如《幸存者的回忆录》《南船座中的老人星:档案》《第三、四、五区域间的联姻》《天狼星试验》等。到了 80 年代,莱辛又回归现实主义题材,创作了如《好邻居日记》《好心的恐怖分子》及《第五个孩子》等现实主义作品。这些小说展示了莱辛对当代社会现象的敏感,及其驾驭现实主义写作的非凡才能。

2007 年 10 月 11 日,瑞典皇家科学院诺贝尔奖委员会宣布将 2007 年度诺贝尔文学奖授予这位英国女作家,因为她是“女性经验的史诗作者,以其怀疑的态度、激情和远见,清楚地剖析了一个分裂的文化”①。她是迄今为止获奖时最年长的女性诺贝尔获奖者。对于这份迟来的荣誉,莱辛没有过度的兴奋,因为她常年孜孜不倦地写作,从不以获奖为目的。正是这种对文学创作无怨无悔的执着,才让她赢得这一“终身成就奖”。2013 年 11 月 17 日,莱辛去世,享年 94 岁。

莱辛的诚实、坦然、直率在给她带来不安和痛楚的同时,也给了她直面生活的勇气与力量,以及敢于剖析社会、剖析自我的美好品质。因此,她笔下的女主人公们总是那样可爱而又倔强,总是在面对生活的坎坷,承受生活的磨炼,但又始终没有放弃自我

① 青闰.每天读点英文获奖感言全集[M].北京:中国宇航出版社,2014:70.

意志与独立的品质。在她们坚强不屈的背后，支撑她们的是不断前行的信仰。

《野草在歌唱》被视为“战后英国作家所创作的最杰出的小说之一”。小说以南罗德西亚为背景，讲述白人妇女玛丽悲惨的一生。小说以玛丽·特纳被黑人男仆杀害的案件为开端，围绕着白人社区对于这一案件的暧昧态度，批判了白人殖民者的道德状况。因为特纳夫妇属于穷苦白人，他们被看作怪物和自作孽的人。对于玛丽的死亡，大家都不约而同地默不作声，甚至没有丝毫的同情。负责处理案件的是查理·斯莱特，他是少数成功白人的代表，他来自英国，出身贫穷，受过中等教育，在南部非洲靠着资本主义的经营方式和对土人的残酷剥削、对穷白人的野蛮掠夺而发了财。

主人公玛丽是由南部非洲的环境养育出来的成千上万普普通通的白人女性，她的相貌、声音和衣着都和大家一样。她的父母尽管都是英国人，但从来没有到过英国，他们与祖国的唯一联系就是来自英国的信件。30岁前的玛丽曾经品尝过快乐的单身生活，尽管父母的生活乱成一团，但并不影响她自得其乐。30岁后的玛丽终于抵挡不住流言蜚语的力量，匆匆嫁给贫穷潦倒又固执己见的迪克·特纳。婚后，玛丽随着丈夫迪克来到农场，与黑人打交道成为她日常生活中最精疲力竭的事情。她厌恶黑人到了神经质的地步，他们黑色的皮肤、气味、身体的姿势、行为方式，甚至她离不开土人这一事实，都激起她深深的憎恶。可是，她与迪克之间、与周围的环境有着许多难以逾越的鸿沟。沮丧绝望之下，她跨越世俗的禁忌底线，迷恋上了她的黑人男仆摩西。在小说结尾处，玛丽在恐惧中等待着摩西，这时，多种思想在她头脑中交织，她想到摩西，“他曾经对她那般好”，“她想到死亡的恐惧，幻想着电影中英雄救美的奇迹，她还想到托尼，“他那暖暖的慰语，他那坚实的臂膀”。从这种描写中，读者可以清楚地看到玛丽对男人的依赖之重，但在最后她还是死在了男人的手里。其实，玛丽是殖民主义和种族主义的受害者。小说不仅揭露了殖民地的种族压迫以及黑人的反抗，更重要的是，它深刻地揭示了白人男性在非洲的悲剧以及在非洲的背景下，白人文明的本质、白人政体的不公正和白人所面临的真正问题。她向人们揭示了英国对于非洲殖民的恶果：殖民主义带来的是英国人道德的堕落、肉体的衰败和精神的崩溃。玛丽和迪克分别代表了白人对待黑人的两种态度和方式：强硬、暴力和温和、哄骗。玛丽被杀的结局表明暴力只能招致暴力；而迪克则在经营农场的劳累中丧失了生命力；这说明强大和永恒的是不可征服的非洲大自然。

《金色笔记》把五本笔记穿插在一个故事之中，以此描写 20 世纪中期整个世界的风貌。小说围绕安娜与莫莉的一系列谈话而展开。在小说的开始，她们已经分开一年，在此之前，她们曾亲如姐妹。两人都是离异的单身母亲，都曾加入共产党。她们在伦敦家里多次见面，谈论有关私人关系的话题。虽然她们对政治的热情大减，但她们仍认为自己代表了困惑的一代：她们曾将青春献给了激进的政治活动，到头来却不知道如何生活。她们本该是自艾自怜的，但她们没有这样做，她们还保持着自嘲的能力，仍对明天充满希望。她们觉得，虽然历史将她们推到悬崖，但依然有男人可以帮助她们。所以，她们对男人依然怀有考古式的好奇：因为所剩的好男人不多，只好在废墟中仔细寻找。

《金色笔记》的叙述方式十分别致。非常成功的女作家安娜试图与一个男人生活，这个男人坚持他们的关系一定得是自由的关系。安娜有四个笔记本，记述不同的内容。其中，黑色笔记描写安娜作为作家在非洲的经历；红色笔记写她的政治生活；黄色笔记是作者根据自己的爱情生活所创作的一个故事，题为“第三者的影子”；蓝色笔记是她的日记，记录了安娜的精神轨迹。四本笔记于是成为一个不安宁的灵魂的四道反光。最后，这一切都在“金色笔记”中汇总，读者了解到一个“完整”的安娜，但此时此刻的安娜其实并不“完整”，她仍处于分裂状态，正面临着爱情破灭的痛苦。尽管如此，小说在整体氛围上并不悲观，而仍催人思索和抗争。安娜在迷茫了很久之后，重新投入写作。最后的金色笔记，是作者对人生的一种哲理性总结。在这种貌似无序的结构中，作者展示了那个混乱迷惘而又多变的时代中一个失重的灵魂的探索和生存。安娜试图用金色笔记把所有的故事串联起来，写出了生活在第二次世界大战后的一个女性知识分子在政治、个人感情、职业发展等方面的困惑和经历，反思自己这一代人面临的各种挑战、选择和道路。

作品涉及的时间跨度是1940—1957年。在这一时期，莱辛经历了一系列思想变化，她参加共产主义运动，加入共产党，后来退出共产党。莱辛创作《金色笔记》，也是她对自己在共产主义运动中经历的反省。作为左翼作家，莱辛了解左翼文学创作中的矛盾和困惑；作为自由女性，她也曾在不同身份角色中挣扎，可以说，小说《金色笔记》反映了她在这期间的精神突围。也正因为如此，莱辛创造了复杂的小说结构，通过几个不同层次的叙事内容，探讨了艺术家的创作困境、自我意识及作为女性如何突破这种困境等问题。

莱辛将她对现实主义的思考融入安娜的小说写作过程中，以此来解释所谓"照本来的样式精确细腻地描写"社会现实，是不可能的。她认为，生活是复杂丰富的，不可能全部融入虚构的艺术世界里，生活又是经验的，具有随意性和偶发性，文学创作则是事后发生的，具有归纳性和分析性。安娜和莫莉又表现出了莱辛对女性传统角色的突围。女性历来是被定义的，她们在社会上没有自己的位子和独立的身份，而安娜和莫莉这样的新女性追求自我完整，跳出了被命名、被解说的境遇。很多人都问莱辛为什么写这本书，这本书与女权主义思潮有什么关系。她总是给同样的回答："我写《金色笔记》的时候，根本不知道我在写一本女权主义的书，因为我所写的就是女人们在厨房里聊天时说的那些东西，但是说话没有写成文字那样的效果。人们反应得好像我做了什么让人惊异的壮举，其实我就是把女人们说的话写了下来。"[①]这也许正是莱辛写作的出发点。

① 沈睿.假装浪漫——一个女人的成长史以及她看世界的方式[M].北京：文汇出版社，2016：226.

莱辛从现实主义写作到空间小说写作的转向并非突如其来。莱辛对“空间”一直感兴趣,只不过在现实主义小说中,莱辛关注的是住宅、公寓等实际空间,而在科幻小说中,她的焦点转向了象征性空间。《第三、四、五区域间的联姻》是一部象征意义极强的寓言。这部小说在广袤无垠的星际空间展开,记述三大帝国走向自我灭绝的经过。该空间由 6 个区域构成,按文明程度从低到高的次序排列,第六区域最低,第一区域最高。每个区域间都有隐形疆界。小说描绘了强大、未知的力量对于地球上进化程度不同的文明区域的影响:母权的、平等主义的第三区,父权的、军国主义的第四区,以及部落的、野蛮的第五区,从一个区域穿越到另一个区域,跨过边界的密切接触带来了情感上的病态甚至生理上的厌恶,不仅表现了国际区域间的斗争,也涉及了男女之间的斗争,被视为“女权主义乌托邦科幻小说”。当和平自足的母系王国王后艾尔被迫嫁到本阿塔的第四区域这个充满战争和混乱的男权国家后,便开始以全新的眼光审视自己的第三区域。原来,第三区域并不比第四区域高明和优越,并不是绝对完美的女性乌托邦,仍然存在诸多弊端。而这些都是在片面追求女性独立王国时所始料不及的后果。小说的叙事者卢斯科既是故事讲述者,也和事件本身有紧密联系。小说颠覆了传统女性乌托邦小说中对未来的美好憧憬,意在暗示:既然乌托邦是个“不存在的地方”,那么最完美的社会也须不断革新和改进,唯有如此,才能持久健康地发展。

《一个未婚男人的传奇故事》是莱辛于 1972 年发表的一个短篇故事,这一故事具有现实主义主题,揭露了 20 世纪中期南非实行种族隔离政策时白色人种压制黑人女性的社会状况。这部作品在写作技巧上有了大胆创新,在叙事艺术上展示了颠覆传统叙事手法的特色。在创作中,莱辛运用女性主义叙事学理论,从作品的叙事结构和叙事声音两个方面分析作品体现出的颠覆性。《一个未婚男人的传奇故事》虽然篇幅不长,但是框架独特,叙述视角的不断变化是其主要的叙事结构特征。小说以第一人称自叙展开,以无名黑人女性“我”作见证人,运用叙述拼贴的合成方法，将她的丰富思想浓缩在短小的文本中。但在更大程度上通过“我”的视角客观、真实地呈现出约翰尼与众多女人交往的传奇一生，体现出父权制社会对女性的影响并重申了女性主体意识。小说在这一部分的描述中，大多采用倒叙手法，第一人称回顾性叙述，从现在不断追忆从前。第二部分采取了“嵌入叙事”的方法，作品仍然以“我”的第一人称外聚焦的方式展开，但是莱辛为避免在第一部分采用第一人称，而在见证人心理和视角上转换了叙述人，即人物在一个故事中讲的故事是“嵌入”的，一些批评家称之为“叙述之上的叙述”或“叙述之下的叙述”。第三部分聚焦在“我”的环境下，两个片段展现了约翰尼晚年的生活，年迈的约翰尼没有精力再奔波，便在一个黑人聚居村落户，了此残生。在这个短篇故事中，莱辛通过创作，完全颠覆了传统叙事结构和声音，通过运用多位女性的多重视角的转换，挖掘深层结构，从而创作出多位女性的多声部复调声音，表达女性行为话语主题，展示出她在文学创作方面的高超艺术技巧。作为一位坚定的人道主义者，莱辛为有色人种女性说话，以叙事手法为工具有力地批判并颠覆了西方的男性中心意识和白人中心意识，作品的表层和深层叙述结构、多元视角的转换和女性叙述声音突出了她探求女人与男人、黑人与白人之间平等对话的主题。

总之，莱辛拒绝人们将她的作品划代和归类，她的所有作品都贯穿着共同的主题。虽然她的写作手法千变万化，但在现实主义、成长小说、现代主义、戏仿、寓言、科幻小说等不同形式写作的下面，涌动的是莱辛在支离破碎的世界中对完整秩序的不懈追求。她的作品呈现一种前后对话的规律。

第四节 对历史的质疑与阐释：玛格丽特·德拉布尔的小说创作

玛格丽特·德拉布尔（Margaret Drabble，1939— ）出生于

英国工业城市谢菲尔德,成长于第二次世界大战的阴影下。她出身书香门第,对知识怀有极大的热忱。她的父亲是剑桥大学毕业的律师,母亲曾为小学教师,小说家安东尼亚·苏珊·拜厄特是其胞姐。同她的父亲和姐姐一样,德拉布尔也顺利进入剑桥大学攻读英国文学专业,并在1960年以优异的成绩获得本科学位。在剑桥学习期间,她深受著名文学评论家利维斯的影响。1960年毕业后,她加入了皇家莎士比亚公司。同年,她与公司的一位演员克莱夫·德拉布尔结婚,一同进入皇家莎士比亚剧团工作。她很快成为3个孩子的母亲,家务事的拖累结束了她的舞台梦想。于是,她转向小说写作。1963年,德拉布尔出版了第一部小说《夏日鸟笼》,出版后广泛受到好评,从此开始了职业小说家玛格丽特·德拉布尔的生涯。两人在1975年离婚,1982年,她嫁给作家、传记家麦克·赫罗德,她的第二次婚姻非常幸福美满,而且当时她在英国文坛的地位已得到确认。

德拉布尔是当代英国文坛久负盛名的小说家,以关注英国当代社会的现实问题著称,她的许多作品主要关注知识女性对女性理想身份的探索。第二次世界大战以后,越来越多的西方妇女接受了高等教育。新一代知识女性在以男性为中心的父权社会中受到的压抑和反抗,促使女权主义思潮高涨,德拉布尔的早期创作和这股思潮密切相关。正如评论家罗莎琳德·迈尔斯指出,德拉布尔具有强烈的时代感,她幸运地作为一个表现20世纪60年代英国知识妇女心声的作家而成名。她的作品反映了当时英国社会的状况及妇女的处境,妇女们如何力图适应战后社会迅速的变化,这种变化又造成什么心理影响,从不同角度中写出了她们追求自我实现的努力过程。

德拉布尔的早期作品都属于半自传性小说,记述一个女艺术家的成长。她总是将主人公与19世纪小说家乔治·艾略特、勃朗特姐妹的小说人物联系起来。《夏日鸟笼》描述女主人公在事业与家庭间的两难选择,以清新自然的风格和幽默机智的笔调描写了婚姻这个鸟笼内外的骚动。小说的标题出自英国17世纪剧作家约翰·韦伯斯特的一句话:“像夏日花园里的一只鸟笼。鸟笼外的鸟儿渴望飞进鸟笼,而鸟笼内的鸟儿却因唯恐不能逃出鸟笼而日夜不安。”

《金色的耶路撒冷》讲述一位姑娘离开家乡,到她心目中的耶路撒冷——伦敦去读大学,从此开始了她以前向往的都市生活。然而,她在追梦过程中却迷失了自我,因此一次又一次地逃离。小说放弃了以往的第一人称叙事,采用了距离较远的第三人称有限视角叙事,用讽刺的手法回顾一个过去的、没有超越唯我中心主义的自我。女主人公克拉拉由于不堪忍受母亲清教思想的严格与冷漠,冲出以母亲为代表的家庭牢笼,决心寻找童话里的人间天堂耶路撒冷。通过结识姐妹克莱莉亚,克拉拉走进了她梦寐以求的人间天堂丹哈姆家庭,接着又与克莱莉亚的哥哥加布里埃尔建立了两性关系,从这种关系中两人各取所需。被这样的上等家庭所接纳似乎应该让克拉拉感到满足,她会像众多女权主义积极分子一样在感情上停船抛锚,履行应尽的责任。然而,承担责任并非克拉拉的最终理想。借助于加布里埃尔,克拉拉追求的是生活的满足、历险和刺激,做一位成功、现实、睿智、潇洒、婚姻稳定男士的情人,或者说享有不受惩罚的快乐(当然,加布里埃尔也可从克拉拉那里寻得失去的青春,实现对现实的逃避)。

小说还探讨了母女关系话题,这显然与作者的个人生活经历有关。克拉拉借母亲生病的托词与加布里埃尔前往巴黎追梦,但幌子变成现实,她不得不尽女儿之责。令她意外的是,她从母亲的日记里发现了其年轻时与自己有完全相同的追求,克拉拉的反叛终于有了女权主义的根。可是,克拉拉并没有继续留在母亲身边,而是重新回到与加布里埃尔建立的开放式生活轨道上。

年轻、涉世不深、充满无限憧憬的克拉拉因为痛恨家乡和伦敦的社会现实,在童话故事的启发下,要寻找一个“不会注意到她的怪癖”或者“能够欢迎她的独特行为”的地方。她的理想按照多数女性小说人物的结局来看不切实际,因为她们往往以失望为代价走向成熟,克拉拉却走进由诗人和小说家组成的丹哈姆家庭,不仅寻觅到了失去的家庭温馨,而且寻到了道德价值观念模糊的环境。她发现情人可以进家门,私生子能够得到同样的关爱,不仅如此,眼泪与欢乐同样得到尊重。克拉拉的感情不能专注于一个人,加布里埃尔只是她认识其他事物的窗口,她要以此为起点尝试更多的生存方式,把自己与世界联系起来。她后来认识到自己心肠硬,缺乏爱心,由于意志的膨胀无法去爱。

小说的问世引起了部分人对她的女权主义思想的批评。为了避免人们对作品的误读,德拉布尔多次在访谈中明确表明自己根本不喜欢克拉拉,认为克拉拉是她笔下最缺乏同情心的人物,因为她体现了人性最暗的一面。作者的辩解并不妨碍评论家对作品进行女权主义解读,更有趣的是,人们根据作者对作品的评论从不同的角度进行阐释。关于这部作品的批评与其说批评的是德拉布尔的女权主义幻想,倒不如说揭示了以克拉拉为代表的女性试图超越现实的不实梦想。这样的安排显然具有神话色彩,但缺乏现实说服力。换言之,她的自由、执着以及对片刻快乐的追求无不建立在逢场作戏和人走茶凉的哲学之上。

小说中出现了一个故事叫《金碧辉煌的窗户》,讲的是小男孩外出散步时从山坡上发现一幢房子,它的窗户全部是金子做的。经过一番寻觅,他发现那正是自己的房子,所谓的金子只不过是反射的阳光,明白真相的他大失所望。克拉拉将这个故事曲解为"此山不如彼山高",以此来逢迎自己背离现实的理想。她在家乡的不幸遭遇对她产生了不可忽视的影响,这个故事也激发了她不甘现状的进取心,但她的进取并非立足于现实、克服眼前困难的进取,而实质上是一种逃避。她真正追求的是不劳而获的"沃土",也就是说,哀怨、逃避、享受才是她进取的本质。从表面上看,克拉拉从小镇走向辉煌的大都市,这标志着她个人意志的胜利,但作品的深层回荡着德拉布尔的另一种声音,即女主人公在社会的层面上取得了胜利,在道德方面她却是一个失败者。

《磨盘》是德拉布尔的第三部小说,它的标题借用了《圣经》中的一个比喻,"磨盘":暗示了主人公想逃避婚姻和儿女,违背了自然规律,从而遭受惩罚。书中主人公的生活出现了危机,作者采用第一人称的叙述角度,细致地表现了女主人公面临危机的几个月中的心理状态、思想活动、感情与生活,点明了她背负着重如“磨盘”的精神负担。一位原本羞涩的女大学生被20世纪60年代的性自由浪潮所裹挟,发生一夜情后未婚先孕。她作为单亲母亲终于认识到,个体的生存还要依赖社会传统。主人公罗莎蒙德·斯特西受过良好教育,有自己的思想,但她为自己营造了一个回避性爱的禁区,与同学哈米什相爱一年却从未发生过关系。她甚至尝试同时与两个男人约会,只是为了有人跟她作伴,让其中一个男人“以为”自己与另一个男人有性关系,事实上却没有。但在一次意外之后,她发现自己怀孕了,对方是与自己关系极为疏淡的乔治,甚至没人知道她认识他。起初她怀疑、震惊与恐慌,曾鼓起勇气喝杜松子酒打胎,但没有用。她又不愿找医生帮忙,只得把这个孩子生下来。没有人知道谁是腹中孩子的父亲,包括乔治本人;有那么几次,罗莎蒙德也曾想过打电话给乔治或者去见乔治,但最终都打消了念头。在怀孕过程中,罗莎蒙德跨过了无数心灵上的坎坷。在她怀孕6个月时,她的女友莉迪娅因住处不安定,要求住在她家,她免除了莉迪娅的房租。莉迪娅聪明伶俐、独立自恃,爱好写作,且帮她料理一些家务。在孩子出生前的那个晚上,罗莎蒙德无意间读到了莉迪娅正在写的小说,发现主人公的原型正是自己,而且莉迪娅在小说中表现出对自己专业的攻击与极端轻视,并且揭示了罗莎蒙德这种人迷恋学术上的细节发现,只不过是一种逃遁,逃避社会现实。罗莎蒙德因此心烦意乱,沮丧不堪。孩子顺利地生下来,取名奥克塔维亚,一切都比预想的要好得多。孩子很美丽,加上朋友的问候,罗莎蒙德越来越开朗,体形也迅速复原;莉迪娅每天都单独或带朋友去看她,但住院的最后一个晚上没来,她忧伤地哭了。最初带着孩子过日子,罗莎蒙德每周都要在烦乱中哭上好几次,却不得不勇敢地面对一切。她曾经希望在生了孩子之后,会重新对男人感兴趣,可这样的事情并没有发生;尽管有时除了柔顺的女儿,也会怀着温情想念乔治,但他终归没有打电话给她。某次孩子咳嗽,在医院检查时医生发现孩子是个畸形儿,需要动手术,存活率仅四分之一!没有人可以商量,更无人分担,罗莎蒙德第一次为另一个人感到害怕。她想到乔治,但在同一瞬间,又因乔治从未分担过这不必要的忧伤而感到高兴。孩子终于平安出院,罗莎蒙德的论文即将出版,并且她将在一所颇具吸引力的新大学里得到一份很好的工作,她的名字将变成"罗莎蒙德·斯特西博士"。她的情绪很好,就在那个圣诞节前夕,她遇见了乔治,她惊喜万分,但她只是请他到家里看看自己的孩子,依然没有告诉乔治实情。两个人谁也不向另一个人靠拢,那就只能分手。最后,乔治走了,故事也戛然而止。

德拉布尔在她后期的小说中,对经济、政治和社会热点问题给予了极大关注。在小说《妥协》中,她专注于描写社会变迁对她的性格影响,她从每个人物角度出发进行叙事,拓宽了小说的视野。故事情节从历时性展开向共时性展开过渡,显示出多元化倾向。在叙事方面,从《针眼》开始,她转入对男性内心世界进行探索。《针眼》讲述关于财富和放弃财富的故事,作者采用两个叙事视角,展现生活的绝望和悲观。

《光辉灿烂的道路》围绕着三位女性的生活与工作经历,采用具有女性特质的非线性叙事手法,向读者展示了20世纪80年代英国社会的危机与人们的困惑以及作者的后女权主义思想。小说以同时描写一个伦敦家庭晚会和四个诺萨姆(舍菲尔德)晚会的方式开始,渐次奏响了黎姿、艾利克斯、伊瑟这三位中年女性生活与工作的交响乐,三人经济地位的差别并没有妨碍她们成为莫逆之交。接着,小说把读者带回到了20世纪五六十年代,按女性时间(蒙太奇)的方式向读者展示了三位女性不同的成长与工作经历。当叙事再一次回到现实中来的时候,已是三位女性午餐的时间。通过同时描写她们的内心活动,德拉布尔进一步揭示了她们变化多样的生活模式。通过不同的时间处理模式,德拉布尔把女性的个人生活经历与近代英国的社会现实紧密地结合在一起,编织出一个广阔、复杂的小说世界。

伦敦与诺萨姆在地域上的对立往往给人造成北方薪级阶层乏味的生活与南方中产阶级舒适生活之间对立的假象。北方市区内的确居住着孤独的老年群体和被国家政策边缘化的中年群体，但在郊区，人们看到的却是一番迥然不同的景象，那里聚集着商业巨头、成功的公司经理、教师、记者等。伦敦也并非遍地繁华，失业、贫穷，市中心的衰落，社会、性和政治暴力，孤独与恐惧等社会现象随处可见。所有这一切共同构成了一幅巨大财富、城市美景与居高失业率、破败萧条之间的对立画面。新右翼思想和政策曾经鼓吹综合解决贫穷、正义、公平、住房和社会福利问题，而眼前的现实显然是对撒切尔主义的莫大讥讽。

社会达尔文主义和霍布斯主义极力倡导冷酷的个人主义。它们崇拜个人财富和物质价值观，强调财产的积累，把物质财富视作一切活动的标准尺度。黎姿忠实地追求自主、自立、责任的信念，毫不掩饰地向人们展现她的财富、社会地位和影响力，但她也付出了一些代价。社会两极分化的加剧无疑是社会达尔文主义和由此引发的拜金主义泛滥造成的直接后果。达尔文主义者克里夫身上则同时体现了自由经济、社会独裁、清教道德和庸俗文化的成分，他反对任何形式的国家干预，认为那是社会集体主义的东西。他诋毁工会，把工会看作威胁自由和国家的组织。具有讽刺意味的是，他最终也成为他所顶礼膜拜的新自由主义经济的牺牲品。

德拉布尔的第十六部力作《红王妃》在创作内涵和创作技巧上比以前有了很大提高。在这部小说中，她打破时空界限，使辞世两个世纪的鬼魂红王妃与其现代替身芭布斯·霍利威尔掌握话语权，进行过去与现在的对话，采用后现代主义创作技巧，揭示了跨文化的共同的人性问题。

德拉布尔声明，红王妃代表一个混合体，小说正是通过红王妃之口，对历史进行反思，向主流意识形态挑战；同时重述朝鲜历史过程。不难看出，德拉布尔质疑主流权力话语，提出关于生存的本质和跨文化人性存在的可能。

总之,德拉布尔早期的作品以女性个人生活为主题,后期题材范围不断扩大,涉及政治、社会等诸多方面,技巧也不断创新,是当之无愧的英国最著名的小说家之一。

第五节 从表面到真实的精神朝圣:艾丽丝·默多克的小说创作

默多克1919年出生于爱尔兰首府都柏林,父亲在第一次世界大战中是骑兵军官,母亲是爱尔兰声乐家家庭出身。默多克是这个幸福家庭唯一的孩子,享有幸福的童年。在一次采访中,她称她和父母是“美满的爱的三位一体”。但自幼充满幻想的她并不以此为荣,而是时常幻想自己能有位兄弟或姐妹,这也许就是她为何总喜欢在自己的小说里描述一个温暖的家庭时不忘塑造一些可爱的孩子的原因吧。

默多克幼年就学于伦敦和布里斯托尔。第一次世界大战结束后,父亲在伦敦做政府公务员,1921年他们举家搬到伦敦,后就读于牛津和剑桥的两所大学,学习哲学、古典文学和历史。1938年她从牛津大学毕业并获得一等文学学士学位,之后就职于一个政府部门。后来由于工作出色又被联合国救济总署聘任,派往比利时和奥地利的难民营任职。这一个时期的生活经历深深地刺激着她的思想,而且不断地在她创作中出现,后来还成了众多评论家讨论的热点问题之一。1948年后重返牛津,她在圣安妮学院做了多年的研究生,并教授哲学课。从此开始了她在哲学领域里的不懈追求,探讨如何让道德的理性和善重新回归到哲学研究的中心。广博的学识,丰富的才情,使她还能够成功地跨界,在作为主业的哲学和作为副业的文学上成为双料才女。1963年至1967年,默多克在皇家艺术学院讲课。从此,她全身心投入到创作中。

默多克的拿手好戏是以小说的形式来阐释自己的哲学观点。她一生写了26部小说、6个剧本、1本诗集和5部哲学著作。从

1954年她发表第1部小说《网之下》到1999年她去世的45年里，她共创作出26部小说，平均一年半左右一部。她的小说作品包括《逃离魔法师》《沙堡》《钟》《被砍的头》《非正式的玫瑰》《独角兽》《意大利姑娘》《红与绿》《天使的时间》等。她重要的哲学著作《作为伦理学向导的形而上学》，确立了其作为重要哲学家的牢固地位，默多克获得过许多奖，包括1973年的詹姆斯·泰特·布莱克纪念奖、1974的怀特布莱德奖、6次布克奖提名、1978年布克奖等。1987年，她以其杰出的文学和哲学成就被封为英国女勋爵。2005年，美国《时代》杂志评选出自该杂志1923年创刊以来的100部最佳英语小说，《网之下》榜上有名。2008年，《时代》杂志又评选默多克为"自1945年以来英国最伟大的50位作家之一"。

可是这位"英国最聪明的女人"在她的晚年到来时，得了阿兹海默症，这或许应该看作是上帝对人类的愚弄，往日的英伦风云人物成了只有3岁小儿智力的人，所有产生美妙思想的管道都堵塞了。1999年，默多克去世。

从默多克近40年的创作历程来看，她的早期作品主要属于模仿阶段，注重在吸收先前的文学创作特点的基础上，力图开拓创新。这个时期她共创作了4部小说，尤以《钟》为精品之作。她讲究文笔上的精巧细琢，字里行间到处洋溢着智慧和幽默，故事内容庞杂、繁复，情节曲折多变、匪夷所思。这种文体特点一直延续到第二个创作期20世纪六七十年代，这时期的作品如《非正式的玫瑰》《独角兽》充满了浪漫主义色彩。进入70年代后，默多克文思泉涌，笔耕不辍，著书甚多，这个阶段的小说创作思想显得较为深沉，《黑王子》《神圣的和亵渎的爱情机器》和《大海呀，大海》这些使默多克真正傲然立于文坛的作品都创作于这个时期。到了八九十年代，默多克的小说模式呈多维状，她把笔触重新对准了人的生活，全方位地展示了第二次世界大战后英国社会的人生百态，先后创作了《修女和战士》《哲学家的学生》《书与兄弟会》《绿衣骑士》和《杰克逊的困境》等优秀作品。

默多克认为我们应当把人生理解为"从表面到真实的精神朝

圣”,这是一个形而上事实,柏拉图在洞喻中给出了无法超越的表达。柏拉图用太阳比喻善,他说,洞穴中的囚徒头颈和脚都绑着,不能走动也不能转头,只能看着洞穴的后壁和身后的火光投射到洞壁上的阴影。后来他们力图转过身,看见了火光。再后来,他们逃离洞穴,看见了太阳照耀下的世界,最后看见了太阳本身。柏拉图认为,只有在太阳的光芒之下,真理才能被看清。默多克把道德生活看成一种缓慢的变化过程,“看”或者“关注”是神性能量的来源,它让人走上一个离开幻觉和臆想,踏上迈向真理的漫漫旅程。她借用柏拉图的洞喻来描写陷入臆想的人,如果他们想要在道德上变得更好,就必须转过身来奋力爬出洞穴,看清在太阳的光芒,也就是善的光芒照耀之下的世界、他人和自我。人生是一种精神朝圣,由善那令人不安的磁力所引起,包括在善的光芒之下净化能量和欲望。

在朝圣之旅的最初“迷惑”阶段,臆想和自我是默多克词典中的两个关键词。臆想和想象是完全不同的。想象是自由地、极具创造性地探索世界,寻求真实的、有深度的表达和解释,而臆想则是有些机械性地制造出狭隘陈腐平庸的虚假画面,此中自我的力量表现得奇大无比。人总是那么固执地沉醉在自己的臆想世界里,以自我为中心。默多克在哲学和小说中都对此进行了深度探讨,以期揭示任何把自我看作中心的个人都要陷入的一种错觉。她告诉我们“公正地看清自我如同看清其他东西一样困难,当一个人终于获得清晰的眼光时,自我相应地成为一个更小、也更无趣的东西”。自我的真实状态总是不那么令人乐观的,默多克在小说中多次描写的那类人物,似乎总是错爱或者深陷幻想。他们如此这般的境遇,其实恰恰是人类的共同状况。道德生活的大敌就是“个人的臆想”。对自我和意识来说,感知他人和周围的世界都是基本的。净化本质上自私的能量的技巧就是“关注”。在从“迷惑”经过“关注”走向“善的真实”的朝圣之旅中,第二个阶段的关键词便是“关注”。默多克把“关注”看成是对他人、对我们的日常活动以及周围世界的一种持续不断的兴趣。从这层意义上来说，“关注”是一种富有思想的、无私的沉思。默多克把道德生活描绘成在某个值得关注的目标的指引之下自我向真实的转变，这种转变包含心理能量的转变。“关注”所表达的就是“把公正的、充满着爱的目光投向个体的真实”。“关注”的目的就是达到“善的真实”，这是第三个阶段的关键词。在默多克看来，好的艺术是一种象征力量，为纯粹超越的价值提供一个令人激动的形象，一种稳定的、可见的、持久的更高程度的善。在一个没有祈祷的无宗教信仰的年代里，艺术为许多人提供了他们最真切的经验，即对某种独立的、珍贵的、有益的东西的体验，关注的目光静静地、非占有性地投向它。

《网之下》是默多克最成功的小说之一。这是一部哲理喜剧小说。小说一开始，主人公杰克从巴黎返回伦敦。到家后得知，他和室友菲尼被同租室友玛奇赶出。杰克依靠翻译法语小说维持生计，自认为很有才华，想成为一流作家，可是至今尚未创作、出版任何作品。杰克看不起室友菲尼，常把他当作听候使唤的仆人对待。杰克到朋友戴维的住处去，想找一个寄宿之地。但戴维只容许杰克把行李箱放在他那里。戴维是哲学教师，身边总有崇拜他的年轻学生环绕，但在杰克看来，戴维其实是在阻止年轻人进入哲学领域。杰克转而求助于昔日女友安娜，安娜知道杰克此次来访不是为了重修旧好，而是寻求栖身之处。她让杰克睡在道具间，并把他推给她妹妹莎黛。莎黛见到杰克很高兴。她要他照看她的公寓，她正躲避着一个叫雨果的年轻人的追求。雨果与杰克恰巧是旧友。杰克曾把他和雨果的对话收集起来，结集成一本书，名为《沉默的人》，杰克明知这是剽窃雨果的思想，但他还是昧着良心把书出版了。为了逃避雨果的愤怒，杰克逃避了，并中断了他们的友谊。后来，杰克在一家医院当起清洁工。雨果正好受伤住院，杰克以为雨果一定会趁机报复，却未想到雨果非但没有责怪他“偷窃”，反而称赞书的内容层次很高。从雨果口中，杰克得知安娜的所爱其实是雨果，雨果的所爱是莎黛，而莎黛的所爱却是自己。原来，杰克假设和猜测的一切，都是他的主观臆想。

杰克就是这样沉湎在自我世界中,他人不过是路人或过客。最后,杰克收到菲尼来信,这位被杰克视为无用之人实现了自己的梦想。杰克终于认识到,他自以为是的世界观与真实世界完全不相符合。经过一连串的事件,他终于醒悟,决心走向新生。

这部小说表达出作家对生活和艺术的观点:生活是任意的和不完整的,艺术应当如实反映生活,而不应拘泥于一种理论。书名中的"网"指的是理论。在维特根斯坦的哲学中,"理论"就是人们认识世界的一张巨网,它看起来环环相扣,实际上却迂回缠绕。抽象的理论只是臆想和空谈,只有个别经验与亲身体验才具有生活的真实性。而小说的主人公雨果正是维特根斯坦"破网求真"观念的体验者。

默多克最棒的小说当数《独角兽》,该小说讲一个偏僻地区的哥特式爱情故事,一个女人因背叛丈夫被囚禁在海边的一座古堡内,她丈夫远走他乡,找了其同性恋情人看守她,后来又有家庭教师等几个人来到这里,他们都爱上了看似纯真无辜的女主人,并企图拯救女主人逃出古堡,但最后拯救失败,女主人在狂暴中杀了人,还跳海自杀了。这部小说丝毫不见女性笔力的柔弱,而有一种在暗夜的悬崖边能听到惊涛拍岸的感觉。默多克写作的力量感超过了许多女性作家能够做到的,她对人性的不客气挖掘,想象力的雄奇,哲理与思辨,她对人类的生存困境与心灵困境的追问,处处显示不同凡响。

默多克最著名的小说是获得布克奖的《大海呀,大海》。这部小说用的是"跨性别叙述",默多克化为一个男人,用第一人称的"我"来讲故事。小说叙述了功成名就的戏剧界大导演查尔斯·埃罗比,隐居大海边反省自己的人生经历、寻找情感寄托和执着求"善"的心路历程。全书以查尔斯与哈特莉的爱情故事为主线,辅之以他与众多情人的感情纠葛,其间穿插了他与神秘的詹姆斯以及几个至交好友的故事。63岁的导演、剧作家和演员埃罗比是英国戏剧界备受崇拜的偶像人物。他准备从耀眼的伦敦世界退休,回到大海边定居,所以他买下海边悬崖上的一所房子,里面甚至没有电灯。他没有结过婚，但有一些情人，他想摆脱她们。埃罗比打算远离城市的喧嚣，安静地生活，写他的回忆录。但出乎意料，他在附近小村里遇到了青少年时期的初恋情人玛丽·哈特利。埃罗比同哈特利曾有过几年炽热的爱情。18 岁时，他被哈特利莫名其妙地抛弃。之后，虽然他也有一些情人，但他觉得他的真爱只属于哈特利。哈特利已嫁给退役军人本恩，他们没有孩子而领养了一个小孩。埃罗比认为本恩简单粗暴，哈特利处于不幸的婚姻牢笼中，要她摆脱婚姻，和他私奔。但哈特利不愿放弃婚姻。她当初之所以放弃埃罗比是因为她发现他太专横，而且她也不愿他做演员工作。并不代表正义和真理的埃罗比也不是个道德完善者，在到海边隐居前，本人私生活就一塌糊涂。“拯救”这出大戏因他将自己的意志强加于他人，而变成了一出失败的闹剧。埃罗比“劫持”哈特利未果。他不断地思考着，在恶魔遍布的人生路上，下一步应当如何做。这里的“恶魔”指他内心的恶魔，尤其是嫉妒、虚荣和贪欲。在小说中，作者试图表明，在 20 世纪，善的理念正在代替人们对上帝的崇拜和对宗教的虔诚，成为新的情感寄托；但这个情感寄托依然像上帝一样，也是一种虚幻。

《钟》是默多克的第四部小说，是她最优秀的作品之一。小说中在迈克尔·米德的祖产伊姆波尔宅邸附近有一个伊姆波尔修道院，克莱尔任院长。这个团体由一群不适应社会生活的人组成。他们精神扭曲，与世界格格不入。传说，在 14 世纪，伊姆波尔修道院的一个修女有了情人，之后修道院受到诅咒，修道院的钟掉进湖里。米德是个好人，受神的召唤研究宗教，担任教师时，和学生尼克发生过同性恋关系，这使他失去成为牧师的机会。由于担心自己的性取向，他未主动给予 28 岁的尼克以爱和关心。将要成为修女的凯瑟琳是尼克的双胞胎妹妹，她是个神经病患者，暗恋着米德。但米德在人群中看到了将要去牛津上学的 18 岁小伙子托比·盖什，未能抵挡住诱惑而上前吻了他，这激怒了尼克。此时的尼克酗酒成性。尼克是这一群人中的反面人物，当他还是孩子时，就让米德为他丢掉圣职。米德这个团体的人认为,安装一个新钟可能会对他们有好处,于是他们计划安装一个。而恰巧托比偶然发现旧钟,于是他和有着不幸婚姻的多拉·格林菲尔德企图用旧钟换掉新钟,然而他们不小心碰响旧钟,因此计划受阻。多拉因丈夫虐待,离开他而和一个记者发生暧昧关系,后来她来到米德的团体。尼克试图恐吓凯瑟琳,阻止她进修道院,并在暗中阻挠挂新钟的计划。最后安装钟的庆典没有举行,因为尼克几经谋划,让新钟也掉进湖里。这个团体最后分裂。凯瑟琳自杀未遂,但已精神恍惚,尼克自杀,托比被送回家中。多拉尽力帮助安装旧钟,并挽救了企图自杀的凯瑟琳,她从团体生活的经历学到很多,不再逃避她失败的婚姻。克莱尔院长和佩斯解散这个团体,米德去伦敦,多拉也去了那里,成为一名美术教师,开始了新的生活。

小说的主题是爱,或曰"失败的爱"。主人公是米德和多拉,一个代表失败的爱情,另一个代表爱情的拯救作用。他们两人都在团体解散后生存下来,因为他们意识到爱在生命中的重要性。尼克是这一群人中的反面人物,他拒绝他人,也遭到他人拒绝,最后自杀,米德为尼克之死感到无限懊悔。在米德身边的另一个人是凯瑟琳,她对米德的爱是注定要失败的。她试图溺水自杀未遂,精神变得失常。米德承担起对她的全部责任。多拉的内心充满爱,也喜欢被爱的感觉。在小说中她和克莱尔院长代表生命力。

总之,默多克是有哲学修养的作家。她的哲学思想,洞察力、想象力、对人性的观察和理解力、构思的巧妙复杂、用笔的流畅美妙以及运用反讽等技巧,使她成为20世纪后半叶伟大的英国小说家之一。

第六节　女权主义与后现代主义的结合:安吉拉·卡特的小说创作

安吉拉·卡特(Angela Carter,1940—1992)出生在英国东南

部的港口城市伊斯特本，原名安吉拉·奥利弗·斯多克(Angela Olive Stalker)。因为战争，她在幼年时同外祖母一起被送到约克郡南部生活，由于外祖母擅长讲述民间故事，安吉拉深受其影响，从小喜欢阅读来自世界各地的民间传说。十几岁时，卡特曾饱受厌食症的折磨。从伦敦南部的斯缀特姆和克拉帕姆中学毕业后，卡特便像父亲休·亚历山大·斯多克一样在伦敦地区一家历史悠久的周报做起了记者。卡特后来入读布里斯托大学学习英国文学并获学士学位。

20 岁时卡特同保罗·卡特结婚，同时就读布里斯托尔大学研习中世纪文学。在学校时她广泛阅读，对法国文学、心理学、人类学以及社会科学均有涉猎，这些为她后来的小说创作奠定了良好的知识背景。1965 年毕业后定居布里斯托尔，随后开始了文学创作。20 世纪 60 年代正是英国小说家跨出传统框架，力图在文学创作中标新立异的岁月。一大批女作家此时在文坛争奇斗妍，各领风骚。卡特独树一帜，她热衷于写哥特式小说。后来，又把法国 17 世纪著名作家夏尔·佩罗的童话故事重新翻译，把那些古老的广为流传的童话改写成供当代人阅读的童话故事。《蓝胡子》《睡美人》《小红帽》等家喻户晓的童话故事经她改写，凸显了新意。1969 年，她用第三部小说《数种感觉》获毛姆奖所得的五百英镑离开丈夫在日本东京生活了两年，1970 年两人离婚。

卡特一生游历过很多地方，并以学者的身份在一些国家短暂居住，这既为她的写作提供了素材，又不断地改变着她的思想和意识。在日本这个完全不同于欧洲文化的地方，男人仍是社会的中心，女人只能处于卑微的地位。女性的这种生活现状激发她从她们的视角出发，以她们为中心改写传统的神话、童话和民间故事。卡特把在东京的经历写成文章，发表在英国周刊《新社会》上，并在 1974 年出版了跟这段经历有关的短篇小说集《烟火：九篇世俗故事》。此外，在她 1972 年出版的长篇小说《霍夫曼博士恶魔般的欲望机器》中，此番经历也得以表现。离开日本后，凭借流利的英、法、德三种语言，卡特游遍了美国、亚洲和欧洲。

1976—1978年,卡特成为大不列颠艺术协会研究员,在谢菲尔德大学开设写作课程。1977年,卡特与马克·皮尔斯结婚并生有一子。1980年至1981年,卡特在布朗大学任客座教授兼"驻校作家"。其间,她曾在美国及澳洲各地四处旅行、教学,后来定居于伦敦,在东安格里亚大学任教,作家石黑一雄当时曾受教于她。1992年,52岁的卡特患肺癌去世。

卡特在这个世界上仅仅生活了52年,却创作了9部长篇小说、6部短篇小说集、2部诗集、5部广播剧、2部电影改编、1部电视纪录片、5部儿童作品、4部非虚构性作品、4部编辑作品、2部翻译作品,著作颇丰。卡特是个独特的英国女作家,因其女权主义、魔幻现实主义、后现代主义和哥特式艺术手段与主题而知名。她的作品可以说是女权主义与后现代主义的结合。在女权主义的表现上,传统童话中的妇女形象——温顺、懦弱、胆怯、任男人玩弄、施虐,在她的小说中都翻了身,女人也可以摆布男人了。作为当代女权主义作家,她对文学作品中的妇女地位、妇女形象、男女性关系等问题十分关注,并从女权主义的视角探讨色情文学、哥特小说,以及男女之间的性关系。在后代主义的表现上,一如卡特本人给人留下的深刻印象,她的作品中糅合了多种艺术表现手法,集后现代主义、魔幻现实主义与女性主义于一体,因此,她曾被归为不同的文学流派,如后现代女性主义作家、哥特小说家、超现实主义作家、科幻小说家,等等。在卡特的小说里,她天马行空的想象让人叹为观止。她的小说总是能够打破读者的阅读期许,令人惊讶。这一方面源于她的文字技巧,她的组词构句总是有令人眼前一亮的感觉;而她的话语速度,有电影"蒙太奇"的闪电切换,也有如淅沥雨下的流淌。此外,她的作品总是充满了隐喻、暗喻、借喻、借代等手法,她也从来不会以平淡白描的手法老老实实地按照时序讲述一个朴实的故事,她的作品更像是传奇。卡特有一个惯用的写作手法,就是后现代主义的戏仿或是颠覆。她不仅饶有兴致地利用、改写或者影射莎士比亚、萨德侯爵或波德莱尔等作为文学前辈的男作家的作品,而且,她还大胆改写那些已经家喻户晓的童话故事和民间传说。

《魔幻玩具铺》《英雄与恶棍》《霍夫曼博士恶魔般的欲望机器》《新夏娃的激情》《马戏团之夜》《明智的孩子》这六部是典型的童话小说，充满了对传统童话主题的改写与颠覆。《魔幻玩具铺》以《蓝胡子》为背景，穿插了《丽达与天鹅》等童话故事，描写了少女梅拉尼在父权制度下的艰难挣扎。梅拉尼与她年轻的恋人费恩就像在伊甸园中的亚当和夏娃一样。这部小说建立在童话的乌托邦结构和极端幻想基础之上。《英雄与恶棍》是关于核战之后幸存下来的三个群体——教授、野蛮人和变种人——相互攻击、彼此掠夺的故事，具有一定科幻色彩。《霍夫曼博士恶魔般的欲望机器》美国版名为《梦想之战》，是对《睡美人》童话的重写。这部流浪汉小说深受超现实主义、浪漫主义、批判理论和欧陆哲学的影响，呈现出魔幻现实主义和后现代主义相混合的风格。《新夏娃的激情》是对"雌雄同体"童话的重写，男性艾弗林被变成了女性夏娃，而红极一时的女影星特里丝特莎其实是男人。此书设定在一个不同政治、种族和性别化的群体间爆发内战的恶托邦美国。作为一部黑色讽刺作品，故事从后女权主义视角戏拟了社会性别、性别差异和身份的原始概念。《马戏团之夜》把哥特小说的恐怖离奇、古希腊的神话《丽达与天鹅》、家喻户晓的童话《睡美人（美人）》和《拇指姑娘（奇观）》的故事糅合在一起，混合了小说的多重范畴，包括后现代主义、魔幻现实主义或后女权主义。《明智的孩子》描绘的是孪生歌舞团女演员朵拉和诺拉，以及她们奇怪的戏剧化的家庭的故事。小说中各种来自莎士比亚戏剧的戏谑引用层出不穷，所以，尽管小说题材令人心酸，但整个故事充满欢笑。小说中叙述者多拉的一句口头禅就是"能够唱歌跳舞真快乐"。联想到写作此书时，卡特已身患重病，这句话也许表达了作者本人对人世生活的无比留恋吧。这部作品探索了父权的颠覆性本质，充满了卡特对莎士比亚的崇拜，以及对童话故事和超现实的热爱。

1979年，童话集《血淋淋的房间》由英国伦敦戈兰茨出版社出版，并获得了当年的"切特南文学节奖"。这是卡特最负盛名的作品,该集以女性中心和色情挑战的方式重写经典童话,引发了1970—2010年间英美“童话重写”运动的新一波热潮。这部小说是按当代人的观念和情趣改写而成,写的是佩罗在17世纪写的童话。比较一下处于理性主义时期的佩罗所写的童话和产生了歌德和席勒这样伟大的文人的德国浪漫主义时期的格林兄弟所写的童话以及当代一个女权主义作家所改写的成人童话,读者能体验到“每一个时代都根据这一时代的趣味创作或改写童话”这句话的意义。

《血淋淋的房间》的前文本是个浪漫故事,女主角以优美绝伦的钢琴赢得贵族的青睐。然而,在卡特笔下,女主角婚后不久却发现丈夫是杀人狂。之后,卡特改写了多个童话故事,将美女、小红帽和蓝胡子的最后一个妻子等女性人物从色彩柔和的育儿室中抽离,投入女性欲望的迷宫。卡特收录了九个从女权主义角度重写佩罗童话集中的六个父权童话(《蓝胡子》《美女与野兽》《白雪公主》《睡美人》《小红帽》和《穿靴子的猫》)的故事:据《蓝胡子》重写的《血淋淋的房间及其他故事》;据《美女与野兽》重写的《里昂先生求婚记》和《老虎的新娘》;据同名童话故事重写的《穿靴子的猫》;据《白雪公主》重写的《雪孩子》;据《睡美人》重写的《爱之屋夫人》和据童话《小红帽》重写的三则狼人童话:《狼人》《与狼为伴》《狼女爱丽丝》。而文集中第五个故事《魔王》则据日耳曼民间传说重写而成。在卡特笔下,这些重写故事以女性为中心,处理的是情侣和婚姻关系中的女性角色面临的各种问题,诸如她们的性欲、成熟与堕落。

在这部童话集中,卡特对传统童话进行了颠覆性的重写,主要表现在以下几方面。

第一,叙述视角的颠覆。《蓝胡子》童话采用的是第三人称全知叙述。而《血淋淋的房间》采用的则是第三人称叙述。侯爵的新妻子在变成故事中心人物的同时也成了叙述者,变成了对叙述具有操控能力和评判能力的主导力量,从而全面颠覆了传统童话《蓝胡子》的男性中心观。故事从一开头,就是以女主人公的回忆和自我反省来展开的。书中女主人公审视自己的内心，甚至调侃自己的无知，嘲笑自己的虚荣，这种自省和沉思使得她的逆来顺受有了一种冷眼旁观、处变不惊的淡定。可见，她尽管天真却并不无知，她对自己在婚姻状态中的被动、不利处境有着清醒的认识。当侯爵因为一件生意上的事而取消蜜月计划时，为了安抚她的失望而给了她城堡的所有钥匙，女主人公开始思考自己当下的处境。在叙述中，卡特不是一成不变地使用第一人称叙述，而是频繁转换叙述者，同时并置多个叙述声音。通过多个叙述声音的转换和交替出现，卡特消解了传统单一叙述孜孜以求的权威性和统一性，让始终在场的女主人公同时具备了叙述者、叙述对象、叙述的旁观者等多重角色，从而使文本能杂糅多重叙述视角和多种价值评判，让文本具有了阐释的无限可能。

第二，改变结局而重构情节。在《血淋淋的房间》中，卡特消遣了经典童话的惯例，女主人公不是被原型中的男英雄所救，而是被她的母亲拯救。故事的最后结局也不是“王子和公主从此过着幸福的生活”，而是女主人公、她的母亲“我”和她的盲人调音师情人三个人一起生活。卡特把《白雪公主》改写成《雪孩子》，目的是揭露父权制社会为了长期压制妇女总是在童话中制造妇女间的仇恨和不和。因为像卡特这样的女权主义作家自然不能容忍旧童话中那种男人要么杀女人，要么是女人的救世主，并让女人相互忌恨、残杀的文学形式，所以她把温柔、善良、漂亮的白雪公主改写成一个哥特式的吸血鬼。

第三，重新设定时间框架。在《血淋淋的房间》中，汽车、火车、金色水龙头和越洋电话的存在暗示着这是一个1930年之后的时代。这与传统童话一般采用“很久很久以前”这样一个时间框架是迥异的。

第四，混杂写作。《血淋淋的房间》完美地体现了卡特的混杂写作风格，呈现出华丽而诡异的文学景观。卡特混合了童话、哥特文学与色情文学这三种文类或写作范畴的文学可能性，从而创造了某种独特性。上文已经论述过，这部小说集中的九个故事是根据六个童话故事改写而成,这里主要分析卡特对哥特文学与色情文学的混杂写作。标题《血淋淋的房间》直接指涉《蓝胡子》杀妻的地点,通过一个极具恐怖色彩的修饰词“血淋淋的”将家庭空间“房间”陌生化,变成了一个异质空间。卡特还把侯爵(蓝胡子)的城堡变成了一个哥特式城堡——哥特式城堡一般都有暗道、机关和藏着惊人秘密的房间。此外,《血淋淋的房间》以情色书写重申了女性的欲望,并颠覆了传统童话中潜在的父权意义及异性恋偏见。《与狼为伴》中的小姑娘去看外婆,途经一片树林,在林子里碰到的不是一只凶恶的狼,而是一个英俊的青年猎人,一个化装成猎人的狼人。猎人和小姑娘之间有一番挑逗。他说:“我们来玩个游戏,好不好? 如果我比你早到姥姥家,你给我什么?”“你要什么?”她问。“我要个吻。”男人用这种方式勾引女人是很常见的,所以看到猎人窜进小灌丛走了,小红帽却并不急着赶路,而是一路游荡,为的是让那年轻漂亮的男人能够赢得他的赌注——一个吻。结尾是开放式的。狼已经吃掉了外婆,小姑娘却安然无恙,既无猎人出来杀掉狼,连小姑娘自备的防身武器(一把刀子)也未被动用。更令人惊讶的是她帮他解衣,同狼人一起上了床。小红帽把道德规范、情理、世俗等超我的东西抛到九霄云外,大胆放纵自我,听从“享乐原则”。这个在性行为上采取主动、进取、挑战的少女占据了中心地位,代表男性的狼人失去了他施威的威力,成了少女手下的性俘虏。她征服了他,而且快活地活着。“她知道谁也别想吃掉她”。

总之,作为“后现代”典范,卡特的小说和故事因其对反讽、语言和象征主义的复合混合以及幻想小说、传奇、哥特和科幻小说的文类混杂而在英国作品中显得无与伦比。

第七节　女性身份的重构:A. S. 拜厄特的小说创作

A. S. 拜厄特(Antonia Susan Byatt,1936—　)全名为安东尼

娅·苏珊·拜厄特,她生于英国的谢菲尔德市。拜厄特是家中四个孩子中的老大,著名女作家玛格丽特·德拉布尔是其胞妹。1957年,聪慧的拜厄特以优异的成绩取得剑桥大学文学学士学位,并师从牛津大学的海伦·加登娜研究17世纪文学,但她没有完成学业。1959年,拜厄特与经济学家伊恩·查尔斯·瑞纳·拜厄特结婚,婚后搬至达勒姆定居,并生育了一对儿女。拜厄特在照料孩子的同时,不仅兼职教书,而且着手为她的第一部作品准备素材。

1964年,经过漫长的思考、斟酌、修改,拜厄特的第一部小说《太阳的阴影》终于出版。1965年,拜厄特出版了《自由的程度》,这是一本关于英国现代杰出女作家艾丽丝·默克多的文学评论。1967年出版的《游戏》被拜厄特自称为"一种写作技巧的试笔,即如何在小说中运用隐喻"。1970年,拜厄特的另一部文学评论《年轻时的华兹华斯与柯尔律治》出版。20世纪70年代,她开始着手一项重大创作计划。她要写一系列小说,来描述与她同时代、同属一个阶层,并有同样教育背景的一位英国妇女的成长经历。

随后的几年间,拜厄特的个人生活变故不断。第一次婚姻破裂后,她不仅继续她的文学评论写作,而且受聘在伦敦大学教授英美文学。1972年,拜厄特11岁的儿子因车祸身亡,这个打击使拜厄特的写作计划停滞。已完成的第三部小说《园中的处女》有三分之一的内容被她推翻重写,拜厄特称"一切都随之消亡了"。

1978年《园中的处女》终于出版,拜厄特计划以这部小说作为一个庞大的四部曲之一,牵涉到的众多角色将跨越数十年,她的四部曲写作也持续了数十年,第二部《平静的生活》和第三部《巴别塔》分别于1985年和1986年问世,最后一部《吹哨子的女人》直到2000年才出版。拜厄特曾在多所大学任教,并同时写作文艺批评和小说,20世纪80年代末,拜厄特退离教职专事写作。1990年小说《占有》出版,这本长达500余页的巨著标志着拜厄特艺术成就的巅峰。至今,拜厄特已出版8部长篇小说、5部短篇小说集、6部批评作品或论文集,并于1990年获封英国最高级巴斯爵士,1999年获封高级英帝国女勋爵。

作为作家和文学评论家,拜厄特是英国迄今为止仍然在从事创作的最重要的作家之一。尽管她不像莱辛那样具有极强的政治意识,但是她的小说一般都被置于宏大的社会历史和文化背景之下,将人类文明——特别是英国和欧洲优秀的文化遗产——与她所经历的社会现实结合在一起。她对英国历史上的辉煌所流露出的浓浓的怀旧情怀以及她对祖先文明的再生所给予的期待充斥着每部作品,充分展示了战后英国民众对社会文化价值日渐式微的焦虑。她对民族身份和个体命运的关注表明了其文学艺术的严肃性和责任感。

拜厄特从未公开承认自己是女权主义者,甚至对"女权主义"颇有微词。但作为女性,她对女性命运表示出持续的关注。拜厄特对女性话题的关注主要体现在三个方面:第一,她在自己的创作中刻画的大量女性人物,再现了不同时代女性的命运;第二,在批评作品中,她表达了对男性作家笔下女性人物的关注;第三,她重视对女性作家的分析。

《太阳的阴影》通过作品主人公安娜的内心挣扎和寻求解脱的过程,表现了女性面对被束缚的生活,希望获得自我释放和身心自由的渴求。这部小说被拜厄特称为一部女性主义的小说。激发拜厄特创作的原因是20世纪50年代普遍存在的对女性的歧视观念。

《游戏》主要叙述了一对性格迥异的姐妹,由于童年的一个游戏引发了一生的争斗。拜厄特在叙述的同时,把蛇、亚当和灌木丛的意象与情节紧密交织,使中世纪与现代社会、精神与感官、正义与邪恶的矛盾冲突显得更加具有逻辑辩证的关系。这部结构紧凑的小说在英国文学界广受好评,该书确立了拜厄特在当代作家中的重要地位。

《园中的处女》中,拜厄特将几位主人公的不同经历紧密交织在一起并通过波特三姐弟的三条主线,体现出性格对命运的影响力。

故事发生在1952年的一个小镇上。当地人为了庆祝1953年伊丽莎白女二世的加冕,准备上演一部关于伊丽莎白女王一世的诗剧,并由才华横溢的亚历山大·威德布恩执笔。亚历山大是北区布莱斯福德大道学校的英文专家,他与学校另一位专家的妻子詹尼一直有私情。学校主任比尔·波特是亚历山大的下属,这个倔强暴躁的古怪老头有3个孩子:大女儿斯蒂芬妮、二女儿弗雷德丽卡和小儿子马库斯。当地一名助理牧师丹尼尔·奥顿与斯蒂芬妮结识并喜欢上了她,但不信教的比尔坚决反对女儿与他来往。温顺善良的斯蒂芬妮,在丹尼尔锲而不舍的追求下,最终答应嫁给他,平静被动地接受一切生活中的责任。当斯蒂芬妮将订婚的消息告诉家人时,气愤的父亲比尔认为她将毁掉自己的生活。丹尼尔与斯蒂芬妮举行了婚礼,比尔拒绝出席。斯蒂芬妮很快有了身孕,夫妻俩决定暂时保守秘密。后来,因为种种原因,马库斯变得很焦躁,医生建议让马库斯与丹尼尔夫妇同住以便恢复,丹尼尔则对马库斯的到来以及带来的种种不便深感忧虑。

女主人公弗雷德丽卡·波特同样生于1936年,小说写她苦苦挣扎,努力试图摆脱父母的性道德观,摆脱战后禁欲生活所强加在她身上的单调狭隘的生活方式。她觉得,1953年应该说是令人快活的时代开始的一年。然而,岁月流逝,又过了数个春秋,她这才意识到,原来伊丽莎白二世时代竟会有这么多虚情假意的繁文缛节,人们竟会这样陶醉于怀旧的情绪中。弗雷德丽卡时常与父亲争吵,颇有主见的她对父亲的阅读要求十分反感。之后,弗雷德丽卡通过了诗剧的面试,亚历山大与弗雷德丽卡单独交谈了一会儿。面对心仪的人弗雷德丽卡内心激动不已,但亚历山大对这个年轻的姑娘没有任何非分之想。有一次,弗雷德丽卡偶然目睹了亚历山大在他的车上与詹尼做爱,心情沮丧。诗剧开始彩排,弗雷德丽卡的表演不尽人意。后来,诗剧的首次公演圆满成功,亚历山大和弗雷德丽卡均受到媒体好评,弗雷德丽卡对亚历山大的爱慕已不是剧组中的秘密。亚历山大与詹尼的关系越发紧张,弗雷德丽卡则再次向亚历山大示爱,亚历山大又一次拒绝了她。弗雷德丽卡家中无人,亚历山大终于决定与她共度一晚,但弗雷德丽卡临时改变了主意,跟剧组中一个叫埃德蒙·威尔克伊的朋友去了宾馆,在性经验丰富的埃德蒙的引导下,弗雷德丽卡第一次体验了性爱。发现人去楼空的亚历山大感到被愚弄,气愤地决定远离这个是非之地。弗雷德丽卡在夏季之后开始了她的大学生活。

孤僻的马库斯常有难以名状的感触。他的科学老师卢卡斯·西蒙兹发现马库斯对形状和符号的观察视角与众不同,对马库斯产生了浓厚的兴趣。体弱多病的马库斯怀疑自己精神是否正常,于是向卢卡斯求助,卢卡斯替他进行了特异功能的测试,证实了他确实有视觉方面的天赋。卢卡斯开始了对马库斯的研究实验,师生两人的关系也日益亲近。马库斯与卢卡斯两人的举止十分怪异,师生两人的亲密,已经趋向同性恋的程度。迷恋马库斯的卢卡斯提出了性要求,忐忑不安的马库斯拒绝了他,精神错乱企图自杀的卢卡斯被送入疯人院,而马库斯对此自责不已。马库斯对事物的许多反应都不能用言语表达,但与他心有灵犀的卢卡斯又对他怀有的复杂情感,导致两人心灵都受到伤害,而且这段不愉快的经历对马库斯性格的巨大影响将伴随他一生。得知真相的比尔勃然大怒,受惊的马库斯变得极度焦躁,被送往丹尼尔夫妇家中。

在这部小说中,拜厄特运用了普鲁斯特式的叙述方式,将小说置于真实的历史与文学的统一体中,故事的氛围影射了繁荣的伊丽莎白时期的阴谋和发现等史实。拜厄特将故事的背景放在伊丽莎白时代,文中引用了大量的象征和神话,辞藻华丽的叙述更加强了艺术特色。虽然普通读者认为拜厄特的作品篇幅较长且深奥难懂,但她独特的创作风格吸引了一批学识丰富的读者,并开始引起英美文学评论界的关注。

在拜厄特四部曲的第二部《平静的生活》中,《园中的处女》中的人物再次出场。弗雷德丽卡仍然是小说的中心人物,继续她充满冒险的生活,此时的弗雷德丽卡和奈杰尔·莱福双双坠入爱河，初次享受恋爱的浪漫狂情；斯蒂芬妮的婚姻生活遇到了困难，逆来顺受的她在家中不幸触电身亡；马库斯因为一段纯洁的友谊而开始渐渐转变封闭的性格；丹尼尔无法忍受丧妻的痛苦，将两个年幼的孩子交付斯蒂芬妮的父母后四处流浪。

在第三部《巴别塔》中，弗雷德丽卡还是故事的中心人物，拜厄特对自己小说中永恒的主题继续进行探讨，即独立自主的女性不断发现自我、寻找自我的曲折及努力与命运斗争的决心。小说开始时，已是《平静的生活》故事结束的六年之后。弗雷德丽卡和奈杰尔的婚姻不怎么顺畅，两人和奈杰尔的长得人高马大的姐妹以及那讨人厌的管家一起，住在伦敦周边的某郡里，这使她感到憋闷死了。昔日的那些大学时的朋友，有的已是闹哄哄的伦敦文化圈里的名人，她想见他们，可奈杰尔不喜欢他们。他们写信给她，他竟然会偷看。奈杰尔曾经当过突击队员，他这样粗暴地对待她，使她有苦说不出来，她简直就成了个囚犯。弗雷德丽卡带着四岁的儿子逃到了伦敦。奈杰尔一路追来，气势汹汹地把她揍了一顿，他要她回去，并说如果她不肯回去，就让孩子回去。弗雷德丽卡的成长环境要求她“不管干什么事得细心掂量一下后果，看看是好还是坏”，她害怕、痛恨丈夫，但又因自己的恨而弄得不知所措；她本想和他一刀两断，可又觉得这不太公平，有违自己极为严谨的道德倾向。再说，她对他还很着迷，即使在离婚裁决的现场，她还竟然对奈杰尔感到一阵强烈的爱欲。可见，弗雷德丽卡对丈夫有着性受虐狂的依赖。

以维多利亚时期为部分背景的编史元小说《占有》不仅是拜厄特的代表作，而且是世界范围内新维多利亚小说的典范之作。拜厄特的小说创作技巧在该作品中得到淋漓尽致的发挥，其文学创作理念也得到了充分的体现。它在发表的当年即引起轰动，成为英语国家最畅销小说之一，并为作者赢得了英国文学最高奖布克奖。《占有》中三层相异的叙事相互交错，共同构成了小说的文本。第一层叙事描写了 20 世纪学术界颓废、拜物和玩世的生活方式；第二层叙事通过艾什和兰蒙特之间的书信往来，展示了两位 19 世纪著名诗人之间的悲剧爱情以及维多利亚时代的社会风貌;第三层叙事表现了这两位诗人创作的史诗和民间传说。这三个叙事层次以因果和隐喻的方式,围绕着三代女性的悲欢离合交错展开。小说呈现古今双重故事结构和情节线索,其中最吸引人的当属那个被历史尘封了百年的浪漫爱情故事:一个视自主、独立为生命的隐逸女诗人兰蒙特,在一次文学聚会上邂逅当时最负盛名的大诗人艾什。她出众的才情和不凡的谈吐深深吸引了当时已有妻室的艾什,他们冲破重重阻力,冒着违背世俗道德的风险,共同踏上了浪漫而危险的激情之旅。然而,短暂的"蜜月"过后,为了保持自己独立的身份和创造力,也为了不伤及相关的人,兰蒙特毅然决然地提出此后不再相见,他们从此天各一方,杳无音信。此后,兰蒙特瞒着艾什生下了他们的女儿,并托付自己的姐姐抚养,自己只以孩子的姨妈相称相见却不能相认,相爱却不能相守,自称"住在角楼的女巫"的兰蒙特孑然一身,在孤独、思念、愧疚中度过漫漫余生。30 年后,获悉艾什行将去世,她谦卑而又绝望地希望爱伦——艾什的妻子——转交自己写给艾什的信。然而,那封承载了她无尽思念和愧疚、特别是那个隐瞒了对方 30 年秘密的信始终没有被开启,她日夜苦等的回应石沉大海。而艾什则在当年疯狂追寻爱人和孩子下落无果后,一直承受情感、责任、良心的折磨和煎熬,最后带着无限的牵挂抱憾而终,至死也不知道自己爱人和孩子命归何处。

相比前辈激情浪漫的爱情,现代爱情显得有些无精打采、干巴无趣。一个是研究艾什诗歌的罗兰,一个是女性主义学者、兰蒙特研究专家、兰蒙特后裔莫德,他们在共同的探秘过程中朝夕相处,似乎也日久生情。但是,"他们成长在一个不信任爱情的时代与文化氛围中",爱情对他们来说"是一个值得怀疑的意识形态的建构"。尽管这对后现代学者满脑子充斥着那套性爱语言,却似乎难以激起两情相悦、心心相印的美好情感。现代爱情并不如古代爱情有生机和活力。

《占有》在不同叙事层面对女性自由、独立、激扬、睿智、勇敢和坚定精神的歌颂成就了小说鲜明的女权主义色彩。拜厄特对一些传统婚姻价值观念的肯定，并不意味着她对女权主义思想的否定。作为早期女权主义积极分子，兰蒙特坚持女人就应该像男人一样独立，应该把性爱与事业分开，不能让爱情、婚姻和孩子成为她们成功的绊脚石。拜厄特的女权主义思想体现在实现同一目标时要采取的不同途径上。她并不否定性生活、否定婚姻或否定家庭，却极力否定逆来顺受、否定自我的人生价值观念。在小说中，为了家庭牺牲了自己的爱伦与艾什过的是无性的婚姻，爱伦本来可以像其他妇女一样摆脱丈夫的光环，实现自我的价值，但在传统的价值观念束缚之下，她选择了牺牲，只为丈夫和家庭荣誉而生存，这失败的人生让她极其痛苦。

在叙事结构上，《占有》采用的是双层循环式叙事框架——故事中蕴涵故事。全书共28章，外加“后记1868年”。虽然外层故事覆盖21章，但是实际上，泛黄的信件、日记、诗歌、神话、传记、新闻简报、学术评论等充斥其中，讲述了一百多年前一对才华横溢的诗人凄婉的爱情故事。单独分出的7章和“后记1868年”是书信、日记、诗歌和用全知的第三人称叙事方式讲述的两位诗人的爱情经历。在叙事手段方面，拜厄特充分展示了其丰富的文化底蕴和娴熟的文字编织技巧。在虚构两位维多利亚诗人和他们的爱情经历的同时，她为他们创作了大量的诗歌、书信和神话。为使故事情节得以有效推进，作者还为其他人物创作了大量的日记、书信、传记、文学评论甚至注释、新闻简报等，从某种意义上说，拜厄特通过巧妙地编织这些文字碎片构建小说文本，它们在故事发展和人物塑造方面起着极其重要的作用。

小说最显著的艺术特色是侦探小说所具有的神秘与悬念。拜厄特把20世纪的人物几乎全部塑造成“侦探”，让他们相互追逐，直至真相大白。叙事语言则是小说最为成功之处。无处不在的象征和隐喻在构建文本、表现主题方面起到极其重要的作用。拜厄特在《占有》中反复使用一些意象，如塔、城堡、太阳、火、龙、水、岩石等。这些意象把平凡事物与抽象理念联系在一起，从而具有象征意义，使读者得以更好地理解其中蕴涵的深意。同时，小说中主要人物和地点的名字也被赋予象征含义，恰到好处地反映了作者的女性主义思想。

总之，拜厄特的小说做到了艺术与消遣、历史与现实、传统与后现代的完美结合，把人类丰富的历史文化呈献给读者，并重构了女性的身份，也展示了其驾驭语言的非凡才能，从而奠定了身为学者的拜厄特在小说创作领域的地位。

第八节　其他女性小说家的小说创作

20世纪知名女性作家如曼斯菲尔德、莱辛、德拉布尔、默多克、拜厄特等在小说创作方面取得不俗的成就，其他女性作家如达芙妮·杜穆里埃（DaphHe du Maurier，1907—1990）、安德里娅·利维（Andrea Levy，1956—　）、珍妮特·温特森（Jeanette Winterson，1959—　）的小说创作也为英国女性文学的发展做了很大的贡献。

一、达芙妮·杜穆里埃的小说创作

杜穆里埃的创作时间持续了很长时间，从1931年到1989年，在近60年的写作生涯中，共创作有25部长篇小说和几部短篇小说集。杜穆里埃的创作风格多样，包括家庭传奇、传记、女性浪漫小说、哥特式小说、现实主义小说等。由于深受荣格思想的影响，杜穆里埃的小说旨在进行有关家庭生活和分裂身份的心理研究，探讨现代人内心的焦虑感。由于对勃朗特姐妹的写作风格极感兴趣，为了探讨涉及转换身份特征的焦虑感，她在写作中使用恐怖、怪异的哥特式手法，以产生震撼人心的艺术效果。

杜穆里埃出身于英国的一个艺术世家，祖父乔治·杜穆里埃是英国著名的漫画家和小说家，父亲杰拉德·杜穆里埃爵士是著名的表演艺术家和剧院经理。深受家庭艺术氛围的熏陶，杜穆里埃从小就爱上了阅读和写作，然而家族声望也给她带来了压力，为寻求自我以及作为女性作家身份，她长期避居在英国西南部大西洋沿岸的康沃尔郡，在那里潜心创作。1965年，丈夫博伊·布朗宁去世，杜穆里埃虽继续从事写作，但再也没有写出像早年那样成功的作品。自1989年起，她开始拒绝进食，以致身体日渐衰弱。直至1989年4月，她在睡梦中安详地谢世。

在康沃尔郡，杜穆里埃创作出了第一部长篇小说《可爱的精神》。这部小说给她带来了极高的声望。杜穆里埃深受19世纪哥特式小说以及史蒂芬森和勃朗特姐妹小说创作手法的影响，她以康沃尔郡为背景，创作了一系列充满浪漫感伤情调的康沃尔小说，如《牙买加客栈》《蝴蝶梦》《法国人的港湾》《征西大将军》《浮生梦》。杜穆里埃的"康沃尔小说"大多情节曲折，人物刻画细腻生动，在渲染神秘气氛的同时，夹杂有宿命论色彩的感伤主义说教。这里重点说说《蝴蝶梦》。《蝴蝶梦》以第一人称展开：二十出头的"我"作为一个有钱美国老妇人的伴侣，陪伴她游荡世界，在法国的某个有名的城市的酒店里，由于老妇人的阿谀奉承、巴结权贵而结识了英国最大庄园曼陀丽的主人迈克斯姆，并很快与之相恋。丧妻十个月的迈克斯姆与"我"结婚，并带着"我"回到了曼陀丽。在曼陀丽里，"我"渐渐地发现，庄园到处充斥了迈克斯姆死去的前妻丽贝卡的身影，她好像从未离去，并一直左右"我"以及整个庄园的生活。当"我"知道迈克斯姆是真心爱"我"时，也知道了另外一个秘密——是迈克斯姆杀死了丽贝卡。种种迹象帮助迈克斯姆暂时逃过了法律的制裁，而曼陀丽却消逝于大火中……该部作品集哥特小说的神秘恐怖与言情小说的缠绵悱恻于一体，具有非凡的感染力。故事以"虚""实"相间的手法，围绕着两位女性的生活，展示了充满神秘色彩的故事情节，"虚"的人物就是丽贝卡，因为她在小说开篇即已死去，只是在追述和回忆中断断续续、隐隐约约地出现。然而，她却是一个无时不在的幽灵，冥冥中操纵着曼陀丽庄园的一切。另一位"实"的人物——小说的叙述者“我”,读者跟随着“我”将丽贝卡的神秘面纱一层一层地慢慢撩开,直至真相大白。故事的叙述者虽是喜怒哀乐俱全的活人,实际上却处处起着烘托丽贝卡的作用,作者这种以“实有”陪衬“虚无”的手法颇为别致。

二、安德里娅·利维的小说创作

利维善于捕捉人物微妙和俏皮的对话,并达到一种出神入化的艺术效果——在融入种族、战争、殖民主义、移民和爱情等意蕴深厚的主题的同时,又赋予读者陡然释重的阅读体验。利维具有狄更斯编织对话与讲述故事的天赋。它们不仅体现了利维超然的幽默感,也构成了一个有力视角,彰显了她对英国阶级制度扭曲下种族仇恨的观视。

利维生于英国伦敦,其父母是英国的第一代牙买加移民。她成长于伦敦北部的工人居住区,年少时鲜有机会浸沐书海。文法学校毕业后,利维就读于英国米德尔塞克斯大学工学院,主修纺织品设计。23 岁时,朋友馈赠给她女权主义作家玛利林·弗兰奇的《女洗手间》,这使她倾心于女权主义和黑人女性作家的作品。而立之年她才正式步入文坛。她善于以犀利俏皮的语言风格、以都市空间为背景,叩击移民后裔由种族问题引发的多维身份焦虑。利维主要的小说作品有《屋里灯火通明》《从未远离》《柠檬果》《小岛》《零钱》《长歌》。其中,《小岛》以其浓厚的解构主义文化思潮的色彩,打破了以牛顿时间为基准的线性叙事,以其父母的真实移民轨辙为蓝本,讲述了第二次世界大战结束后一对牙买加夫妇——霍滕丝和吉尔伯特移民英国后被白人主流文化挤压和裹挟而成为边缘人的追求与失落、压力与困惑。小说由四个不同叙述者,即一对牙买加黑人夫妇——霍滕丝和吉尔伯特和一对英国白人夫妇——奎妮和伯纳德分别以第一人称视角展开故事情节。利维通过构建四重维度的空间视角,在白人男性的霸道唱词中,在白人女性的平和言谈中,赋予了弱势黑人移民群体平等的言说权利，并在他们各自叙述的空间世界中全景式地展现了对话上的冲突，在男性声音与女性声音的交替中，在主流声音与边缘声音的反应参照中，潜隐着利维对交流空间的展望。在构建小说的结尾时，利维承袭了后现代语境下的开放性结局，而摒弃了现代语境下的闭合式结尾。虽然小说的结尾并没有具体言明那对黑人夫妇的未来生活走向，但在字里行间强烈地透射着对未来美好的融合愿景：受惠于黑人朋友温斯顿，吉尔伯特和霍滕丝找到了新的庇护空间。

三、珍妮特·温特森的小说创作

温特森被称作20世纪末英国“最好，也最具争议性”的作家。她的小说语言优美，写作手法不拘一格。她的作品多以表现同性爱恋为主题，字里行间体现出她对性的认识、对身份的追寻和对欲望的思考。她的性别观也使她创作出独具个性的女性文学作品。温特森从小由英格兰兰开夏郡的一对笃信五旬节福音教的夫妇收养，很小就开始为教堂布道。然而，由于教会发现了她的同性恋行为，并让她受到了疏远和羞辱，年少的温特森便离开了教堂。离开家后，她在精神病医院和殡仪馆工作养活自己。后来通过坚持不懈的努力，她考入了牛津大学攻读英文专业。毕业后一位编辑对她讲故事的能力印象颇佳，遂鼓励她可以把自己的经历写出来。于是，温特森出版了自传体小说《橘子不是唯一的水果》，作品一出版便广受好评。这部小说让她一夜成名，吸引了众多主流文化与非主流文化学者的眼球。《橘子不是唯一的水果》的主人公珍妮特从小在具有浓厚宗教色彩的家庭氛围中长大，她的养母是英国五旬节教派的忠实教徒，一心想把孩子培养成传教士，成为上帝的仆人，一生侍奉上帝。而珍妮特的同性恋取向使她的愿望破灭，她被母亲赶出家门，开始了居无定所、被排斥、被轻视但只属于自己的新生活。这部作品以第一人称述说女性的成长经历，但作者本人却与叙说事件拉开了距离，以“旁观者”的视角审视和反省“自己”的境遇。嵌入的寓言、童话故事和传奇等虚构叙事展现了年轻女主人公所亲历的幻想,代表着年轻女孩成长过程中不断变化着的身份,由此表现主体具有复杂的心理需求和多侧面的自我。

参考文献

[1]王佐良，周钰良. 英国20世纪文学史(第二版)[M]. 北京:外语教学与研究出版社,2006.

[2]侯维瑞，李维屏. 英国小说史[M]. 南京:译林出版社,2005.

[3]蒋承勇，等. 英国小说发展史[M]. 杭州:浙江大学出版社,2006.

[4]常耀信. 英国文学通史(第三卷)[M]. 天津:南开大学出版社,2013.

[5]瞿世镜，任一鸣. 当代英国小说史[M]. 上海:上海译文出版社,2008.

[6]吴元迈. 20世纪外国文学史(第四卷)[M]. 南京:译林出版社,2004.

[7]聂珍钊，等. 英国文学的伦理学批评[M]. 武汉:华中师范大学出版社,2007.

[8]张业春. 英美文学与教学研究[M]. 北京:中国纺织出版社,2018.

[9]张霖欣.《英国文学简史》学习指南[M]. 郑州:河南人民出版社,2012.

[10]李维屏，等. 英国文学思想史[M]. 上海:上海外语教育出版社,2011.

[11]徐明. 当代欧美文学名篇导读(上)[M]. 天津:南开大学出版社,2009.

[12]邢莉. 不可不知的英国史[M]. 武汉:华中科技大学出版

社,2015.

[13]陈爱敏.英美文学选读[M].北京:对外经济贸易大学出版社,2015.

[14]张蔚,常亮.20世纪英国女性文学探微[M].北京:清华大学出版社,2015.

[15]罗国祥.二十世纪西方小说美学[M].武汉:武汉大学出版社,1991.

[16]聂素民.伦理诉求和政治伦理批判:奥威尔小说研究[M].杭州:浙江大学出版社,2014.

[17]易丹.断裂的世纪——论西方现代文学精神[M].成都:四川大学出版社,1992.

[18]李维屏.英国小说艺术史[M].上海:上海外语教育出版社,2003.

[19]孙建.英国文学辞典——作家与作品[M].上海:复旦大学出版社,2010.

[20]刘文珍.20世纪英国小说创作历程透视[M].长春:吉林大学出版社,2012.

[21]徐彬.伦理选择与价值评判:劳伦斯·达雷尔重奏小说研究[M].上海:复旦大学出版社,2014.

[22]王耀华.不断延伸的思想图像:塞缪尔·贝克特的美学思想与创作实践[M].北京:北京大学出版社,2013.

[23]方汉泉.语言探索与文学论评[M].广州:中山大学出版社,2012.

[24]赫云.乔伊斯流亡美学研究[M].南京:南京大学出版社,2014.

[25]汪介之.外国文学教程(修订本,第2版)[M].南京:南京大学出版社,2015.

[26]刘琼.世界文学专题研究:文本与影像的相遇[M].北京:北京交通大学出版社,2013.

[27]黄修齐.英美文学评论与比较[M].成都:成都科技大学

出版社,1995.

[28]叶君健.骊歌[M].沈阳:辽宁少年儿童出版社,1997.

[29]何树,苏友芬.英国文学导读与应试指南[M].上海:上海世界图书出版公司,2005.

[30]王佐良.王佐良全集(第1卷)[M].北京:外语教学与研究出版社,2015.

[31]张慧芳,张培.英格兰文学地理故事[M].天津:天津社会科学院出版社,2015.

[32]王守仁,方杰.英国文学简史[M].上海:上海外语教育出版社,2006.

[33]马海良,张剑.当代外国文学纪实:1980—2000(英国卷)[M].北京:商务印书馆,2015.

[34]刘文荣.当代英国小说史[M].上海:文汇出版社,2010.

[35]海桥广告有限公司.世界经典名著快读[M].珠海:珠海出版社,2007.

[36]栾鸥,朱林勇.不可不知的科幻名著[M].广州:广东世界图书出版公司,2011.

[37]云桂宾,等.袖珍外国文学名著辞典[M].北京:中国广播电视出版社,1991.

[38]赵琳娅.行走于20世纪的英国文学长廊——20世纪英国小说精华阐释[M].北京:经济管理出版社,2017.

[39]郑克鲁.20世纪外国文学史(上册)[M].上海:复旦大学出版社,2007.

[40]高新华,刘春芳,张丽华.马丁·艾米斯小说研究[M].天津:天津大学出版社,2013.

[41]刘爱琴.英国当代编史元小说[M].济南:山东人民出版社,2015.

[42]黄一畅.再现·变形·挪用:伊恩·麦克尤恩的创伤叙事嬗变[M].南京:南京大学出版社,2016.

[43]毛卫强.生存危机中的自我与他者:朱利安·巴恩斯小

说研究[M].苏州:苏州大学出版社,2015.

[44]王丽丽.一花一世界——20世纪英国女性小说家研究[M].太原:山西人民出版社,2012.

[45]杨建玫.女性的书写:英美女性文学研究[M].北京:经济管理出版社,2012.

[46]潞潞,等.女性书架[M].太原:山西教育出版社,2011.

[47]王松林.20世纪英美文学要略[M].南昌:江西高校出版社,2001.

[48]伍厚恺.影响孩子一生的外国文学名著[M].成都:四川文艺出版社,2012.

[49]郝澎.带你游览美国文学:你不可不知道的英语学习背景知识[M].海口:南海出版公司,2015.

[50]段军霞,张月娥,石卉.20世纪英国小说流派研究[M].北京:新华出版社,2013.

[51]虞建华.新西兰文学史(修订版)[M].上海:上海外语教育出版社,2015.

[52]李维屏,宋建福.英国女性小说史[M].上海:上海外语教育出版社,2011.

[53]王禹翰.中外名人全知道[M].沈阳:万卷出版公司,2013.

[54]祖晓春.20世纪西方现代主义文学教程[M].银川:宁夏人民出版社,2013.

[55]王程辉.英美文学戏仿研究[M].苏州:苏州大学出版社,2014.

[56]莫其逊.从身体到心灵:当代身体研究与性别批评[M].北京:人民日报出版社,2016.

[57]陈晓兰.外国女性文学教程[M].上海:复旦大学出版社,2011.

[58]任静生,洪增流.华东外语教学论坛(第5辑)[M].上海:上海外语教育出版社,2010.

[59]沈睿.假装浪漫:一个女人的成长史以及她看世界的方式[M].上海:文汇出版社,2016.

[60]魏淼.历史视角下的英美女性文学作品研究[M].北京:北京工业大学出版社,2017.

[61]王贵水.你一定要懂的文学知识[M].北京:北京工业大学出版社,2015.

[62]胡勤.审视分裂的文明:多丽丝·莱辛小说艺术研究[M].桂林:广西师范大学出版社,2012.

[63]王晓英,杨靖.她世界:西方女性文学百部名著赏析[M].合肥:安徽人民出版社,2004.

[64]萧耳.女艺术家镜像[M].北京:东方出版社,2009.

[65]岳国法.类型修辞与伦理叙事:艾丽丝·默多克小说研究[M].哈尔滨:黑龙江人民出版社,2008.

[66]何伟文.艾丽丝·默多克小说研究[M].上海:上海外语教育出版社,2012.

[67]潘纯琳.英美童话重写与童话批评(1970—2010):以安吉拉·卡特为个案的研究[M].成都:四川辞书出版社,2015.

[68]张金凤.文化批评视域下的英国小说研究[M].杭州:浙江工商大学出版社,2016.

[69]王守仁,陈兵.历史进程与文学嬗变:新世纪英语文学研究[M].南京:南京大学出版社,2014.

[70]王守仁,胡宝平,等.英国文学批评史[M].南京:南京大学出版社,2013.

[71]阎晶明.新力量 文学世界的激情与梦想(当代外国文学卷)[M].合肥:安徽文艺出版社,2014.

[72][南非]J. M. 库切.异乡人的国度[M].汪洪章,译.杭州:浙江文艺出版社,2017.

[73][美]詹姆斯·费伦.叙事判断与修辞性叙事理论:以伊恩·麦克尤恩的《赎罪》为例[J].申丹,译.江西社会科学,2007(1).

[74]申丹."故事与话语"解构之"解构"[J].外国文学评论,

2002(2).

[75] David Lodge. Working with Structuralism[M]. London: Routledge and Kagan Paul, 1981.

[76] Malcolm Bradbury. The Modern British Novel[M]. Beijing: Foreign Language Teaching and Research Press, 2005.

[77] Robert Scholes. Crtitical Essays on Bernard Malamud[M]. Boston: G. K. Hall & Co., 1987.

[78] Sandra Gilbert, Susan Gubar. The Norton Anthology of Literature by Women: The Traditions in English[M]. New York: W. W. Norton, 1985.

[79] Elizabeth Dipple. Iris Murdoch: Works for Spirit[M]. London: Methuen & Co. Ltd, 1982.

[80] Patricia Waugh. Metafiction: The Theory and Practice of Self-conscious Fiction[M]. New York: Methuen, 1984.

[81] Cadell & Davies. An Enquiry into the Duties of the Female Sex[M]. London: The Macmillan Press, 1997.

[82] James Vinson. Novelists and Prose Writers[M]. London: The Macmillan Press, 1979.

[83] Benjamin Ifor Evans, Bernard Bergonzi. A Short History of English Literature[M]. London: Penguin Books, 1976.

[84] Henry Pelling. The Labour Governments, 1945—1951[M]. London: Palgrave Macmillan UK, 1984.

[85] Malcolm Bradbury. The Modern British Novel(1878—2001)[M]. London: Penguin Books, 2001.

[86] Nandi Bhatia. Anger, Nostalgia, and the End of Empire: John Osborne's Look Back in Anger[J]. Modern Drama, 1999(3).

[87] Jeanette Winterson. Poetic Justice: A Gay Woman is the People's Choice[N]. The Times, 2 May, 2009.